LA
ENCRUCIJADA

LA ENCRUCIJADA

*DONDE CONFLUYEN EL AMOR DE DIOS
Y EL ABANDONO*

WM. PAUL YOUNG

New York   Boston   Nashville

Título original: *Cross Roads*
Traducción: Enrique C. Mercado González

Diseño de portada: Jeff Miller, Faceout Studio
© 2012, de la portada, Hachette Book Group, Inc.
Fotografía de la figura masculina: Steve Gardner, PixelWorks Studios
Fotografía de paisaje: © Shutterstock
Fotografía del autor: Torge Niemann

© 2012, William Paul Young
Esta edición es publicada mediante acuerdo con Faith Words, Nueva York, NY, Estados Unidos.

Derechos exclusivos en español para todo el mundo,
excepto Estados Unidos, Samoa Americana, Guam, Islas Marshall, Estados Federados de Micronesia, Islas Marianas del Norte, Palau, Islas Periféricas Menores de Estados Unidos, Islas Vírgenes Americanas.
Derechos no exclusivos para Puerto Rico.

© 2013, Editorial Planeta Mexicana, S.A. de C.V.
Bajo el sello editorial DIANA M.R.
Avenida Presidente Masarik núm. 111, 2o. piso
Colonia Chapultepec Morales
C.P. 11570, México, D.F.
www.editorialplaneta.com.mx

Primera edición: marzo de 2013
ISBN: 978-145-55-2909-4

Impreso en los Estados Unidos de America

RRD-C

Esta historia está dedicada a nuestros nietos,
cada uno de ellos un reflejo único de sus padres,
cada uno su propio universo inexplorado,
portadores de deleite y maravilla,
que contagian nuestra vida
y corazones profunda y eternamente.
¡Que cuando un día lo lean, este relato
sea una pequeña ventana a través de la cual puedan
comprender mejor a su abuelo,
a su Dios, a su mundo!

Contenido

1

UNA CONGREGACIÓN DE ESCÁNDALO

El más lastimoso de los hombres es aquel
que convierte sus sueños en oro y plata.
— GIBRÁN JALIL GIBRÁN

Algunos años en Portland, Oregón, el invierno es una agua-
nieve viscosa y pendenciera, y nieve escupida a tontas y
a locas que se resiste, violenta, al arribo de la primavera, reclamando un arcaico derecho a seguir siendo la reina de las
estaciones (a la larga vano intento de otra aspirante al trono).
Pero este año no fue así. El invierno se marchó como una mujer
desaliñada que se retira agachando la cabeza entre sucios hara-
pos blancos y marrones, apenas con un gemido o promesa de
retorno. La diferencia entre su presencia y su ausencia fue casi
imperceptible.

A Anthony Spencer le daba lo mismo. El invierno era una
lata, y la primavera no mejoraba gran cosa. De haber podido,
habría quitado del calendario ambas estaciones, junto con la
parte húmeda y lluviosa del otoño. Un año de cinco meses habría sido igual de bueno, preferible sin duda a largos periodos de
incertidumbre. Cada cúspide de la primavera él se preguntaba
por qué seguía en el noroeste, pero cada año le sorprendía ha-
ciéndose el mismo cuestionamiento. Tal vez la decepcionante
familiaridad tenía sus compensaciones. La idea del cambio real
era amedrentadora. Entre más se afianzaba él en sus hábitos y
finanzas, menos se inclinaba a creer que otra cosa pudiera valer

el esfuerzo, aun si éste fuera posible. Las rutinas conocidas, aunque desagradables a veces, al menos eran predecibles.

Anthony se recostó en su silla y lanzó la mirada desde su escritorio lleno de papeles a la pantalla de su computadora. Le bastaba con oprimir una tecla para monitorear sus propiedades: el condominio en el edificio contiguo; su oficina principal, estratégicamente ubicada en el centro de Portland, casi un rascacielos de mediano tamaño; la casa de sus escapadas a la costa, y la residencia en West Hills. Mientras vigilaba, tamborileaba nerviosamente en su rodilla con el índice derecho. Todo estaba en paz, como si el mundo contuviera el aliento. Hay muchas maneras de estar solo.

Aunque las personas que interactuaban con él en los negocios o en sociedad pensaban otra cosa, Tony no era un hombre jovial. Era decidido, y estaba siempre en pos de un nuevo beneficio. Esto solía requerir una presencia extrovertida y sociable, amplias sonrisas, contacto visual y firmes apretones de manos, y no por estimación genuina, sino porque todos podían tener información valiosa para triunfar. Tony hacía tantas preguntas que generaba un aura de interés verdadero, lo cual hacía sentir importantes a los demás, pero dejándolos también con un vacío perdurable. Famoso por sus gestos de filantropía, comprendía el valor de la compasión como medio para alcanzar objetivos más sustanciales. La bondad vuelve más manipulable a la gente. Luego de algunos intentos vacilantes, concluyó que los amigos, de cualquier tipo, eran una mala inversión. Producían muy bajos rendimientos. La verdadera comprensión era inconveniente, y un lujo para el cual él no disponía de tiempo ni energía.

Definía en cambio el éxito como administrar y desarrollar bienes raíces, empresas diversas y una creciente cartera de inversiones, ámbito en el que se le respetaba y temía como negociador severo y agente magistral. Para Tony, la felicidad era un sentimiento transitorio y absurdo, un vaho en comparación con el aroma de un negocio potencial y el regusto adictivo de la victoria. Como el viejo Scrooge, se deleitaba arrancando los últimos vestigios de dignidad de quienes lo rodeaban, en especial de empleados que trabajaban con ahínco, si no por respeto, sí por miedo. No cabe duda de que un hombre así no es digno de amor ni compasión.

Cuando sonreía, Tony casi podía parecer apuesto. La genética lo había dotado de un cuerpo de más de metro ochenta de estatura y cabellera abundante, que aun ahora, a la mitad de sus cuarentas, no daba trazas de querer abandonarlo, pese a las canas que ya salpicaban sus sienes. Evidentemente anglosajón, un toque de algo más fino y misterioso suavizaba sus facciones, sobre todo en los raros momentos en que su acostumbrada conducta formal era sacudida por una carcajada desmedida o extravagante.

Desde casi cualquier punto de vista, Tony era rico, exitoso y un buen partido. Algo mujeriego, hacía el ejercicio suficiente para mantenerse en la contienda, luciendo un abdomen apenas pronunciado que podía sumirse con facilidad. Así, las mujeres iban y venían, entre más rápido mejor, haciendo sentir a cada una menos valiosa por la experiencia.

Él se casó dos veces con la misma mujer. Su primera unión, siendo ambos apenas mayores de veinte, dio origen a un hijo y una hija; esta última, ya una joven ahora, vivía enfadada al otro lado del país junto a su madre. El hijo era otra historia. Este matrimonio había terminado en divorcio por diferencias irreconciliables, un clásico caso de desamor calculado e insensible falta de consideración. En solo unos cuantos años, Tony logró hacer añicos la autoestima de Loree.

Pero el problema fue que ella se retiró dignamente, y eso para él no valió como una victoria propia. Entonces Tony pasó los dos años siguientes cortejándola de nuevo, hizo una espléndida celebración de segundas nupcias y dos semanas más tarde presentó otra notificación de divorcio, la cual, se rumoraba, tenía lista desde antes que los contrayentes estamparan sus firmas en la segunda acta de matrimonio. Aunque esta vez Loree se le echó encima con toda la furia de una mujer desdeñada, y él la aplastó financiera, legal y psicológicamente. Es innegable que, en esta ocasión, Tony se anotó una victoria. Había sido un juego despiadado, pero solo para él.

El precio que pagó fue perder a su hija, algo que se alzaba como un espectro en las sombras de un ligero exceso de whisky, inquietud minúscula que podía disimularse pronto en la agitación del trabajo y el triunfo. Su hijo fue una importante razón inicial para el whisky, medicina sin receta que suavizaba los filos irregulares del remordimiento y el recuerdo, y moderaba las migrañas agudas que se habían convertido en un acompañante ocasional.

Si la libertad es un proceso paulatino, la infiltración del mal lo es también. Pequeños ajustes a la verdad y justificaciones menores erigieron con el tiempo un edificio totalmente imprevisto. Esto se aplica a todo Hitler, Stalin o persona común. La casa interna del alma es espléndida pero frágil; cualquier mentira y traición incrustadas en sus paredes y cimientos alteran la estructura de manera inimaginable.

El misterio de cada alma humana, aun la de Anthony Spencer, es profundo. Él fue parido en una explosión de vida, un universo interior en expansión con sus propios sistemas solares y galaxias en simetría y elegancia inconcebibles. Aquí, hasta el caos cumplió su parte, y el orden emergió como subproducto. Posiciones sociales esenciales participaron en la danza de las fuerzas gravitacionales en competencia, cada cual añadiendo a la mezcla su rotación propia, poniendo en movimiento a los ejecutantes del vals cósmico y desplegándolos en un constante toma y daca de espacio, tiempo y música. A este camino llegaron, arrolladores, la derrota y el dolor, provocando que esa intensidad perdiera su delicada estructura y comenzara a desmoronarse sola. El deterioro arribó a la superficie en forma de temor autoprotector, ambición egoísta y endurecimiento de todo lo sensible. Lo que había sido una entidad viviente, un corazón de carne, se convirtió en piedra; una roca dura y pequeña ocupaba la cáscara, la corteza del cuerpo. Esa forma fue alguna vez expresión de maravilla y magnificencia internas. Ahora ha de abrirse paso sin apoyo, fachada en busca de corazón, una estrella agonizante que devora su propio vacío.

El dolor, la pérdida y finalmente el abandono son demasiado duros por separado, pero juntos producen una desolación casi insoportable. Ellos armaron la existencia de Tony, a quien equiparon con la aptitud para ocultar navajas en palabras y levantar muros que protegiesen su interior de todo acercamiento, y al que mantenían encerrado en una ilusión de seguridad en medio de su soledad y aislamiento. Poca música verdadera había ahora en la vida de Tony, migajas de creatividad apenas audibles. La pista sonora de su subsistencia no pasaba siquiera por música ambiental; insulsas melodías de elevador acompañaban su predecible verborrea comercial.

Quienes lo reconocían en la calle lo saludaban inclinando la cabeza, aunque los más perceptivos vomitaban su desdén una vez que él pasaba. Muchos otros, sin embargo, se dejaban seducir fácilmente, aduladores a la espera de la siguiente orden, ansiosos de una pizca de aprobación o presumible afecto. En la estela del éxito supuesto, los demás se dejan arrastrar por la necesidad de sostener su importancia, identidad y agenda. La percepción es realidad, aun si la percepción es una mentira.

Tony tenía una opulenta mansión en terrenos situados en el norte de West Hills, y a menos que diera en ella una fiesta en busca de algún beneficio, mantenía con calefacción solo un área reducida. Aunque casi nunca se molestaba en quedarse ahí, conservaba el lugar como monumento al triunfo sobre su mujer. Loree la había conseguido como parte del arreglo de su primer divorcio, pero tuvo que venderla para pagar las ascendentes cuentas legales del segundo. Él se la compró (a través de un intermediario) muy por debajo de su valor, y después organizó una fiesta sorpresa de desalojo, con todo y policías que escoltaron a su pasmada exesposa hasta la puerta de la casa justo el día en que se cerró la venta.

Tony se inclinó de nuevo para apagar la computadora y tomar su whisky, y giró en su silla para contemplar la lista de nombres que había escrito en un pizarrón blanco; se levantó, borró cuatro de ellos, añadió otro, y volvió a echarse sobre su asiento, reiniciando su habitual cadencia de trote de caballos con sus dedos sobre el escritorio. Hoy estaba de peor humor que de costumbre. Obligaciones de negocios lo habían forzado a asistir a una conferencia en Boston, de escaso interés para él, pero una crisis menor de recursos humanos le hizo volver un día antes de lo previsto. Aunque le irritaba tener que lidiar con una situación que sus subordinados podían manejar fácilmente, agradecía haber tenido un pretexto para dejar aquellos seminarios casi intolerables y regresar a sus casi intolerables rutinas en las que, al menos, ejercía más control.

Pero algo había cambiado. Lo que empezó como el asomo de una sombra de inquietud se transformó en una voz consciente. Tony había tenido durante varias semanas la persistente sensación de que lo seguían; al principio no hizo caso, juzgándola como efecto del estrés o fabricaciones de una mente saturada de trabajo. Pero una vez implantada, esa idea halló tierra fértil, y lo que empezó como una semilla fácil de arrasar por una seria consideración terminó echando raíces que pronto se expresaron en hipervigilancia nerviosa, lo que consumió aún más energía de una mente siempre alerta.

Empezó por percibir detalles de sucesos menores que, por separado, apenas si incitaban un insignificante asombro, pero juntos, en su conciencia se tornaron en un coro de alerta. La camioneta negra que a veces lo seguía de cerca camino a su oficina central; el empleado de la gasolinera que tardaba varios minutos en devolverle su tarjeta de crédito; la compañía de seguridad que le notificó tres fallas de energía que parecieron afectar solo a su casa porque las de sus vecinos permanecían bien iluminadas, habiendo durado cada apagón justo veintidós minutos a la misma hora tres días consecutivos. Tony comenzó a poner más atención en discrepancias triviales, incluso en la manera como lo miraban: el empleado de Stumptown Coffee, el guardia de seguridad de la entrada y aun el personal que ocupaba los escritorios de la oficina. Notó que todos desviaban la mirada cuando él se volvía hacia ellos, evitando mirarle a los ojos y cambiando rápidamente su lenguaje corporal para indicar que estaban atareados en otra cosa.

Había una semejanza inquietante en las reacciones de esas personas diferentes, como si estuvieran coludidas entre sí. Parecían compartir un secreto que él desconocía. Entre más observaba, más notaba, así que observaba más. Siempre fue un tanto paranoico, pero esto ya rayaba en constantes especulaciones de conspiración, de manera que vivía nervioso y agitado.

Tony tenía esta pequeña oficina privada, con recámara, cocina y baño, desconocida incluso para su abogado personal. Era su refugio junto al río en la punta de Macadam Avenue, para las veces en que sencillamente quería desaparecer unas horas o pasar la noche fuera del radar.

También era dueño del gran inmueble que daba alojamiento a este escondite, aunque años antes había transferido el título de propiedad a una compañía fantasma. Renovó entonces una parte del sótano, que equipó con la más avanzada tecnología de vigilancia y seguridad. Además de los contratistas, todos ellos reclutados a distancia, nadie había visto nunca estas habitaciones. Ni siquiera los planos del edificio revelaban su existencia, gracias a sobornos a constructores y donativos certeros a cadenas de mando del gobierno local. Tras introducir el código apropiado en lo que parecía un antiguo teclado telefónico al fondo de una conserjería en desuso, una pared corrediza revelaba una puerta de acero contra incendios y un moderno sistema de entrada de cámara y teclado.

El lugar contaba con casi todos los servicios, conectado a fuentes de energía eléctrica e internet independientes de las del resto del complejo. Adicionalmente, si el software de monitoreo de seguridad descubría un intento de ubicar el sitio por retrorrastreo, bloqueaba el sistema hasta que se reiniciaba introduciendo un nuevo código de generación automática. Esto solo podía hacerse desde uno de dos lugares: el escritorio de su oficina en el centro o dentro de la guarida secreta. Por costumbre, Tony apagaba antes de entrar su teléfono móvil, y le quitaba la tarjeta SIM y la batería. Una línea privada podía activarse en caso necesario.

Nada estaba de sobra aquí. Muebles y cuadros eran simples, casi frugales. Nadie vería jamás este sitio, así que todo en él significaba algo para Tony. Las paredes estaban cubiertas de libros, muchos de los cuales nunca había abierto pero que pertenecieron a su padre. Su madre les había leído a su hermano y a él otros más, especialmente clásicos. Las obras de C. S. Lewis y George MacDonald destacaban entre los favoritos de la infancia. Una antigua edición de *El retrato de Dorian Gray* de Oscar Wilde saltaba a la vista, aunque solo para sus ojos. Apretujada en un extremo del estante estaba una plétora de libros de negocios, bien leídos y marcados, un arsenal de mentores. Obras de Escher y Doolittle colgaban al azar de las paredes, y un viejo tocadiscos ocupaba una esquina. Tenía una colección de discos de vinilo, cuyas ralladuras eran reconfortantes recordatorios de tiempos idos hace mucho.

En esta oficina oculta tenía asimismo sus cosas y documentos más importantes: escrituras, títulos de propiedad y, sobre todo, su testamento oficial. Este último era objeto de revisiones y cambios frecuentes, para poner o quitar personas conforme se cruzaban en su camino y cuyas acciones lo enojaban o complacían. Imaginaba el impacto de una dádiva o su ausencia en quienes se interesarían en su patrimonio una vez que él se sumara a las filas de los *fieles difuntos*.

Su abogado personal, distinto a su asesor legal general, tenía una llave de una caja de seguridad en la sucursal de Wells Fargo en el centro. Para conseguir acceso a ella era indispensable presentar el acta de defunción. Contenía instrucciones que revelaban la ubicación de la oficina y departamento privados de Tony, cómo entrar a ellos y dónde encontrar los códigos para abrir la caja fuerte oculta en el sótano. Si alguien pretendía acceder a ella sin el acta de defunción certificada, el banco debía notificar a Tony de inmediato; y tal como se lo había advertido a su abogado, si eso llegaba a suceder, la relación entre ambos se cancelaría sin más, junto con la sustancial iguala que éste recibía puntualmente el primer día hábil de cada mes.

Por mero alarde, Tony guardaba un testamento anterior en la caja fuerte de su oficina central. Algunos de sus socios y colegas tenían acceso a esta caja con fines financieros, y él esperaba en secreto que la curiosidad venciera a uno u otro de ellos, cuyo placer inicial por conocer su contenido, él imaginaba, derivaría en el acto aleccionador de la lectura de su testamento legítimo.

Era de conocimiento público que poseía y administraba la propiedad contigua al edificio que albergaba su lugar secreto. Era ésta una estructura similar, con locales comerciales en la planta baja y condominios arriba. Estos dos edificios compartían un estacionamiento subterráneo, con cámaras estratégicamente colocadas que parecían cubrir toda el área pero que en realidad dejaban libre un pasillo que podía atravesarse sin detección. Tony podía acceder rápidamente a su refugio sin ser percibido.

Para justificar su frecuente presencia en esta parte de la ciudad, compró, bajo la luz pública, un condominio de dos recámaras en el primer piso del edificio junto a su oficina secreta. Este departamento contaba con todos los lujos y servicios, y era así una pantalla perfecta; él pasaba más noches ahí que en su casa en West Hills o su madriguera en la costa cerca de Depoe Bay.

Había medido el tiempo de traslado a pie por el estacionamiento entre el condominio y su santuario secreto, y sabía que podía aislarse en éste en menos de tres minutos. En la seguridad de este asilo cercado y protegido estaba conectado con el mundo exterior mediante el videomaterial grabable que monitoreaba sus propiedades y su oficina del centro. El vasto hardware electrónico tenía como fin su protección, más que su beneficio. Pero de ningún modo tenía cámaras escondidas en baños o dormitorios, pues sabía que otros los usarían ocasionalmente con su autorización. Él podía ser muchas cosas desagradables, pero no un *voyeur*.

Quien reconocía su auto al entrar al estacionamiento suponía simplemente, por lo general en forma atinada, que llegaba a pasar la noche a sus condominios. Se había vuelto un elemento rutinario, parte del ruido de fondo de las actividades diarias, y su presencia o ausencia no emitía señal alguna, no llamaba la atención, justo como él quería. Aun así, dada su creciente ansiedad, era más cauteloso que de costumbre. Alteraba sus rutinas lo bastante para sorprender a alguien que lo siguiera, aunque no tanto como para despertar sospechas.

Lo que no entendía era por qué en primer lugar alguien lo seguiría o cuáles serían sus motivaciones e intenciones. Había quemado sus naves, en realidad la mayoría de ellas, y suponía que ahí hallaría las respuestas. *Debe ser por dinero*, conjeturaba. ¿Acaso no todo era por dinero? ¿Sería su exesposa? ¿Preparaban sus socios un golpe para despojarlo de su parte, o se trataría de un competidor? Tony dedicaba horas —días— a estudiar los datos financieros de cada transacción pasada y presente, cada fusión y adquisición, en busca de una norma fuera de lugar, pero no encontraba nada. Luego se sumergía en los procesos de operación de sus múltiples bienes, buscando… ¿qué? ¿Algo inusual, un indicio o pista que explicara qué sucedía? Detectó algunas anomalías, pero cuando, sutilmente, las planteó a sus socios, pronto fueron corregidas o explicadas en congruencia con los procedimientos de operación estándar que él mismo había elaborado.

Aun en el marco de una economía en problemas, sus negocios marchaban bien. Había convencido a sus socios de mantener una sólida base de activos líquidos, y ahora ellos adquirían propiedades y se diversificaban en empresas con valor inferior al de liquidación y con autonomía de los bancos, los que, por protección, decidieron restringir el crédito. Él era en esos días el héroe de la oficina, pero esto no le daba mucha paz. Todo respiro era efímero, y cada éxito no hacía sino elevar el nivel de expectativas de desempeño. Vivir así era agotador, pero él se resistía a otras opciones, juzgándolas fáciles e irresponsables.

Pasaba cada vez menos tiempo en su oficina central, aunque nadie ansiaba la oportunidad de estar a su lado. Su creciente paranoia lo volvía más irritable de lo normal, y hasta el menor percance lo hacía explotar. Aun sus socios preferían que trabajara fuera, y cuando su oficina estaba a oscuras exhalaban un suspiro de alivio colectivo y trabajaban más y en formas más creativas. Tal es el poder debilitador de querer controlarlo todo, estrategia que él solía enorgullecerse en aplicar.

Pero justo en este espacio, en este descanso momentáneo, habían salido a la superficie sus temores, su sensación de ser un blanco móvil, objeto de la atención indeseable e inoportuna de alguien o algo. Y por si fuera poco, habían vuelto, aumentados, sus dolores de cabeza. Estas migrañas solían ser precipitadas por episodios de pérdida de la visión, seguidos casi al instante por palabras arrastradas que le complicaban terminar una frase. Todo esto anunciaba la irrupción inminente de una invisible púa en su cráneo, en el espacio detrás del ojo derecho. Sensible entonces a la luz y el sonido, Tony se reportaba con su asistente personal antes de reptar hasta los oscuros rincones de su condominio. Armado de analgésicos y ruido blanco, dormía hasta que el dolor retornaba solo cuando se reía o sacudía la cabeza. Se convenció así de que el whisky contribuía a su proceso de recuperación, pero la verdad es que buscaba cualquier pretexto para servirse otro.

¿Por qué ahora? Después de meses sin migraña, ahora casi no pasaba una semana sin ella. Comenzó a vigilar entonces su dieta, preocupado de que alguien estuviera vaciando veneno en lo que comía o bebía. Cada vez era más común que se sintiera cansado, y aun con somníferos estaba exhausto. Hizo por fin una cita para un chequeo médico, al que no asistió porque una reunión inesperada requirió su presencia para resolver asuntos relativos a una adquisición importante que se había venido abajo. Reprogramó la cita para dos semanas más tarde.

Cuando la incertidumbre afecta la rutina, uno empieza a pensar en su vida, en quién importa y por qué. En general, Tony no estaba a disgusto con la suya; era rico, más que la mayoría, lo cual no estaba mal para un hijo adoptivo a quien el sistema le había fallado, aunque había dejado de llorar por eso. Cometió errores y había lastimado a personas, pero ¿quién no? Estaba solo, aunque casi siempre prefería estarlo. Tenía una casa en West Hills, un refugio costero en Depoe Bay, su condominio junto al río Willamette, inversiones sólidas y la libertad de hacer casi cuanto quería. Estaba solo, pero casi siempre prefería eso... Había cumplido todos los objetivos que se había propuesto, al menos todas sus metas realistas, y sobrevivía en sus cuarentas con una inquietante sensación de vacío y remordimientos trasminados. Éstos se habían acumulado en su interior, en esa bóveda invisible que los seres humanos creamos para protegernos de nosotros mismos. Claro que estaba solo, pero casi siempre...

Tras aterrizar en Portland desde Boston, fue directo a su oficina central y sostuvo una explosiva discusión con dos de sus socios. Se le ocurrió entonces la idea de hacer una lista de las personas en quienes confiaba; no de aquellas en las que *decía* confiar, sino en las que de veras confiaba: a quienes contaba sus secretos, con quienes compartía sus sueños y ante quienes exhibía sus debilidades. Por eso se había encerrado en su oficina oculta, había sacado un pizarrón blanco y un whisky y empezado a escribir y borrar nombres. Su lista nunca fue larga, y originalmente incluyó a socios, algunos empleados, uno o dos conocidos fuera del trabajo y un par de personas a las que trataba en clubes privados y viajes. Pero tras contemplarla una hora, la redujo más todavía, a solo seis personas. Recostándose en su asiento, sacudió la cabeza. Este ejercicio se había vuelto inútil. Toda la gente en la que de verdad confiaba estaba muerta, aunque había ciertas dudas respecto al último nombre.

Su padre y, particularmente, su madre encabezaban el grupo. Estaba consciente de que muchos de los recuerdos que tenía de ellos habían sido idealizados por el tiempo y el trauma, mientras que la nostalgia había borrado sus características negativas.

Atesoraba, descolorida, la última fotografía tomada antes de que un adolescente de parranda perdiera el control y convirtiera el esplendor en escombros. Abrió la caja fuerte y la sacó, protegida ahora por una hoja plastificada, pese a lo cual intentó alisar sus arrugas, como si sus padres pudieran sentir sus caricias. Su padre había pedido a un desconocido que les tomara una foto afuera de la ya extinta nevería Farrell's; él, un niño larguirucho de once años con su hermano, Jacob, de siete, parado adelante. Reían de algo, su madre con la cara al cielo, visible la alegría del momento en sus bellas facciones, su padre con una sonrisa irónica, que era lo más que podía hacer. No obstante, esa sonrisa había bastado. Tony la recordaba con claridad. Ingeniero, no dado a la expresión emocional, su padre dejaba escapar de vez en cuando una sonrisa, que casi significaba más por ser poco abierto. Tony había intentado recordar de qué se reían, interrogando la foto horas enteras como si pudiera revelar el secreto; pero por más que trataba, este último seguía fuera de su alcance, exasperante y enloquecedor.

En su lista estaba después la Madre Teresa, seguida muy de cerca por Mahatma Gandhi y Martin Luther King Jr. Todos ellos eran grandes, todos idealizados, cada uno muy humano, vulnerable, maravilloso y ya fallecido. Tras sacar una libretita, Tony escribió aquellos nombres, arrancó la hoja y la tomó entre su índice y pulgar derechos. ¿Por qué eligió a esas personas? La lista final había sido casi espontánea, quizá un reflejo auténtico proveniente de un origen profundo y hasta real, incluso de una *añoranza*. Aborrecía esta palabra, pero por algún motivo también le gustaba. En un principio parecía débil, pero tenía una resistencia enorme, y había durado más que otras cosas que fueron y vinieron en su vida. Esos tres personajes emblemáticos representaban, junto con el último nombre de la lista, algo superior a él, la alusión a una canción nunca entonada pero evocadora, la potencialidad de lo que él hubiera podido ser, una invitación, un reclamo, un tierno *anhelo*.

El último nombre era el más difícil, aunque también el más fácil: Jesús, el obsequio de Belén al mundo; Jesús, el carpintero que supuestamente era Dios sumándose a nuestra humanidad, y quien quizá no estaba muerto, según los rumores religiosos. Tony sabía por qué Jesús estaba en la lista. Este nombre tendía un puente con los más vívidos recuerdos que tenía de su madre. Ella había amado a ese carpintero, y todo lo que tenía que ver con él. Claro que también su papá lo había amado, pero no tanto como su mamá. El último regalo que ella le dio reposaba en su caja fuerte, en el sótano del edificio que albergaba su lugar secreto, y era su bien más preciado.

Menos de dos días antes de que sus padres le fueran violentamente arrebatados, ella había ido inexplicablemente a su recámara. Ese recuerdo estaba grabado en su alma. Él tenía entonces once años, hacía su tarea y de pronto ahí estaba ella, recargada en la puerta, una mujer menudita con un delantal floreado y un manchón de harina en la mejilla justo donde había quitado un mechón desprendido del lazo que mantenía en alto su cabellera, ajena a su actividad. La harina hizo saber a Tony que ella había estado llorando, pues el rastro de sus lágrimas dejó un curso irregular en su cara.

—¿Estás bien, mamá? ¿Qué pasa? —preguntó él, apartándose de sus libros.

—¡Oh! —exclamó ella, limpiándose el rostro con el dorso de las manos cerradas—, no es nada. Ya sabes cómo soy, y que a veces me pongo a pensar en cosas que agradezco tanto, como tu hermano y tú, y me emociono toda —hizo una pausa—. No sé por qué, hijo, pero me dio por pensar en lo mucho que has crecido, y que en un par de años serás todo un adolescente; luego seguirás tu camino y te irás a la universidad, y más tarde te casarás… Y mientras pensaba en esto, ¿sabes qué sentí? —hizo otra pausa—. Alegría. Sentí que el corazón estaba a punto de salírseme del pecho. ¡Doy tantas gracias a Dios por ti, Tony! Así que decidí hacerte tu postre preferido, el pastel cubierto de zarzamoras y unos rollos caramelizados. Pero mientras estaba parada allí, asomada a la ventana, pensando en todo lo que hemos recibido, todos los dones, y en especial en Jake y en ti, sentí de repente el deseo de regalarte algo, algo muy querido para mí.

Tony notó en ese momento que tenía el puño cerrado; sujetaba algo. Fuera lo que fuese, cabía en la manita de esta mujer ya más baja que él. Ella la extendió y la abrió poco a poco. En su palma apareció enrollada una cadena ungida de harina, con una cruz de oro en un extremo, frágil y femenina.

—Ten —se la dio—, quiero que tú la tengas. Me la regaló tu abuela, y su madre a ella. Pensé que un día se la daría a una hija mía, pero no creo que tal cosa suceda, y no sé por qué, pero mientras pensaba y pedía por ti, me pareció que hoy era el día indicado para regalártela.

Sin saber qué hacer, Tony abrió la mano para que su madre dejara caer en ella ese torzal finamente trenzado, engalanado con la pequeña y delicada cruz de oro.

—Quiero que un día se la regales a tu amada, y que le digas quién te la dio.

Lágrimas rodaban ahora por sus mejillas.

—¡Pero mamá, podrías dársela tú!

—No, Anthony, tengo un presentimiento… No entiendo por qué, pero sé que tú debes dársela, no yo. No me malinterpretes, no pienso ir a ningún lado; pero así como mi madre me la dio para darla, yo te la doy ahora para que tú la des.

—Pero, ¿cómo voy a saber…?

—Lo sabrás —lo interrumpió ella—, ¡créeme que lo sabrás!

Su madre lo envolvió en sus brazos y lo estrechó largo rato, sin preocuparse, como él tampoco, si lo ensuciaba de harina. Nada de esto tenía sentido para Tony, pero supo que era importante.

—¡Jamás pierdas la fe en Jesús, Anthony! Nunca podrá irte mal si crees en él. Y ten la seguridad —añadió, retrocediendo y mirándolo a los ojos— de que él nunca perderá la fe en ti.

Dos días después, ella se había ido, devorada por la egoísta decisión de alguien apenas mayor que él. La cadenita continuaba en su caja fuerte. Nunca la dio a nadie. ¿Su mamá sabía que así sería? Él constantemente se preguntaba si aquélla había sido una premonición, una advertencia o gesto de Dios para brindarle un recuerdo. Perder a su madre había destruido su vida, precipitándolo en un camino que lo hizo como era ahora, fuerte, duro y capaz de soportar cosas que otros no resistían. Pero había momentos, fugaces e intangibles, en los que la dulce nostalgia se escurría entre las piedras de su apariencia y lo arrullaba, o comenzaba a cantar mientras él acallaba esa música.

¿Jesús seguía teniendo fe en él? No lo sabía, pero probablemente no. Tony era muy distinto a su madre, aunque gracias a ella había leído la Biblia y otros libros de su gusto, tratando de encontrar en las páginas de Lewis, MacDonald, Williams y Tolkien una huella de su presencia. Por un tiempo incluso fue miembro del grupo Young Life de la preparatoria, donde trató de saber más sobre Jesús, pero el sistema de adopción al que su hermano y él fueron a dar los llevó de una casa a otra y de escuela en escuela; y cuando cada hola es un adiós incipiente, los clubes y filiaciones sociales se vuelven inhóspitos. Él sentía que, como todos, también Jesús le había dicho adiós.

Así pues, el hecho de que lo hubiera conservado en su lista era algo sorpresivo. No había pensado mucho en él en años. En la universidad había reanudado brevemente la búsqueda, pero tras una temporada de conversaciones y estudio, lo relegó a la lista de los grandes maestros desaparecidos.

Pese a ello, entendía por qué su madre se había prendado de él. ¿Qué podía haber de desagradable en Jesús? Hombre a carta cabal, pero bueno con los niños, atento con los inaceptables para la religión y la cultura, una persona llena de compasión contagiosa, alguien que desafiaba el orden establecido pero que amaba a aquellos mismos a quienes cuestionaba. Él era todo lo que Tony habría querido ser a veces, aunque sabía que no lo era. Quizá Jesús fuese un ejemplo de una vida mejor, pero ya era demasiado tarde para cambiar. Entre más viejo se hacía, la idea de su transformación le parecía cada vez más remota.

Y era ese tema de Dios lo que él no podía comprender, especialmente en relación con Jesús. Mucho tiempo atrás había decidido que, de haber un Dios, era algo o alguien malévolo y terrible, caprichoso e indigno de confianza; en el mejor de los casos, una especie de materia fría y oscura, impersonal y ajena; y en el peor, un monstruo que se complacía en devastar los corazones de la gente.

—Todo esto no pasa de ser mera ilusión —dijo entre dientes mientras arrugaba la hoja y la lanzaba indignado a la basura, al otro lado del recinto.

Era imposible confiar en los vivos.

Tomando una nueva botella de Balvenie Portwood, se sirvió un triple y volteó hacia su computadora, que volvió a encender.

Abrió su testamento oficial y pasó la hora siguiente expresando su desconfianza y hostilidad por medio de grandes correcciones, tras de lo cual imprimió una nueva copia, que firmó, fechó y arrojó, junto con la antigua, en una pila de otras más ya guardadas en su caja fuerte. Cerró esta última, reinició las alarmas y apagó las lámparas de su escritorio. Pensando a oscuras en su existencia y en quién podía ser quien lo seguía, jamás imaginó que estaba bebiendo su último whisky.

2

Polvo al polvo

Dios hace maravillas en forma misteriosa.
Domina la tormenta, anda en la mar briosa.
— William Cowper

La mañana irrumpió con estruendo por la ventana descubierta. Combinada con los residuos del whisky, la brillante luz del sol causó espasmos en la cabeza de Tony, una migraña matutina para fastidiar el día. Pero ésta era distinta. No solo no podía recordar cómo había regresado a su condominio, sino que además se hallaba en garras de un dolor diferente a cualquiera conocido hasta entonces. Su languidez y postración en una incómoda postura en el sofá podían explicar la rigidez de su cuello y sus hombros, pero nada en su memoria era comparable a ese martilleo lacerante, como si alguien hubiera desatado en su cabeza una incontenible serie de truenos. ¡Algo estaba sumamente mal!

Una repentina sensación de náusea lo impulsó al escusado, pero antes de llegar expulsó con violencia todo lo que quedaba en su estómago de la noche previa. El esfuerzo no hizo sino acentuar el insoportable dolor. Tony sintió que un miedo en estado puro, largamente contenido por una terca determinación, rompía sus ataduras como una bestia azuzada por una incertidumbre en aumento. Haciendo frente a ese temor paralizante, se tambaleó hasta la puerta del condominio, tapándose los oídos con las manos como para impedir que la cabeza le

POLVO AL POLVO 27

explotara. Se recargó en la pared del pasillo buscando frenético su omnipresente *smartphone*. Una pesquisa desesperada en sus bolsillos solo detectó un juego de llaves, y de pronto, sintió caer en un vacío espantoso e irremediable, una desconexión absoluta. Su presunto salvador, el abastecedor electrónico de todo lo inmediato y pasajero, brillaba por su ausencia.

Se le ocurrió entonces que su celular podía estar en su abrigo, el cual solía colgar en el respaldo de la silla de la cocina, pero la puerta del condominio se había cerrado automáticamente cuando salió. Como un ojo no le respondía, entrecerró el otro para tratar de ver un borroso teclado, intentando recordar el código que le permitiera regresar al departamento, pero los números se empalmaban uno con otro y ninguno tenía el menor sentido. Cerró los ojos para tratar de concentrarse mientras el corazón le latía con fuerza y su cabeza ardía en llamas debido a su creciente desesperación. Echó a llorar en forma incontrolable, lo que lo enfureció, y, presa de un pánico plagado de blasfemias, se puso a oprimir números al azar, desesperado por un milagro. Una oleada de negrura le hizo caer de rodillas y golpearse la cabeza contra la puerta. Esto solo exacerbó el dolor. La sangre de la herida que el filo del dintel había abierto le cubrió la cara.

Su confusión y tormento aumentaron hasta que se sintió perdido, mirando un teclado electrónico que no conocía y sosteniendo en una mano un juego de llaves que nunca había visto. ¿Tenía un auto cerca? Luego de dar tumbos por un pasillo corto, bajó un tramo de escaleras alfombradas y salió a un estacionamiento. Al apretar todos los botones de su llavero fue premiado por las luces intermitentes de un sedán gris a menos de nueve metros de distancia. Otro brote de negrura lo jaló de los pies, y cayó por segunda ocasión; desesperado, se arrastró a gatas hasta el coche, como si su vida dependiera de ello. Por fin llegó, se levantó —firme un momento mientras el mundo daba vueltas a su alrededor— y volvió a caer al suelo, envuelto esta vez en una nada reconfortante. Todo ese dolor que llamaba su atención tan frenéticamente, se disolvió.

Si alguien lo hubiera visto caer (lo cual no fue el caso), habría descrito un costal de papas arrojado desde la parte trasera de un camión en movimiento, que se desplomó como si ningún hueso habitara su cuerpo, peso muerto derribado por la gravedad. Se dio un fuerte golpe en la nuca contra la parte trasera del auto; su impulso lo hizo girar hacia el piso de concreto, donde su cabeza rebotó por segunda vez con un estruendo sordo, terrible. La sangre que ahora le salía de la oreja izquierda confluía con la de las heridas de la cara y la frente. Estuvo casi diez minutos tendido en el apenas iluminado estacionamiento subterráneo antes de que una mujer que buscaba en su bolsa las llaves del coche tropezara con su pierna. Un alarido resonó en el concreto, pero nadie lo oyó. Visiblemente temblorosa, ella marcó el 911.

La despachadora, sentada frente a una serie de pantallas, tomó la llamada a las 8:41 de la mañana.

—Nueve-uno-uno, ¿dónde está su emergencia?

—¡Ay, Dios, un señor sangra por todas partes! ¡Parece muerto…!

La mujer estaba histérica, y al borde de un colapso nervioso. Entrenada para esto, la despachadora moderó la cadencia de su voz:

—Cálmese, señora. Dígame dónde se encuentra para que pueda enviar ayuda.

Sin dejar de prestar atención, la servidora silenció la llamada para prenotificar por otra línea a la estación de bomberos de Portland sobre la posible emergencia médica. Tecleó rápidamente la información y códigos en el registro de llamada, manteniendo comunicación con un amplio grupo de servicios de primeros auxilios capaces de reaccionar.

—¿Puede decirme qué ve, señora? —preguntó, y silenció la llamada, cambió de línea y dijo a toda prisa—: Máquina 10, M333, responda a un Código 3, UN3 en 5040 SW Macadam Avenue, transversal Richardson Court, justo al norte de US Bank y abajo de Weston Manor, primer nivel de un estacionamiento subterráneo junto al río…

—Médica 333, entendido, y en dirección a operaciones 1 —fue la respuesta que obtuvo por el audífono.

—Tranquilícese y respire hondo, señora... Encontró un hombre que parece inconsciente, y hay sangre... No se preocupe, la ayuda va en camino, llegará en unos minutos. Quédese ahí, por favor, y espere a que lleguen los paramédicos... Así, es correcto... Permaneceré en la línea hasta que la ayuda llegue. ¡Lo hizo usted muy bien! Los paramédicos van en camino y estarán allá de un momento a otro.

Los bomberos fueron los primeros en presentarse en la escena y, tras ubicar a Tony, hicieron una rápida evaluación inicial antes de aplicar procedimientos médicos para estabilizarlo, al tiempo que uno de sus compañeros calmaba y entrevistaba a la consternada testigo. La ambulancia de American Medical Response (AMR) llegó minutos después.

—¿Qué hay, colegas? ¿En qué puedo ayudar? —preguntó el paramédico de AMR.

—Tenemos un señor de cuarenta y tantos que esa señora encontró tirado junto a su coche. Está vomitado y huele a alcohol. Herida grande en la cabeza, cortadas faciales, y no responde. Se hizo inspección manual de espina cervical y no se le ha puesto máscara de oxígeno.

—¿Ya le tomaron los signos vitales?

—Sí, presión de 260/140, pulso de 56 y respiración de 12, aunque irregular. Pupila derecha lastimada, y sangra del oído derecho.

—¿Parece una lesión grave de cabeza?

—Sí.

—Subámoslo, entonces.

Moviéndolo con todo cuidado, colocaron a Tony sobre una camilla rígida. Los bomberos lo sujetaron firmemente mientras el paramédico de AMR le aplicaba una inyección intravenosa.

—Sigue sin responder y con respiración errática —señaló el paramédico de los bomberos—. ¿Qué opinas si lo entubamos?

—Buena idea, pero hagámoslo en la ambulancia.

—¡Estatus verde de Universidad COREL! —informó el conductor en ese momento.

Subieron a Tony a una camilla de ruedas y lo metieron de prisa en la ambulancia, mientras el conductor hacía la llamada.

Los signos vitales de la víctima se desplomaron, y entró en asistolia, una especie de paro cardiaco. Una intensa oleada de actividad, que incluyó una inyección de epinefrina, volvió a poner en marcha su corazón.

—¡Universidad, aquí Médica 333! Vamos a su centro de Código 3 con un sujeto de cuarenta y tantos años hallado en el suelo de un estacionamiento. El paciente tiene una herida visible en la cabeza y no respondió al arribo. Es de 5 en la escala de Glasgow y ya se tomaron todas las precauciones respecto a la columna vertebral. Tuvo un breve periodo de asistolia pero recobró el pulso con 1 miligramo de epi. Su última presión fue de 80/60, pulso de 72, en este momento lo tenemos en 12 respiraciones por minuto y nos disponemos a entubar. Tiempo estimado de arribo de cinco minutos, ¿alguna pregunta?

—No. Administren 500 centímetros cúbicos de manitol.

—Entendido… ¡Despachadora, Médica 333 en traslado con dos bomberos a bordo!

Salieron del estacionamiento haciendo sonar su sirena. En menos de cinco minutos subieron la empinada colina hasta el Oregon Health and Science University (OHSU), el hospital que domina como una gárgola la ciudad. Cuando Tony llegó a la sala de resucitación, donde se fija la prioridad de los nuevos pacientes de traumatismo, un alud de doctores, enfermeras, técnicos y residentes convergieron a su alrededor y dieron paso a un caos ordenado, un intrincado baile donde cada quien conocía su papel y el desempeño que se esperaba de él. Una ráfaga de preguntas salpicó el diálogo con los paramédicos que brindaron los primeros auxilios, hasta que el médico a cargo se mostró satisfecho, tras de lo cual se liberó a la cuadrilla para que se recuperara de la descarga de adrenalina que suele acompañar a llamadas de esta clase.

Una tomografía inicial y una angiografía posterior revelaron hemorragia subaracnoidea, lo mismo que un tumor en el lóbulo frontal. Horas más tarde, Tony fue finalmente admitido en el cuarto 17, sección 7C, de la unidad de terapia intensiva del área de neurología. Conectado a tubos y demás parafernalia médica que lo alimentaba y le permitía respirar, él era ajeno por completo al hecho de ser el centro de tanta atención.

Sintió que subía insistentemente como atraído por algo con un tenue pero firme campo gravitacional. Parecía más el amor de una madre que un objeto sólido, y Tony no se resistió. Creía recordar que había participado en una pelea que lo dejó exhausto, pero el conflicto ya se desvanecía.

Mientras se elevaba, en su interior emergió la insinuación de que estaba muriendo, idea que ancló con facilidad; entonces, se afianzó por dentro como si pudiera oponerse a ser absorbido por... ¿qué? ¿La nada? ¿Se fusionaba acaso con el espíritu impersonal y absoluto?

No. Desde hacía tiempo había decidido que la muerte era el final, la suspensión de toda conciencia, polvo que vuelve al polvo sin cesar.

Esta filosofía le daba consuelo en su egoísmo. ¿No se justificaba, al cabo, que velara por sí mismo, controlando no solo su vida sino también la de otros, en su propio provecho y beneficio? Nada era correcto, no existía la verdad absoluta, solo usos y costumbres sociales legitimados y conformidad basada en la culpa. Como él la veía, la muerte significaba que en realidad nada importa. La vida era un ahogado grito evolutivo sin sentido, la supervivencia temporal del más apto o más astuto. Dentro de mil años, si la raza humana sobreviviera, nadie sabría que él había existido alguna vez, ni se interesaría en cómo vivió su vida.

Mientras ascendía en la corriente invisible, su filosofía comenzó a sonar mal, y algo en él se resistía, no quería aceptar que una vez que se corriera el telón nada ni nadie tendría significado, que todo era parte del caos del azaroso interés propio en su pugna por el prestigio y el poder, y que las mejores técnicas eran manipuladoras y egoístas. ¿Pero cuáles eran las opciones?

Un día específico, la esperanza de algo distinto había muerto. Esa tormentosa mañana de noviembre, Tony sostuvo casi un minuto la primera palada de suciedad. Bajo una lluvia sacudida por el viento, fijó la vista en la diminuta y ornamentada caja que contenía a su Gabriel. De apenas cinco años, y casi sin fuerza para respirar, su pequeño había intentado valerosamente aferrarse a todo lo bello y bueno, solo para ser arrebatado al cariño de quienes más lo amaban.

Dejó por fin que la tierra cayera en ese abismo, junto con las astillas de su corazón roto y los restos de toda su esperanza. Mas no hubo lágrimas. La rabia contra Dios, contra la maquinaria y aun contra la pudrición de su propia alma no había salvado ni preservado a su hijo. Súplicas, promesas y plegarias, todo rebotaba contra el cielo y regresaba vacío, burlándose de su impotencia. Nada… nada había servido mientras la voz de Gabriel se apagaba.

Estos recuerdos retrasaron su ascenso, y quedó suspendido en la negrura espesa, pendiente por un momento de una pregunta. Si Gabe no hubiera muerto, ¿ese precioso niño habría podido salvar la existencia patética de Tony? Otras tres caras destellaron en su mente, tres personas a quienes les había fallado en grado sumo y lamentable: Loree, su amor de adolescente y dos veces su esposa; Angela, su hija, que quizá lo odiaba tanto como él se odiaba a sí mismo, y Jake… *¡oh, Jake, cuánto lo siento, hermano!*

¿Pero qué importaba esto de todas maneras? Las ilusiones eran el enemigo verdadero. El «si hubiera», o «lo que pudo ser», o «lo que debió haber sido», todo ello era un mugroso desperdicio de energía, y un obstáculo al éxito y la satisfacción inmediata. La idea misma de que algo importaba era mentira, una figuración, un falso consuelo mientras uno era empujado hacia el hacha. Una vez aniquilado, lo que quedaba de uno eran las ilusiones de los vivos, quienes conservaban recuerdos fugaces y temporales, buenos o malos, fragmentos momentáneos del espejismo de que la vida de aquél había tenido un significado. Claro que si nada tiene sentido, aun la idea de que las ilusiones son el enemigo se volvía absurda.

Como la esperanza era un mito, no podía ser un enemigo.

No, la muerte era la muerte, y ésta era la última palabra. Pero, caviló Tony entonces, esto tampoco era racionalmente creíble. Quería decir que la muerte misma tenía significado. ¡Patrañas! Ahuyentó de su mente esos pensamientos, desdeñándolos como dudas ridículas e incongruentes para no aceptar la irrelevancia de una vida vacía e inútil.

Al elevarse de nuevo, vio a la distancia un punto de luz. Conforme ésta se acercaba, o él a ella, no lo sabía, el fulgor aumentaba en intensidad y sustancia. Aquél era el lugar de su muerte: ahora estaba seguro de eso. Había leído de personas que morían y veían una luz, pero siempre consideró esto nada más como las últimas descargas del sistema neuronal de circuitos. El cerebro estaba ávido de una postrera, vana comprensión de todo vestigio de pensamiento y memoria, de un asimiento desesperado a algo tan elusivo como el mercurio en una mano endurecida.

Se soltó. Se sintió en un río invisible que lo atrapaba, sumido en una ola antigravitacional que propulsaba su conciencia hasta el punto mismo de la brillantez. El brillo aumentó tanto que tuvo que apartar la mirada, entrecerrando los ojos para protegerse de esa luminiscencia que lo traspasaba y reconfortaba al mismo tiempo. Se dio cuenta entonces de que tenía frío al estar en poder de lo que lo mantenía suspendido. Pero mientras volteaba, algo en él tendía hacia afuera, como si respondiera a una invitación inherente a ese resplandor.

Sus pies rozaron abruptamente lo que parecía un suelo rocoso, y sus manos palparon paredes a uno y otro extremo. Un olor a hojas y tierra invadió sus sentidos. ¿Lo habían sepultado y veía desde lo hondo de la tumba? Tan pronto como se le ocurrió esta idea terrible, el miedo lo dejó sin aliento. ¿No estaba muerto del todo, y los dolientes reunidos para darle el último adiós ignoraban que seguía vivo?

La alarma fue breve. Todo había terminado, y él también. Se abandonó de mala gana a su fin, cruzando los brazos sobre el pecho. La luz era tan fuerte que tuvo que voltearse por completo. El susto fue aterrador y estimulante. Fue arrojado entonces al fuego voraz, donde era cegado por…

3

Había una vez...

*Algún día serás lo bastante viejo para volver
a leer cuentos de hadas.*
— C. S. Lewis

¿La luz del sol?

¡Era la luz del sol! ¿Cómo podía ser la luz del sol? La claridad
mental que Tony había conseguido desapareció en un torrente
de sobrecarga sensorial. Cerró los ojos de nuevo, permitiendo
que ese fulgor distante le calentara el rostro y envolviera su
escalofrío en una manta dorada. Por un momento nada le im-
portó. Luego, como un inminente amanecer, la imposibilidad
de su situación hizo añicos su ensueño.

¿Dónde estaba? ¿Cómo había llegado hasta ahí?

Abrió lentamente los ojos y los bajó, entrecerrándolos para
que se adaptaran a la luz. Llevaba puestos sus gastados pantalones vaqueros y el par de botas que usaba para caminar entre las
rocas de la playa cuando bajaba la marea en Depoe Bay. Siempre se había sentido más cómodo con estas prendas que con los
trajes que se ponía para el trabajo cotidiano. *Estas botas deberían
estar en el clóset de mi casa de la playa,* fue lo primero que pensó.
Mostraban las marcas reconocibles de las raspaduras contra la
antiquísima lava costera de la playa de Oregón.

Cuando miró a su alrededor, su perplejidad aumentó. No había indicación alguna de dónde estaba, ni del momento en que
vivía. Detrás de él se alzaba la boca de un pequeño hueco negro,

al parecer el sitio del que había sido tan poco ceremoniosamente arrojado. El tiro semejaba ser apenas sufuciente para caber dentro, y no veía treinta centímetros más allá de la entrada. Volteando, cubrió sus ojos contra el sol y examinó el paisaje que se tendía ante él, listando mentalmente un número de preguntas cada vez mayor.

Comoquiera que hubiese llegado a este lugar, expulsado, parido o propulsado por el túnel oscuro, ahora estaba en el centro de una angosta pradera de montaña rebosante de flores silvestres: achicorias de color naranja, anémonas lilas dispersas y los blancos delicados de los geranios que se intercalaban con árnica amarilla similar a la margarita. Ésta era una invitación a respirar hondo, y cuando lo hizo casi pudo probar esos aromas fuertes y sabrosos, con apenas un toque de sal en el aire, como si un océano se tendiera más allá de donde alcanzaba la vista. El aire era fresco y limpio, y no había señas de nada que no fuera originario del área. Abajo se esparcía un valle inmenso rodeado por una cordillera semejante a las Rocallosas canadienses, panorama pintoresco de tarjeta postal. En medio de aquella llanura, un radiante lago emitía reflejos propios de las primeras horas de la tarde. Una orilla irregular proyectaba sombras en los valles y afluentes aledaños, invisibles para Tony. Diez metros adelante, el prado se resolvía tosca y peligrosamente en una cañada de al menos trescientos metros de fondo. Todo era vívido y deslumbrante, como si los sentidos de Tony se hubieran soltado de sus amarras habituales. Aspiró una bocanada de aire fresco.

El prado donde se hallaba no tenía más de treinta metros de largo, echado entre fronteras marcadas por el precipicio a un lado y la empinada cuesta al otro. A la izquierda, los coloridos dibujos florales terminaban de manera abrupta en paredes rocosas y escarpadas, pero en la dirección opuesta había un sendero apenas visible que desaparecía en la fila de árboles y la fronda indomable del tupido follaje verde. Una brisa ligera besó su mejilla y acarició su pelo, y una ráfaga de fragancias perfumadas se detuvo en el aire, como si acabara de pasar una mujer.

Tony permaneció quieto, como si eso ayudara a apaciguar la tormenta desbordada en su cabeza. Sus pensamientos eran una cascada de confusión. ¿Estaba soñando, o se había vuelto loco? ¿Estaba muerto? Era obvio que no, a menos... a menos que se hubiera equivocado por completo acerca de la muerte, una idea demasiado desconcertante para tomarse en serio. Alzó la mano y tocó su cara, como si esto pudiera confirmar algo.

Lo último que recordaba era... ¿qué? Las imágenes en su mente formaban un torbellino de reuniones y migrañas, con una rápida sacudida de alarma al final. Recordaba haber salido a la carrera, fuera de control, de su condominio, apretándose la cabeza por sentirla a punto de estallar, y haberse abierto camino a tropezones hasta el estacionamiento, buscando su auto. La atracción de una luz era su última remembranza. Y ahora estaba aquí, sin la menor idea de qué era ese «aquí».

Suponiendo que no estaba muerto, tal vez estaría entonces en un hospital, atiborrado de medicinas que pretendían calmar la tormenta eléctrica desatada en su cerebro. Quizá estaba atrapado en las secuelas, creando irrealidades en su cabeza, conexiones neurales de incongruentes alucinaciones recogidas a lo largo de una vida. ¿Y si se encontraba en una celda de aislamiento, atado a una camisa de fuerza y babeando? Primero muerto, aunque, bueno, era más que tolerable que el coma o la demencia lo trajeran a uno a tierras como ésta.

Otro aire refrescante limpió su rostro, y volvió a inhalar con ganas, sintiendo una acometida de... ¿qué, exactamente? No estaba seguro. ¿Euforia? No. Esto tenía más sustancia que eso. No sabía cómo definirlo, pero resonaba claramente en su interior, como el vago recuerdo de un primer beso, ya etéreo pero eternamente inquietante.

¿Y ahora qué? Parecía tener dos opciones, aparte de la de quedarse donde estaba a ver qué ocurría. Nunca había sido de los que esperan... no por nada. En realidad tenía tres opciones, si incluía la de lanzarse por el despeñadero a ver qué pasaba. No pudo evitar sonreír mientras desechaba esta idea. Descubrir que no estaba soñando ni muerto abreviaría su aventura.

Volteó a la cueva, y le asustó ver que ésta había desaparecido, absorbida otra vez por la pared de granito sin dejar huella. Eliminada esta opción, acometió entonces la única que le quedaba, el sendero.

Vaciló al inicio de la vereda, para dejar que sus ojos se adaptaran a la oscuridad del bosque. Miró el paisaje a sus espaldas, renuente a abandonar su calidez acogedora por esta fría incertidumbre. Esperó a que su visión se corrigiera mientras veía el sendero disolverse en la maleza menos de diez metros adelante. El monte era más frío, pero no incómodo; el sol que se filtraba por entre el dosel del follaje arrojaba haces de luz que capturaban motas e insectos ocasionales. Una densa y exuberante maleza flanqueaba el sendero pedregoso y definido, casi se diría recién abierto y a la espera de Tony.

Él podía oler este mundo, una mezcla de descomposición y vida, la humedad de vetustos pinos enmohecidos pero encantadores. Respiró hondo de nuevo, a fin de retener ese aroma. Era casi embriagante, un recuerdo del whisky, parecido a su amado Balvenie Portwood pero más rico, más puro y con un regusto más fuerte. Sonrió, a nadie en particular, y se sumergió en el bosque.

A menos de cien metros de su origen la vereda se dividía en un camino inclinado a la derecha, otro que bajaba a la izquierda, y un tercero que seguía de frente. Dedicó un momento a considerar sus opciones.

Es una sensación extraña tratar de tomar una decisión no solo de resultados imprevisibles, sino también en medio de una situación desconocida. Él no sabía de dónde había venido ni adónde iba, y ahora enfrentaba opciones sin saber qué podía significar o costar cada una.

Pendiente de decidirse por uno de los caminos, le dio la impresión de que ya había estado antes ahí. No era cierto, pero lo era en algún sentido. Su vida había sido una larga serie de encuentros con opciones e intersecciones, y siempre alardeaba de su capacidad de decisión, convenciéndose y convenciendo a los demás de que comprendía perfectamente dónde lo llevaría cada una, que cada cual era una simple extensión de sus correctas evaluaciones y juicios brillantes.

Había trabajado diligentemente para obtener certezas de sus elecciones, para controlar en cierto modo el futuro y sus consecuencias proyectando un aura de inteligente clarividencia profética. La verdad, lo comprendía ahora, era que las eventualidades y consecuencias jamás eran inevitables, y la mercadotecnia y creación de imagen constituían las herramientas por excelencia para cubrir la disparidad consecuente. Siempre había variables inoportunas fuera de la escala de probabilidades que enturbiaban las aguas del control. Crear la ilusión de que él sabía, y alardear de ello, se convirtió en su modo de operar. Resultaba un reto agotador seguir siendo profeta cuando las cosas eran tan impredecibles.

Permaneció así frente a las tres opciones, sin pista alguna de adónde conducían. Sorprendentemente, había una libertad inesperada en no saber, en la ausencia de toda expectativa que a la larga lo culparía de una mala decisión. Estaba en este momento en libertad de seguir cualquier dirección, y esa autonomía era incitante y aterradora al mismo tiempo, podía ser una cuerda floja entre fuego y hielo.

Un atento examen de cada sendero no sirvió de nada. Uno de ellos podía parecer en principio más fácil que otro, pero esto no garantizaba que no fuera a haber algo a la vuelta del primer recodo. La libertad inherente al momento inmovilizó a Tony.

No se puede gobernar un barco atracado, dijo entre dientes, y siguió el camino de en medio, tomando nota mental de ello en caso de que tuviera que volver sobre sus pasos. ¿Volver adónde? No lo sabía.

Había avanzado menos de doscientos metros por la vereda de su elección cuando topó con otra encrucijada, y tuvo que evaluar y elegir de nueva cuenta. Casi sin pausa alguna y sacudiendo simplemente la cabeza, tomó la que subía a la derecha, agregando esta vuelta a su libreta imaginaria. En el primer kilómetro y medio debió hacer frente a más de veinte decisiones de este tipo, y dejar la gimnasia mental requerida para deducir de dónde procedía. Para no errar, quizá debía haber elegido siempre el camino intermedio. En cambio, su trayecto se había vuelto una mezcolanza de derecha, izquierda, arriba, abajo y de frente. Se sintió irremediablemente extraviado, sin nadie a quién preguntar y sin idea alguna de un destino, lo que no hizo sino aumentar su desconcierto.

¿Y si se trata de no llegar a ninguna parte?, se preguntó. ¿Y si no había allí meta ni objetivo? Mientras la presión de «llegar» se desvanecía, aflojó inadvertidamente el paso y puso atención en el mundo que lo rodeaba. Parecía un lugar viviente, casi como si respirara junto con él. Las aladas canciones de los insectos, los reclamos y destellos coloridos de las aves que anunciaban la presencia del extraño y el ocasional movimiento de animales invisibles en la maleza no hacían sino contribuir a una sensación de agitada admiración. Carecer de objetivo tenía beneficios inherentes —falta de exigencias de horario y agendas— y, aunque con reservas, Tony permitió que el paisaje empezara a mitigar su frustración persistente de estar tan desorientado.

A veces las sendas lo llevaban entre troncos maduros, un prodigio de enormes árboles casi hombro con hombro en su esplendor, retorcidos brazos trenzados en solidaridad aparente que oscurecían el suelo bajo sus copas unidas. *En mi vida no dejé que madurara casi nada*, pensó Tony, alzándose de hombros. *Lo que no vendí, lo quemé.*

Una vereda lo condujo bajo una hendedura en la cara rocosa de la montaña, casi una cueva, y no pudo menos que acelerar el paso, no fuera a ser que ese pequeño hueco se cerrara y lo aplastara en un abrazo pétreo. Otra decisión le llevó por un área desolada donde tiempo atrás el fuego había arrancado su corazón al bosque, dejando tocones y vestigios de los viejos troncos y brotes dispersos de una generación nueva, que se alimentaba de la muerte del pasado y emergía para rescatar lo perdido, y más. Un sendero confluyente seguía un seco y arenoso lecho de río, mientras que otro era un ascenso apenas perceptible sobre un musgo de terciopelo que se tragó las huellas de Tony mientras pasaba. Pero siempre otra intersección, y más opciones.

Tras varias horas de andar, pasear y maravillarse, le pareció que disminuían las elecciones de rumbos; decrecían en forma significativa. El camino que él seguía se ensanchó poco a poco hasta convertirse en lo que fácilmente podía ser una calle angosta, flanqueada por maleza y árboles que cerraban filas para levantar una barrera casi impenetrable. Tal vez Tony llegaba por fin a algún lado. Aceleró el paso. La vía, una avenida ya, inició un ligero descenso donde el bosque se espesaba aún más, haciéndole sentir que avanzaba por un pasillo alfombrado marrón y verde bajo un techo azul salpicado de nubes.

Al dar vuelta en una esquina, se detuvo. A quinientos metros de él y en leve pendiente, las paredes de esmeralda se tornaban de piedra. El camino terminaba en una puerta inmensa, empotrada en lo que parecían ser las murallas de una estructura de roca colosal. La construcción no era diferente a las ciudades fortificadas que había visto reproducidas en libros y, en los museos, en maqueta, solo que ésta era pantagruélica en comparación.

Continuó hacia lo que ahora creyó ser la imaginaria puerta de una imaginaria fortificación. Jamás cuestionó el poder de invención de la mente humana, uno de los accidentes más impresionantes de la evolución, pero esta creación era pasmosa y rebasaba toda expectativa. Conjeturó que era el resultado combinado de estimulantes neurológicos y una imaginación desaforada, el residuo acumulado de cuentos infantiles con castillos y murallas. Pero esto parecía verdadero y tangible, como los pocos sueños cuyos detalles recordaba vívidamente, de apariencia tan real que había que rastrear sus pasos para concluir que resultaban imposibles. Esto era así: real pero imposible. ¡La única explicación era que Tony estaba atrapado en el caos del más vívido de los sueños!

Tal conclusión fue un alivio instantáneo, como si hubiera contenido el aliento de expectación y su mente hubiese hallado por fin un principio organizador. Queda dicho entonces: estaba soñando. Ésa era una proyección de una psique desbocada, potenciada por los mejores psicotrópicos de la medicina. Alzó las manos al cielo y gritó:

—¡Un sueño! ¡Mi sueño! ¡Increíble! ¡Es impresionante!

Su voz retumbó en las remotas murallas y echó a reír.

La creatividad de su mente era ejemplar e impactante. Como oyendo la pista sonora de esta película de su alucinación, dio unos pasos de baile, los brazos en alto todavía, alzada al viento la cabeza, un acompasado giro a la izquierda, luego a la derecha. Nunca fue bueno para bailar, pero aquí nadie lo veía, y no existía entonces posibilidad de vergüenza. Si quería bailar, bailaba. Era su sueño, y tenía poder y autoridad para hacer lo que quisiera.

...Aunque esto no resultaría cierto de ninguna forma.

Como para confirmar que tenía razón, apuntó las palmas de sus manos hacia aquella distante monstruosidad rocosa, y como si fuera un aprendiz de mago ordenó:

—¡Ábrete, sésamo!

Nada pasó, pero el intento había valido la pena. Quería decir sencillamente que, aun en sueños vívidos, su control era limitado. Y como no había vuelta atrás, Tony siguió su camino, cautivado por la grandiosidad y alcance de su imaginación. Dado que ésa era su mente en operación, todo esto debía significar algo, tal vez algo importante.

Cuando llegó a la puerta, aún no había sacado ninguna conclusión sobre el sentido y trascendencia de su visión. Aunque parecía casi trivial comparado con la estructura en que se engarzaba, el portal era inmenso, y lo hizo sentir diminuto e insignificante. Se dio tiempo para examinarlo sin tocarlo; obviamente, se trataba de un punto de entrada, pero no ofrecía medio visible de acceso, ninguna perilla o cerrojo, nada que le permitiera ingresar. Parecía que solo podía abrirse por dentro, lo cual quería decir que algo, o alguien, debía estar ahí para abrir.

Qué interesante..., masculló para sí, y levantó el puño para llamar, ¡pero se paralizó en el acto! Oyó un golpe, mas no era suyo; él continuaba con la mano en alto. Confundido, se miró el puño. Oyó un golpe más fuerte y sonoro, tres llamadas del otro lado de la puerta. Entonces agitó el puño frente a su cara para ver si producía involuntariamente ese ruido, pero no era así.

Sucedió entonces por tercera vez: tres golpes, fuertes pero no insistentes. Miró la puerta de nuevo. Tenía un pasador que no había visto antes. ¿Cómo podía no haberlo advertido? Estiró vacilante la mano y lo tocó, una pieza de metal fría al tacto que operaba una palanca simple que levantaba a su vez la barra que mantenía la puerta en su sitio. Tampoco recordaba haber visto la barra. Sin pensar más, y como respondiendo a una orden, alzó el pestillo y se hizo a un lado mientras el inmenso portal giraba fácilmente y sin ruido hacia dentro.

Al otro lado se encontraba un hombre que Tony no reconoció, recargado en el enorme dintel. La cara del extraño se iluminó con una sonrisa amplia y cordial. Tony se llevó un susto aún mayor cuando, al lanzar más allá la mirada, vio el camino por el que acababa de llegar. Él estaba dentro del edificio y, sin darse cuenta cómo, había abierto la puerta desde dentro. Miró pausadamente a su alrededor para estar seguro, y era cierto. Ya estaba en el interior, viendo a lo lejos una vasta extensión de quizá más de quince kilómetros cuadrados de superficie. Encerraban el terreno muros de piedra gigantescos, una fortaleza delimitada en contraste con el libre y desenfrenado mundo exterior.

Tras sostenerse en la pared, se volvió. El hombre seguía ahí, apoyado en el dintel, sonriéndole. Como presa de vértigo, Tony sintió que el mundo se ladeaba, que perdía el equilibrio y se le doblaban las rodillas, y una oscuridad conocida comenzaba a nublar su visión. Tal vez el sueño llegaba a su fin y él estaba de regreso en el lugar donde había empezado, donde las cosas tenían más sentido y donde al menos él sabía que no sabía.

Unos brazos fuertes lo atajaron, y le ayudaron delicadamente a sentarse, recargándolo contra la pared al otro lado del portón que él acababa de abrir.

—Toma esto.

En medio de una bruma turbia sintió que un líquido fresco se vaciaba en su boca. ¡Agua! Llevaba horas sin beber una gota. Quizá todo se debía a esto, deshidratación. Había caminado por el bosque; un momento... ¡eso no podía ser verdad! No, ¿había estado tirado en un estacionamiento y ahora se hallaba en un castillo? Un castillo, con... ¿con quién? ¿Con el príncipe?

¡Vaya tontería!, pensó, revuelta la mente. No soy una princesa. Y echó a reír. Mientras sorbía poco a poco ese líquido refrescante, la niebla se disipó gradualmente y él comenzó a despejarse.

—Me atrevería a afirmar —dijo la misma voz, de marcado acento británico o australiano si Tony debía arriesgar una suposición— que, si fueras princesa, difícilmente tendrías cabida en un cuento, por feo.

Tony se reclinó en la roca y alzó la mirada al caballero que, revoloteando sobre él, le tendía un termo. Ojos color avellana centellaron en respuesta. Aquel señor era de complexión ligeramente fornida, quizá apenas tres o cinco centímetros más bajo que él, y parecía tener cincuenta y tantos, o más tal vez. Sus entradas y alta frente le daban un aire de inteligencia, como si necesitara ese espacio extra para pensar. Su indumentaria era anticuada: arrugados pantalones grises de franela y un gastado saco marrón de tweed que había conocido mejores días y le quedaba algo apretado. Parecía leído, de piel pálida y demacrada por largos periodos bajo techo, aunque sus manos eran de carnicero, rudas y fuertes. Una ingenuidad infantil danzaba en las orillas de su traviesa sonrisa mientras esperaba pacientemente a que Tony pusiera en orden sus pensamientos y dijera algo a fin de cuentas.

—Así que —carraspeó Tony—, ¿todas esas veredas terminan aquí?

La pregunta parecía más bien frívola, pero fue la primera entre muchas en salir a la superficie.

—No —contestó el hombre, con voz fuerte y resonante—, en realidad es justo al revés: todos esos senderos parten de aquí. No se los recorre mucho en estos días.

Esto no tenía el menor sentido para Tony, y de momento le pareció complicado, así que hizo otra pregunta, más simple:

—¿Es usted británico?

—¡Ja! —el sujeto echó atrás la cabeza y rio—. ¡Santo cielo, no! ¡Soy irlandés! El verdadero inglés —dijo, inclinándose de nueva cuenta al frente—. Aunque, con afán de precisar, si bien nací en Irlanda, es probable que sea totalmente británico en cultura. No había mucha diferencia cuando yo era joven, así que tu error es del todo excusable.

Rio otra vez, y se agachó para sentarse en una roca lisa junto a Tony, subiendo las rodillas para posar en ellas los codos.

Ambos volvieron a mirar el camino cercado por el bosque.

—Admitiré —continuó el irlandés—, aquí entre nos, que mi aprecio por la contribución de los británicos a mi vida no ha dejado de aumentar. No obstante, mataron casi accidentalmente a algunos de nosotros en la Gran Guerra, durante breves bombardeos. Les hacían falta matemáticos, supongo. ¡Gracias a Dios que estábamos de su lado…!

Como para celebrar su sarcasmo, sacó una pequeña pipa del bolsillo interior de su saco, e inhaló y expulsó lentamente el humo como un suspiro de alivio. El aroma era grato, y persistió hasta ser absorbido por las fragancias del bosque. Sin voltear, ofreció su pipa a Tony.

—¿Quieres probar? Three Nuns acogedoramente acurrucadas en una Tetley Lightweight,* otro punto a los británicos.

Hizo una leve reverencia para terminar esta frase.

—No, gracias, no fumo —respondió Tony.

—¡Qué bueno, señor Spencer! —repuso el hombre, con tono irónico—. Me han dicho que esto puede matar.

Volvió a guardarla todavía prendida, cazoleta abajo, en el mismo bolsillo. Éste lucía un parche de un retazo de otro tipo, de un pantalón tal vez. Seguramente brasas encendidas habían consumido el original.

---

* N. del traductor: Juego, intraducible, con la marca de tabaco, Three Nuns (literal: tres monjas), y las pipas Tetley Lightweight.

—¿Usted me conoce? —preguntó Tony, tratando de ubicar en su memoria al desconocido, aunque en vano.

—Todos lo conocemos aquí, señor Spencer. Pero disculpe usted mis malos modales, por favor. ¡Qué mala educación, de veras! Me llamo Jack, y por fin tengo el honor de conocerlo, frente a frente, quiero decir.

Le tendió la mano y Tony se la tomó, así fuese solo por costumbre.

—Soy Tony… pero usted ya lo sabe, ¿o no? ¿Cómo exactamente es que me conoce? ¿Nos hemos visto antes?

—No directamente. Fue tu madre la que nos presentó. No es de sorprender que no te acuerdes; jamás me consideré muy memorable, de todas formas. Sin embargo, las influencias de la infancia tienen sorprendentes consecuencias formativas, para bien o para mal, o de por vida.

—¿Pero cómo…? —balbució Tony, confundido.

—Te repito que aquí todos te conocemos. Conocer sucede en capas. Aun nuestra alma apenas si percibe hasta que los velos se quitan; hasta que salimos del escondite y nos prestamos a ser conocidos.

—¿Cómo dice? —interrumpió Tony, sintiendo un fastidio creciente—. Lo que usted acaba de explicar no tiene ningún sentido para mí, y francamente parece del todo irrelevante. No tengo idea de dónde estoy ni en qué momento me encuentro, ¡y usted no me sirve de gran cosa!

—En efecto —dijo Jack asintiendo gravemente, como si esto pudiera servir de consuelo.

Tony se llevó las manos a la cabeza a fin de pensar, resistiéndose cuanto podía a la irritación que sentía crecer en él.

Los dos guardaron silencio mientras contemplaban el camino.

—Tú no me conoces, Anthony, no bien, o no de verdad, pero sí en sustancia, y de ahí tu invitación —la voz de Jack era segura y mesurada, y Tony se concentró en sus palabras—. Fui una influencia en ti cuando eras joven. Esa *guía y perspectiva*, por así llamarla, se ha desvanecido sin duda, pero sus raíces permanecen.

—¿Mi invitación? ¡No recuerdo haber invitado a nadie a nada! Y usted no me parece conocido en absoluto —afirmó Tony—. ¡No sé quién es! ¡No conozco a ningún Jack de Irlanda!

Jack habló sin perder la calma:

—Tu invitación ocurrió hace muchos años, y es probable que, en el mejor de los casos, permanezca en ti como un vago sentimiento o anhelo. ¡Cómo no se me ocurrió traer un libro para que olieras sus páginas! Eso seguramente ayudaría... En realidad no nos conocimos nunca, al menos no en persona, como ahora. ¿Te sorprendería saber que morí años antes de que tú nacieras?

—¡Vamos de mal en peor! —explotó Tony, parándose demasiado rápido. Las piernas se le habían aflojado, pero su enojo le hizo dar unos pasos hacia el camino por donde había llegado. Pese a todo, hizo un alto y se volvió—. ¿Dice usted que murió años antes de que yo naciera?

—Sí, el mismo día que mataron a Kennedy y que murió Huxley. ¡Vaya trío en presentarse, como dicen, a las «puertas del cielo»...! —exclamó el hombre, dibujando las comillas con los dedos—. ¡Debías haber visto la cara de Aldous! ¡Un mundo feliz, ciertamente!

—Entonces, Jack de Irlanda, quien dice conocerme —Tony se acercó de nuevo, controlando su tono mientras sentía que su cólera y temor intentaban traspasar sus límites interiores—, ¿en qué lugar infernal me encuentro?

Jack se puso de pie y se situó a menos de treinta centímetros de la cara de Tony. Hizo una pausa, ladeando levemente la cabeza como si escuchara otra conversación antes de hablar, y puso mucho énfasis en sus siguientes palabras:

—Hay, en efecto, un sentido en el que la palabra *infierno* podría ser apropiada aquí, pero lo mismo vale para la palabra *hogar*.

Tony retrocedió, intentando digerir lo que Jack acababa de manifestar.

—¿Me está usted diciendo que esto es el infierno, que estoy en el infierno?

—No exactamente, al menos no en el sentido en que tú lo imaginas. Estoy seguro de que Dante no está acechando alrededor.

—¿Dante?

—Dante, con su infierno y sus trinches y todo lo demás. El pobre no deja de disculparse.

—¿Dijo usted *no exactamente*? ¿Qué quiere decir con no exactamente?

—¿Qué crees exactamente que es el infierno, Tony? —preguntó Jack, de modo sereno y reposado.

Ahora fue el turno de Tony de hacer una pausa. Esta conversación no iba en ninguna dirección que hubiera previsto, pero él tomó la rápida decisión mental de seguirle la corriente a este curioso individuo. Después de todo, podía tener información útil, o al menos oportuna.

—Bueno, exactamente… no sé. —Nadie se lo preguntó jamás de manera tan directa. La pregunta del infierno siempre había sido tácita. Así, la respuesta de Tony fue más una interrogante que una afirmación—. ¿Un lugar de tormento eterno, con fuego y rechinar de dientes y esas cosas?

Jack se quedó escuchando, como si esperara más.

—Este… —continuó Tony—, ¿un lugar donde Dios castiga a las personas con las que está enojado por ser pecadoras? ¿Donde la gente mala es separada de Dios y la buena va al cielo?

—¿De veras eso es lo que crees? —preguntó Jack, volviendo a ladear la cabeza.

—No —respondió Tony firmemente—, pienso que cuando te mueres, te mueres. Te vuelves pasto de gusanos, polvo al polvo, sin rima, sin razón, solo difunto.

Jack sonrió.

—¡Ah, dicho esto con la certidumbre de un hombre que no ha muerto nunca! ¿Me permitirías hacerte otra pregunta?

Tony asintió apenas, pero fue suficiente y Jack prosiguió:

—¿El hecho de que creas eso, que los muertos, muertos son, y que *todo está escrito de antemano*, lo vuelve verdad?

—¡Claro! Es real para mí —replicó Tony.

—No pregunté si era real para ti; obviamente lo es. Pregunté si es verdad.

Tony bajó la mirada, pensando.

—No entiendo. ¿Cuál es la diferencia? Si algo es real, ¿no es verdad acaso?

—¡En absoluto, Tony! Y para complicar las cosas todavía más, algo puede ser real pero no existir siquiera, mientras que la verdad se sostiene con independencia de lo que es real o se percibe como real.

Tony levantó las palmas de las manos y se alzó de hombros, sacudiendo la cabeza.

—Lo siento, esto me rebasa por completo. No entiendo...

—¡Claro que sí! —lo interrumpió Jack—, mucho más de lo que crees que es verdad, sin afán de juego de palabras, así que déjame darte unos ejemplos esclarecedores.

—¿Tengo otra opción?

Tony dio su consentimiento aún sin saber cómo reaccionar, aunque más interesado que exasperado. Las palabras de este hombre escondían un cumplido, que él sentía aunque no lo pudiera precisar.

Jack sonrió.

—¿Otra opción? Hmm, buena pregunta, pero para otra circunstancia. Volviendo a mi tema, hay quienes creen realmente que no hubo Holocausto, que nadie ha pisado la luna, que la tierra es plana, que hay monstruos bajo la cama. Esto es real para ellos, pero no por eso es verdad. Para ponerte un ejemplo más cercano, ¿tu Loree creía...?

—¿Qué tiene que ver mi esposa con todo esto? —reaccionó Tony, algo más que a la defensiva—. Supongo que también la conoce a ella, así que, como usted comprenderá, por si acaso Loree está acechando por aquí, no me interesa hablar con ella.

Jack levantó las manos en señal de inocencia.

—Calma, Tony; es solo un ejemplo, no una reprimenda. ¿Puedo seguir?

Tony se cruzó de brazos y asintió.

—Lo siento, como puede ver, éste no es uno de mis temas favoritos de conversación.

—Entiendo —retomó Jack—. También esto es para otra circunstancia. He aquí mi pregunta: ¿en algún momento Loree creyó que tu amor por ella era real?

Esto fue audaz y casi absurdamente personal en aquellas circunstancias, y Tony tardó un momento en contestar sinceramente:

—Sí. Es muy probable que haya habido un momento en que Loree creyó que mi amor por ella era real.

—¿Piensas entonces que era real para ella?

—Si ella creía que era real, sí; lo era para ella.

—Vayamos ahora a la premisa: ¿tu amor por ella era real para ti, Tony? ¿De verdad la amabas?

Tony sintió que una guardia interior le subía de inmediato, al sentir la molestia asociada con una supuesta acusación. Normalmente éste sería un momento adecuado para cambiar de tema, hacer un comentario ingenioso o sarcástico para alejarse de las emociones expuestas y dirigir el río de las palabras a una charla más ligera e irrelevante. Pero él no tenía nada que perder en este intercambio. No volvería a ver nunca a este señor, y por el momento estaba intrigado. Hacía mucho, pensó, que no participaba en una conversación que llegara tan hondo en tan poco tiempo, y él lo había permitido. Ésta era la virtud de soñar.

—¿Quiere que le conteste honestamente? —hizo una pausa—. Honestamente, no creo que yo haya sabido amarla, ni amar a nadie en realidad.

—Gracias por admitirlo, Anthony. Estoy seguro de que es así. Pero el asunto es que ella creía en tu amor; y aunque éste no existía, se volvió tan real para ella que alrededor de él construyó un mundo y una vida... dos veces.

—¡No tenía por qué mencionar eso! —rezongó Tony, desviando la mirada otra vez.

—Es solo una observación, hijo, no un juicio. ¿Pasamos al segundo ejemplo? —Esperó a que Tony se repusiera y comenzó—: Pongamos por caso que hubiera de veras un Dios, un ser de...

—Yo no creo en esos cuentos —replicó Tony.

—No intento convencerte de nada —aseguró Jack—, no es mi función. Ten en cuenta que estoy muerto, y que tú estás... confundido. Simplemente estoy planteando algo para remarcar la diferencia entre lo real y lo verdadero. Ése es nuestro tema, si lo recuerdas.

Sonrió, y Tony no pudo menos que sonreír en respuesta. Había en este hombre una bondad que desarmaba, casi más grande que genuina.

—Vamos a suponer que este Dios es bueno todo el tiempo, nunca dice mentiras, nunca engaña, dice siempre la verdad. Un día este Dios viene a ti, Anthony Spencer, y te dice: *Tony, nada te separará nunca de mi amor, ni la muerte ni la vida, ni un mensajero del cielo ni un monarca en la tierra, ni lo que pasa hoy ni lo que pasará mañana, ni una fuerza de lo alto ni un poder del inframundo, ni nada en el cosmos creado por mí; nada puede separarte de mi amor.*

»Tú lo escuchas decirte esto, pero no le crees. El no creer pasa a ser lo real para ti, y generas entonces un mundo que no cree en la palabra de este Dios, o en el amor de este Dios, o en el amor de este Dios, y ni siquiera en este Dios como piedra angular de tu vida. He aquí una pregunta entre las muchas que esto encierra: ¿tu incapacidad para creer en la palabra de este Dios hace que lo que él te dijo no sea verdad?

—Sí —respondió Tony demasiado rápido, pero recapacitó y cambió de opinión—. Digo, no. Espere, déjeme pensarlo un segundo.

Jack hizo una pausa para que Tony aclarara sus ideas antes de hablar.

—De acuerdo —dijo Tony—, si lo que usted supone sobre este Dios es verdadero… y real, asumo que lo que yo crea o deje de creer no cambiará nada. Parece que empiezo a entender lo que usted dice.

—¿En serio? —lo retó Jack—. Déjame preguntarte esto, entonces: si decides no creer en las palabras de este Dios, ¿qué *experimentarías* en relación con él?

—Bueno, experimentaría… —Tony buscaba afanosamente las palabras correctas.

—¿Separación? —propuso Jack—. Experimentarías separación, Tony, porque eso es lo que pensaste que era *real*. Real es aquello en lo que crees, aun si no existe. Pero Dios te dice que la separación no es verdadera, que *realmente* nada puede separarte de su amor: ni cosas, ni conductas, ni experiencias, ni siquiera la muerte y el infierno. Sin embargo, tú decides imaginarlo; crees que la separación es real, y por tanto produces tu realidad con base en una mentira.

Esto era demasiado para Tony, así que apartó la mirada y se frotó las manos en el pelo.

—¿Cómo puede saber uno qué es cierto, cuál es la verdad?

—¡Ah! —exclamó Jack, dándole una palmada en el hombro—. Poncio Pilatos hablando desde la tumba… ¡Y hay en esto una ironía suprema, muchacho! En el momento decisivo de la historia y en presencia misma, frente a frente, de la verdad, él, como solemos hacer tantos de nosotros, la declaró inexistente; o, para ser más precisos, lo declaró inexistente. Pero por fortuna para nosotros, Pilatos no tenía poder para convertir algo real en algo no verdadero. —Hizo una pausa antes de añadir—: Y tú tampoco, Tony.

El tiempo se detuvo un breve segundo, y justo en ese instante el suelo se sacudió ligeramente, como si ocurriera un pequeño temblor muy por debajo de los pies de ambos. Jack mostró la mejor de sus sonrisas enigmáticas y declaró:

—Bueno, creo que esto quiere decir que mi tiempo contigo ha terminado, por ahora.

—¡Espere! —objetó Tony—. Tengo algunas preguntas. ¿Adónde va usted? ¿No puede quedarse? Sigo sin saber dónde me encuentro. ¿Por qué estoy aquí? Si esto no es exactamente el infierno, ¿qué es, entonces? ¿Y dijo usted que yo tampoco estaba exactamente en casa? ¿Qué significa eso?

Jack se volvió hacia él por última ocasión.

—Tony, el infierno es creer y vivir en lo real cuando no es la verdad. Podrías hacerlo por siempre, pero déjame decirte algo verdadero, lo creas o no y sea real o no para ti. —Esperó otra vez—. Pienses lo que pienses sobre la muerte y el infierno, no es verdad que sean separación.

El suelo vibró nuevamente, ahora más tiempo que antes, y Tony se apoyó en la pared de roca. Cuando dio la vuelta, Jack se había ido ya, y la noche había caído.

De repente se sintió exhausto, cansado hasta la médula de los huesos. Volvió a sentarse, recargado en la colosal estructura, y miró el paisaje y el camino, que cambiaban rápidamente sus colores por matices de gris. Con la boca seca y pegajosa, palpó a su alrededor esperando que Jack hubiera dejado su termo, pero sus tentaleantes manos no hallaron nada. Doblando y acercando las rodillas al cuerpo, encontró un lugarcito protegido, un refugio del frío que no cesaba de colarse como un ladrón que robara trozos de tibieza.

¡Aquello era demasiado! El viento helado que se soltó entonces arreó con las preguntas de Tony como papeles esparcidos por el temporal. ¿Era éste el desenlace, al fin? ¿Tony podía escuchar el gemebundo acercamiento del vacío, una nada ávida decidida a despojarlo hasta del último vestigio de calor?

Temblaba sin poder controlarse cuando apareció una luz, una luminiscencia azulada alrededor de los ojos cafés más hermosos que hubiera visto nunca. Le recordaron a alguien, pero no pudo precisar quién. Alguien importante.

Haciendo un esfuerzo por no desvanecerse, Tony logró formular esta pregunta:

—¿Quién soy? No, un momento, ¿dónde estoy?

Un hombre se sentó a su lado y lo tomó entre sus brazos, vertiendo suavemente en su boca un líquido caliente, que Tony sintió propagarse y remojar el centro gélido de su cuerpo, desde donde se extendió hacia afuera. Su temblor se redujo hasta parar, y se relajó en el abrazo de ese sujeto.

—A salvo —murmuró este último, acariciándole la cabeza—, estás a salvo, Tony.

—¿A salvo? —Él volvió a sentir que la oscuridad descendía. Le pesaban los ojos, y sus ideas se hacían lentas y torpes—. ¿A salvo? Jamás he estado a salvo.

—Shhhh —susurró la voz—, es hora de descansar un poco. No voy a irme. Siempre estaré a tu lado, Tony.

—¿Quién eres?

Si el hombre contestó, Tony no pudo saberlo, porque la noche lo envolvió como manto en una tierna caricia, y cayó profundamente dormido, sin sueños ni ilusiones.

4

Hogar es donde está tu corazón

*Como todo ser humano, deseo estar en casa
dondequiera que me encuentre.*
— Maya Angelou

¿La luz del sol?

Era la luz del sol, de nueva cuenta. Pero esta vez diferente, suave y atenuada. Tony se incorporó, sobresaltado. ¿Dónde estaba ahora? Junto con esta pregunta, todo regresó al instante: el túnel, las veredas con sus múltiples opciones, la puerta, Jack el Irlandés, el otro hombre.

¿El otro hombre? Esto era lo último que recordaba. ¿Seguía soñando, acaso? ¿Estaba en un sueño dentro de un sueño? Había dormido, o soñado que dormía. El sol entraba a raudales a través de las cortinas, iluminando lo suficiente para revelar que Tony despertaba en una recámara provisional con una sencilla cama de resortes, un delgado colchón encima y la cobija con que se cubrió, raída y deshilachada, pero limpia.

Al retirar la cortina, halló el mismo extenso campo que había visto brevemente desde el portal ubicado en los muros. ¿Cuándo había pasado todo esto? ¿Anoche, ayer, nunca? Murallas de piedra se elevaban a la distancia, desde las cuales se desplegaban extensiones con terrazas y árboles que crecían sin concierto, algunos en grupos, otros solitarios. Unas cuantas construcciones salpicaban el paisaje, apenas notables y poco interesantes.

Tony oyó que tocaban a la puerta (tres golpes, al igual que el día anterior), y se apoyó en la pared como preparándose para otro cambio dentro-fuera.

—¿Adelante? —dijo, preguntando más que invitando, pero esto no pareció importar.

—¿Podrías abrirme, por favor? —repuso del otro lado una voz vagamente conocida—, tengo las manos ocupadas.

—¡Sí, perdón! —se disculpó Tony, tirando de la puerta.

Ahí estaba aquel desconocido, el de los penetrantes ojos cafés, y Tony recordó de súbito el *a salvo*. Este individuo fue quien le dijo que estaba *a salvo*, cuando *a salvo* había sido un alivio, pero ahora resultaba demasiado desconcertante.

—¿Se puede? —preguntó el hombre, sonriendo al tiempo que sostenía una charola con café y panecillos.

Parecía de la misma edad de Tony. Vestido con pantalones vaqueros y una camisa de leñador, tenía una piel dorada que parecía curtida por el sol y el viento.

Tony reparó de pronto en que llevaba puesto un camisón azul y blanco de hospital, que una corriente de aire le avisaba que se abría por atrás. Esto parecía extrañamente apropiado y perturbador. Sintiéndose expuesto, prendió y cerró ese hueco lo mejor que pudo, usando una mano.

—Claro, lo siento —se disculpó de nuevo sin saber qué hacer, y moviéndose a un lado, mantuvo abierta la puerta para que el sujeto pudiera entrar.

—Te traje algunos de tus bocados predilectos: café de Barista, McMinnville Cream y Mango Tango, de Voodoo Donuts, y una gelatina de Heavenly Donuts. La manera casi perfecta de empezar el día.

—Vaya… ¡gracias!

Tony tomó una taza grande de humeante café, un *latte* de vainilla con espuma perfecta y el trazo de una pluma dibujado en la superficie. Lo sorbió, lo sintió caliente, dejó que el sabor se asentara antes de deglutirlo y se sentó con cautela en la orilla de la cama de resortes.

—¿Tú no vas a tomar nada? —preguntó.

—No, yo soy hombre de té, y ya tomé suficiente esta mañana —respondió el desconocido, mientras acercaba una silla y se sentaba—. Supongo que tienes más que unas cuantas preguntas, hijo, así que hazlas, trataré de responderlas lo mejor que pueda.

—¿Estoy soñando?

El sujeto se recostó en su silla y sonrió.

—Bueno, para una primera pregunta, ésta es complicada, y me temo que la respuesta no será muy satisfactoria. ¿Estás soñando? Sí y no. Déjame ver si puedo responder la pregunta que quisiste hacer y no solo la que hiciste: estás en coma, Anthony, cuesta arriba, en el OHSU, pero también estás aquí.

—Un momento... ¿Estoy en coma?

—Síp, así es, y eso fue lo que dije.

—¿Estoy en coma? —Tony no podía creerlo.

Se reclinó en la cama y tomó sin pensar otro sorbo de su bebida hirviente.

—¿Y esto? —preguntó, señalando el café con un movimiento de cabeza.

—Es un café.

—Sí, ya sé que es un café, ¿pero es real? ¿Cómo es posible que yo esté en coma y tomando un café al mismo tiempo?

—Eso es parte de lo que no entenderías si yo intentara explicártelo.

—No puedo creer que esté en coma... —repitió Tony, aturdido.

El hombre se paró y le puso la mano en un hombro.

—¿Sabes?, tengo un par de cosas que hacer, así que te esperaré afuera. ¿Por qué no juntas tus preguntas y me alcanzas ahí? Tu ropa está colgada en el clóset, donde también encontrarás tus botas. Una vez que estés listo, vienes.

—De acuerdo —fue todo lo que Tony pudo decir, volteando apenas mientras el otro salía de la habitación.

Curiosamente, así todo cobraba sentido. Si él estaba en coma, entonces todos estos sucesos no eran sino una expresión de sus profundas divagaciones subconscientes. Tony no iba a recordar nada de esto. Nada de ello era real, ni verdadero. Esta idea le recordó a Jack el Irlandés, y sonrió para sí. Dicho recuerdo se vio acompañado de una sensación de alivio; al menos no estaba muerto.

Sorbió ruidosamente su *latte*; éste parecía real, sin duda, pero quizá en el cerebro había detonadores que estimulaban partes como la memoria y otras que, juntas, serían capaces de producir una seudorrealidad como la de beber un café o, pensó Tony mientras tomaba el Mango Tango y lo mordía, la de comer una cosa de éstas. ¡Caramba!, si esto pudiera envasarse de algún modo, sería un negociazo: sin calorías, sin los efectos secundarios del café y el azúcar y sin problemas de distribución.

Sacudió la cabeza ante la exagerada locura de esta experiencia, si así se la podía llamar. ¿Un hecho que no es real y nunca será recordado podía considerarse una experiencia?

Al terminar la dona, sintió que era momento de hacer frente a lo que le esperaba al otro lado de la puerta. Aunque era un hecho que no recordaría nada de esto, ahí estaba él, sin nada que perder si se dejaba llevar por las circunstancias, fueran las que fuesen. Así pues, se vistió rápidamente, agradecido de que su imaginación suministrara agua caliente para lavarse la cara, y tras respirar hondo salió de la habitación.

Se vio entonces en uno de los costados de una laberíntica casa tipo hacienda que había conocido mejores días. La pintura de los acabados de madera ya estaba deteriorada, y todo parecía gastado. En orden pero triste, el lugar estaba muy por debajo de la norma de los que Tony solía frecuentar, y definitivamente no era ostentoso ni pretencioso. Su cuarto daba a una amplia terraza envolvente, también desgastada por el uso. El desconocido lo esperaba recargado en la verja, mondándose los dientes con una varita.

Luego de unirse a él, Tony lanzó la mirada sobre la vasta extensión de aquel terreno. Este lugar era una combinación extraña. Tenía partes decorosas, pero muchas otras estaban descuidadas y revueltas. Detrás de una desvencijada valla próxima distinguió la apenas reconocible insinuación de un jardín abandonado, invadido de cardos, espinas y apretada maleza en torno a un antiguo roble, del cual colgaba un columpio maltrecho que apenas se movía en la brisa. Más allá se tendía un viejo huerto, sin podar y sin frutos. En general, el predio parecía gastado y deteriorado, exhausto. Por fortuna, macizos de flores silvestres y rosas ocasionales habían poblado algunas de las partes más dañadas, como mitigando una pérdida o llorando una muerte.

Tal vez algo pasaba con la tierra, conjeturó Tony. Parecía haber agua y sol, pero mucho depende también de lo que está bajo la superficie. La dirección de la brisa cambió, y él percibió el inconfundible olor dulce y delicado de la adelfa, que le recordó a su madre; era su planta favorita.

Si como sospechaba, todo esto era una manifestación de su cerebro deseoso de abrirse paso recuperando pensamientos e imágenes almacenados, era lógico que sintiera ahí un sorpresivo e inesperado relajamiento. Algo aquí le llamaba, o al menos lo hacía vibrar. A *salvo* fueron las palabras que ese hombre le dijo, si bien no eran precisamente las que él habría elegido.

—¿Qué es este sitio? —preguntó.

—Una morada —respondió el hombre, lanzando la vista a la distancia.

—¿Una morada? ¿Qué es exactamente una morada?

—Un lugar para vivir, donde quedarse, para estar en casa… una morada.

El hombre dijo estas palabras como si amara ese lugar.

—¿En casa? Lo mismo dijo Jack de este sitio, aunque aclaró que no era *exactamente* un hogar. Añadió que tampoco era *exactamente* el infierno, sea lo que esto signifique.

El hombre sonrió.

—No conoces a Jack. Es muy hábil con las palabras.

—Yo no entendí nada de lo que dijo, aunque empezaba a comprender la esencia de una cosa: la diferencia entre lo real y lo verdadero.

—Hmmm —musitó el desconocido y guardó silencio, como para no interrumpir el proceso de asimilación de Tony.

Estuvieron un rato lado a lado viendo aquel lugar con ojos diferentes, uno compasivo, el otro inquieto y consternado.

—Cuando dices que ésta es una morada, ¿te refieres a la casa en ruinas o también al terreno?

—A todo, todo lo que viste ayer y más; lo que está dentro de este recinto y lo que está fuera, todo. Pero éste —dijo, abarcando con la mano el cercado— es el centro, el corazón de la morada. Lo que pasa aquí cambia todo.

—¿A quién pertenece?

—A nadie. Este lugar nunca fue pensado para «pertenecer» a alguien —enunció aquella palabra como si fuera ligeramente repulsiva y no cupiera en su boca—. Fue pensado para ser libre, abierto, irrestricto… jamás poseído.

Hubo unos segundos de quietud mientras Tony buscaba las palabras indicadas para su siguiente pregunta:

—¿Quién «pertenece» aquí, entonces?

Una sonrisa jugueteó en las comisuras de la boca del desconocido antes de que contestara:

—¡Yo!

—¿Tú vives aquí? —inquirió Tony, sin pensar.

Por supuesto que vivía ahí. Este individuo era una proyección compleja de su subconsciente y, de un modo u otro, Tony interactuaba con todo eso. Además, lo cierto es que nadie vivía allí, en medio de esa nada y soledad.

—Así es.

—¿Te gusta vivir solo?

—No sé. Nunca he vivido solo.

Esto picó la curiosidad de Tony.

—¿Qué quieres decir? No he visto a nadie más por aquí… ¡Ah!, ¿te refieres a Jack? ¿Hay más como él? ¿Podré conocerlos?

—No hay nadie como Jack; y en cuanto a los otros… todo a su tiempo —hizo una pausa—, no hay prisa.

Siguió otro silencio, casi incómodo de tan largo. Durante estos espacios en la conversación, Tony había tratado de evocar alguna imagen o recuerdo que dotara de sentido a lo que veía, pero no consiguió nada: ninguna imagen, ninguna idea y, por más que hacía, ni siquiera una fantasía que vibrara con algo de aquello. ¿Cómo era posible que todo fuese una mera proyección de su medicinado cerebro postrado en coma? Ya no sabía qué pensar.

—¿Y cuánto tiempo llevas viviendo aquí?

—Cuarenta y tantos años, más o menos. Toda una vida, dirían algunos. Apenas un segundo, en realidad.

—¡No me digas! —exclamó Tony, sacudiendo la cabeza y con un tono poco sincero, teñido de superioridad. ¿Qué loco escogería vivir cuarenta años en este desierto? Él perdería el juicio en cuarenta horas, y más todavía en cuarenta años.

Tratando de no ser obvio, miró de reojo al desconocido, quien no se dio cuenta o no se inmutó. A Tony ya le simpatizaba. Parecía una de esas raras personas que se sienten perfectamente bien consigo mismas, y en paz con todo lo que les rodea. No había en él agenda detectable, ninguna sensación de que buscara una ventaja, ningún sesgo como ocurría con la mayoría de sus conocidos. Quizá *satisfecho* era la palabra, aunque nadie en su sano juicio podría sentirse satisfecho en estas soledades. Pero para Tony, *satisfacción* era sinónimo de *tedio*. Tal vez este individuo sencillamente era ignorante, no sabía vivir de otra manera, no había viajado ni estudiado. Sin embargo, ahí estaba, como inesperado elemento de una proyección del subconsciente de Tony. Así que debía significar algo.

—¿Querrás decirme quién eres?

Era la pregunta obvia.

El sujeto se volvió con parsimonia hacia él, y Tony miró esos ojos increíblemente penetrantes.

—Como dijo tu madre, soy quien jamás ha dejado de creer en ti, Tony.

Tras comprender esa respuesta, lo cual le llevó un momento, Tony dio un paso atrás.

—¿Jesús? ¿Tú? ¿*Ese* Jesús?

El hombre no respondió. Se limitó a sostener la mirada de Tony hasta que éste bajó la vista para concentrarse, y todo cobró sentido de repente. ¡Desde luego que era Jesús! Tony lo había incluido en su lista. ¿A quién invocar mejor en un estado comatoso inducido por medicinas que a Jesús, el arquetipo de arquetipos, una ilusión sepultada en los más recónditos recovecos de su red neural? Pero ahí estaba, una proyección neurológica sin existencia ni sustancia real.

Justo cuando Tony alzaba la vista, el desconocido le cruzó el rostro con la palma abierta lo bastante fuerte para que ardiera, aunque no para dejar marca.

Tony se quedó atónito, y sintió en seguida que la cólera salía a la superficie.

—Solo quería ayudarte a percibir lo activa que es tu imaginación —dijo el hombre entre risas, con ojos todavía cordiales y considerados—. Es increíble cómo una proyección sin existencia ni sustancia real puede contener tanto, ¿no crees?

Si alguien más hubiera estado ahí, Tony se habría enfurecido y avergonzado; pero más que nada, estaba asustado y sorprendido.

—¡Muy bien! —anunció él, habiendo pensado un momento—. ¡Esto lo confirma! El verdadero Jesús jamás abofetearía a nadie —afirmó.

—¿Cómo lo sabes? ¿Por experiencia personal? —Jesús-hombre sonrió, divertido—. Toma en cuenta, Tony, que te has convencido de que soy un Jesús generado por un subconsciente aturdido por las medicinas. Tú mismo introdujiste este dilema. O soy quien digo ser, o bien tú crees en el fondo en un Jesús capaz de abofetear a alguien. ¿Qué será?

Jesús-hombre cruzó los brazos mientras veía batallar a Tony con esa explicación lógica. Por fin éste levantó la vista de nuevo y contestó:

—Supongo que es verdad que creo que Jesús es alguien capaz de darme una bofetada.

—¡Bien por ti! ¡Los muertos *también* sangran! —estalló Jesús, riendo y rodeando los hombros de Tony con un brazo—. Al menos intentas ser congruente con tus supuestos, aun si no son ciertos, y sean cuales fueren las dificultades que te causan. Difícil manera de vivir, pero comprensible.

Tony alzó los hombros y rio con él, aunque turbado por la referencia a que los muertos sangraban.

Como si ambos hubieran estado al tanto de su destino, bajaron unos escalones y echaron a andar monte arriba, hacia una arboleda remota. Desde abajo, aquellos árboles parecían congregarse en el punto más alto del terreno, asentados en el muro próximo de piedra gris pero más arriba de donde Tony se había encontrado con Jack. Desde ese mirador tal vez pudiera verse todo el coto, y quizá más allá de las lejanas murallas, hacia el valle.

Mientras caminaban, Tony siguió haciendo preguntas, el hombre de negocios que había en él estaba intrigado.

—Cuarenta y tantos años y este lugar parece exhausto y desolado. Sin ánimo de ofender, ¿esto es lo único que has logrado en tanto tiempo?

Si intentó ocultar su insinuación, no tuvo éxito. En vez de reaccionar, Jesús-hombre amortiguó la indirecta.

—Puede ser que tengas razón. Supongo que no soy muy bueno para esto. Este lugar no es ya ni sombra de lo que fue. En otro tiempo era un pródigo y espléndido jardín, ilimitado, fascinante y libre.

—No quise parecer... —intentó disculparse Tony, pero Jesús lo atajó con una sonrisa—, lo que pasa es que no parece un jardín —señaló.

—Sí, hay trabajos en curso —dijo Jesús y suspiró, aparentemente resuelto y resignado a la vez.

—Da la impresión de ser un reto cuesta arriba —añadió Tony, tratando de no ser demasiado negativo.

No había podido evitarlo; buscar el modo de prevalecer en las conversaciones era un viejo hábito.

—Quizá lleve tiempo, pero valdrá la pena —fue la tranquila respuesta.

—Repito que no es mi intención ser grosero, pero, ¿no crees que este proyecto está tardando demasiado? Podrías hacer mucho para desbrozar la tierra, sembrar, fertilizar y verla crecer. Creo que esto tiene potencial. Con las herramientas indicadas y profesionales podría hacerse aquí una rápida labor. ¿Qué tal un par de buldóceres? Vi algunos rincones donde las paredes han empezado a desmoronarse y deteriorarse. Podrías conseguir un ingeniero y un arquitecto, y albañiles para poner en forma este lugar en seis meses, incluida una cuadrilla que tirara y reconstruyera tu casa.

—Esto, Tony, es tierra viva, no una obra en construcción. Es real, y late, no una mentira que se pueda imponer. Cuando eliges la técnica sobre la relación y el proceso; cuando tratas de acelerar la toma de conciencia y forzar la comprensión y la maduración, es en esto —y apuntó a todo lo largo y ancho del terreno— en lo que te conviertes.

Tony no supo si Jesús usaba el *tú* formal e incluyente o el *tú* que significaba él; si acaso hablaba de él, no se lo preguntó.

—Solo nos es posible avanzar —continuó Jesús— al ritmo y dirección que la tierra nos permite. Debemos tratarla con veneración y respeto, y dejar hablar a su corazón. Por deferencia, así, debemos someternos a su idea de lo *real*, y seguir amándola hacia la verdad, sin titubear, cualquiera que sea el costo. No vivir de este modo para la tierra sería sumarse a sus agresores, saqueadores, usufructuarios y beneficiarios, y perder toda esperanza de que sane.

—Señor —dijo Tony, un poco perturbado por tratar de comprender lo que oía—, hablas en metáforas, y no te entiendo. Te refieres a esta tierra como si fuera una persona, alguien a quien conoces y amas. ¿Cómo puede ser eso si solo es suelo, rocas y colinas, flores silvestres, maleza, agua y esas cosas?

—Es por esa razón —dijo Jesús, tocando y apretando suavemente el hombro de Tony— que no entiendes lo que digo. Yo no he usado una sola metáfora, mientras que tú has usado muchas. La causa de que no puedas ver la verdad es que sigues viviendo y creyendo en tus metáforas.

Tony se detuvo en la vereda, elevó las manos como para abarcar toda la extensión del terreno y enunció dramáticamente su argumento:

—¡Pero si esto es puro polvo! No es una persona viva. ¡Es polvo!

—Tú lo dijiste ya, Tony… polvo al polvo. ¡Suelo!

¡Ése era el eslabón que faltaba! La idea misma llegó como una sacudida de implicaciones inquietantes. Tony miró de nuevo esos ojos y halló las palabras que quería, asustado de lo que estaba a punto de sugerir.

—¿Me estás diciendo que todo esto, y no solo lo que vi muros adentro, sino también todo lo que está afuera, es un ser vivo?

Jesús-hombre no desvió la mirada.

—Te estoy diciendo mucho más que eso, Tony. ¡Te estoy diciendo que este ser vivo… eres tú!

—¿Yo? ¡No, eso no puede ser cierto! Es imposible. ¡No puede ser!

Se sintió aplastado por un puño invisible que lo golpeara en el estómago. Volteó, dando pasos tambaleantes y luciendo aturdido y absorto. En un instante, su visión había cambiado; se le habían abierto los ojos, pero se resistía empecinadamente a ver con ellos. Ya había juzgado este sitio desde una posición de distante desapego, y lo había declarado tierra de nadie, un montón de desechos que no valía la pena salvar. Ésta era su evaluación. Se había mostrado cortés y esperanzado, pero eso no reflejaba lo que sentía por este lugar. Él arrasaría con todo lo vivido, lo sepultaría bajo asfalto y lo reemplazaría por concreto y acero. Esto era feo y sin valor, solo digno de ser destruido.

Cayó de rodillas y se cubrió los ojos con las manos como para invocar nuevas mentiras con que esconder el gran vacío dejado por las antiguas, o con las cuales conseguir una ilusión nueva que le brindara refugio, protección y confort. Pero en cuanto *ves*, no puedes *dejar de ver*. La honestidad lo obligaba a apartar las manos de la cara; la claridad demandaba oír. Volvió a mirar todo, muy atento en esta ocasión. Nada de lo que vio le hacía sentir admiración o afecto. Este lugar era un desierto devastado, una desgracia total y absoluta, una mancha triste en un mundo potencialmente atractivo. Si de verdad esto era él, su corazón, en el mejor de los casos, era por completo una decepción; y en el peor, odiaba todo de sí mismo.

Llorar era una debilidad que detestaba, algo que de niño había jurado no consentir nunca más. Pero ahora no pudo evitarlo. Su llanto se volvió sollozo. Un dique que había tardado años en construirse se rompió, y él se sintió desvalido bajo el embate. No sabía si eran sus emociones las que lo hacían temblar y sacudirse o si la tierra trepidaba literalmente bajo sus pies.

—¡Eso no puede ser cierto! ¡No puede ser! —vociferó, tratando de no mirar a Jesús-hombre.

Del fondo de su ser emergió entonces este grito inesperado:

—¡No quiero que sea cierto!

Y luego rogó:

—¡Dime, por favor, que no es cierto! ¿Es eso lo que soy, un lamentable y doliente remedo de ser humano? ¿Eso es toda mi vida? ¿Soy repugnante y horrible? ¡Dime que no es cierto, por favor!

Oleadas de autocompasión y aversión de sí mismo lo abatieron hasta hacerle sentir que la urdimbre de su alma se desharía en sus costuras. Una onda expansiva lo tumbó de rodillas y lo azotó contra el suelo. Jesús-hombre se hincó para sostenerlo, dejándolo gemir entre sus brazos, tan fuertes que eran capaces de contener un dolor y un vacío insoportables en un abrazo de cariñosa bondad. Tony sintió que lo único que le impedía caer en pedazos era la presencia de ese hombre.

Atrapado en un huracán emocional, sintió que su mente soltaba amarras. Todo lo que hasta entonces había considerado real y correcto se hacía polvo y cenizas. Pero en ese trance se presentó lo opuesto, como un rayo: ¿y si la verdad era que él estaba encontrando su mente, su corazón y su alma? Cerró fuerte los ojos y sollozó, no queriendo volver a abrirlos nunca, para jamás volver a ver la vergüenza de lo que era, de aquello en lo que se había convertido.

Jesús-hombre comprendió, y apretó contra su hombro la cara de Tony, bañada en mocos y lágrimas. Cuando una ola de emoción aminoraba, una nueva crecida lo aporreaba y arrastraba de nuevo, con presión tan intensa que sentía a veces que se le volviera de revés. Entre una y otra oleadas, años de emociones ocultas, ansiosas de indulgencia, hallaron expresión, finalmente verbalizadas.

La arremetida vaciló poco a poco, decreció luego y por fin se alejó. Se hizo el silencio, salpicado por los cortos espasmos que sacudían a Tony. Jesús-hombre lo sostuvo entre tanto, y no lo abandonaría. Cuando al fin se impuso la calma, el hombre habló.

5

Y ENTONCES HUBO UNO

El dolor bien puede recordarnos que estamos vivos,
pero el amor nos recuerda por qué lo estamos.
— TRYSTAN OWAIN HUGHES

—Escúchame, Tony.

Jesús le acarició de nuevo el cabello, como si fuera un niño, un hijo.

—Cada ser humano es un universo en sí mismo. Tu madre y tu padre participaron con Dios en la creación de un alma que jamás dejará de existir. Tus padres, como cocreadores, aportaron la materia, la genética y otras cosas, singularmente combinadas para formar una obra maestra, no impecable pero aun así increíble; y nosotros tomamos de sus manos lo que ellos nos dieron, sometiéndonos a su momento y su historia, y añadimos lo que solo nosotros podíamos darles: vida. Tú fuiste concebido entonces, un vivo asombro que hizo explosión para llegar a ser un universo en un universo múltiple, no aislado y disociado, sino envuelto y destinado a la comunidad, puesto que Dios mismo es comunidad.

—¡Ja! ¿Un vivo asombro? —gimoteó Tony, vencido por el esfuerzo de contener las lágrimas, pensó que ya se le habían acabado, que su depósito estaba vacío, pero otras más se presentaron entonces, rodando hasta su barbilla, desde donde gotearon—. Yo no soy eso.

—Para que pueda haber un *Yo no soy eso*, antes debe haber un *Yo soy eso* —lo alentó Jesús—. Imágenes y apariencias te dicen poco. El interior es más grande que el exterior cuando tienes ojos para ver.

—No sé si quiera ver, o saber —dijo Tony entre dientes—, es muy doloroso. De todas formas, no creo que nada de esto sea real, ni siquiera tú. Pero sigo muy avergonzado. Preferiría regresar a mi ceguera, no ver.

—El dolor es real, y verdadero. Confía en mí, Tony: la transformación sin esfuerzo ni dolor, sin sufrimiento, sin una sensación de pérdida, solo es ilusión de cambio.

—No lo soporto —proclamó Tony, al tiempo que otro breve espasmo sacudía su cuerpo—. No puedo hacer esto. ¿Y confianza? Esa palabra no existe en mi vocabulario. La confianza no es mi fuerte.

—Eso tenlo por seguro —dijo Jesús, riendo—. ¡Pero sí es lo *mío*!

Tony seguía sin moverse ni abrir los ojos, descansando en el pecho de este hombre, la cabeza gacha. Se sentía absurdo y vulnerable, pero no quería moverse.

—No sé qué hacer —confesó—. ¿Puedo decirte a quién extraño más en este momento? —Abrió los ojos y respiró hondo—. A mi mamá.

Jesús sacó de alguna parte un pañuelo rojo doblado, que Tony aceptó con gratitud, y se sonó.

—Tu madre fue la última persona en quien confiaste, Tony; pero no puedes hacer nada solo, ni tampoco en tus propios términos. Fuiste creado por una comunidad para vivir en comunidad, hecho a imagen de un Dios que nunca ha conocido otra cosa que no sea comunidad.

—¿Dios, una comunidad?

—Siempre. Como ya te dije, jamás he estado solo. Nunca he hecho nada solo. La relación está en la esencia misma de lo que soy.

—Jamás entendí nada de eso.

—No importa. No es algo para ser entendido. Es algo para ser experimentado.

Tony volvió a respirar hondo.

—¿Qué pasó conmigo, entonces? Si, efectivamente, yo soy este lugar, ¿cómo fue que acabé siendo una tierra devastada y sin vida?

—Desde tu perspectiva, tú dirías que la *vida* te sucedió: las grandes y pequeñas derrotas de todos los días; la acumulación y aceptación de traiciones y mentiras; la ausencia de tus padres cuando más los necesitabas; el fracaso de los sistemas; las decisiones para protegerte que, aunque te mantuvieron con vida, también inhibieron tu capacidad de estar abierto a aquello mismo que sanaría tu corazón.

—¿Y desde tu perspectiva?

—Desde la mía, eso era muerte, no vida, una irrealidad a la que nunca fuiste destinado. Era no-amor, no-luz, no-verdad, no-libertad… Era muerte.

—Entonces, ¿me estoy muriendo? ¿Por eso está pasando todo esto?

—Hijo, te has estado muriendo desde el día en que fuiste concebido. Y aunque la muerte es un mal monstruoso, los seres humanos han terminado por imaginarla como mucho más poderosa de lo que se merece, de lo que realmente es, como si sobre el telón de fondo de tu existencia una luz proyectara sombras de muerte de espantosas proporciones, y una de esas sombras te aterrara.

—No entiendo.

—Ésta es una conversación en muchas capas, y gran parte de ella no es para hoy. Comprende por ahora que una razón importante de que temas a la muerte es tu atrofiada y minúscula percepción de la vida. La inmensidad y grandeza de la *vida* absorbe y erradica continuamente el poder y presencia de la muerte. Tú crees que la muerte es el fin, un acto que hace cesar las cosas que de veras importan, y que se convierte por eso en la gran muralla, la inhibidora inevitable de la alegría, el amor y la relación. Ves la muerte como la última palabra, la separación final.

»La verdad es que la muerte —continuó— ha sido solo una sombra de esas cosas. Lo que tú llamas muerte es en realidad una especie de separación, nada parecida a la que imaginas. Has centrado y definido tu existencia en relación con el temor de ese último suspiro singular antes que reconocer la presencia ubicua de la muerte alrededor tuyo, en tus palabras, tu piel, tus decisiones, tus penas, tu incredulidad, tus mentiras, tu juicio, tus resentimientos, tus prejuicios, tu afán de poder, tus traiciones, tu desapego. El *acto* de la muerte es apenas una expresión reducida de esa presencia, pero que has convertido en todo, sin comprender que todos los días nadas en el mar de la muerte.

»No fuiste destinado a la muerte, Tony, pero tampoco la muerte fue destinada a este universo. El acto de la muerte lleva en sí una promesa, un bautismo en este mar que rescata, no que ahoga. Los seres humanos descrearon la vida e implantaron esa no-vida en tu experiencia, así que por respeto a ti, nosotros la intercalamos desde el principio en el gran tapiz. Ahora tú experimentas a diario esa tensión de fondo entre vida y muerte, hasta que seas liberado de ella por el acto de la muerte, pero fuiste destinado a enfrentar esta intromisión en comunidad, dentro de la relación, no en el aislamiento egocéntrico de un lugarcito como éste.

—¿Y todos esos senderos, las muchas veredas que conducen aquí?

—Aquí se originaron, Tony, en todo este deterioro. Nadie viene. Todos se van.

El pesar se elevó un momento como un predador al acecho, pero se desvaneció rápidamente. Tony decidió admitir en qué estaba pensando.

—Yo los eché, ¿no es cierto? No se fueron así nada más.

—Cuando no haces frente a la muerte, Tony, todos los que te rodean se vuelven para ti catalizadores de dolor, o muertos.

A veces es más fácil sepultarlos en alguna parte de tu propiedad que echarlos.

—¿Así que la muerte gana?

Supo qué preguntaba; y si Jesús-hombre era realmente... quien decía ser, él también lo sabría.

—A veces eso parece, ¿verdad? Pero no, ¡ganó la vida! Y sigue ganando. Yo soy prueba viviente de ello.

—¿Entonces no eres un mito, un cuento para niños? ¿Realmente esperas que crea que te levantaste de entre los muertos?

Quería oírselo decir a él.

—¡Ja!, supone mucha más fe creer que no lo hice. Que fui golpeado hasta quedar irreconocible, colgado en una cruz de martirio, atravesado en el corazón con una lanza y sepultado vivo en una tumba, pero que de algún modo resucité, me quité el sudario, moví una piedra de una tonelada, me sometí a la selecta guardia del templo e inicié un movimiento supuestamente relacionado con la verdad de la vida y la resurrección, pero en realidad basado en una mentira... Sí, esto es mucho más fácil de creer.

Tony observó a aquel hombre, que enmarcaba sus palabras en humor y triunfo pese a que el lienzo fuera un retrato de dolor.

—¡Puros cuentos! —exclamó—. Un embuste para que nos sintamos mejor, o para hacernos creer que la vida tiene un significado o propósito. Una fábula con moraleja contada por cobardes a morbosos.

—Me levanté de entre los muertos, Tony. Nosotros destruimos la ilusión de poder y dominación de la muerte. Papá Dios me amó hasta la vida en el poder del Espíritu, y demostró que toda idea de separación sería insatisfactoria para siempre.

—Sabes que no creo nada de esto, ¿verdad? —lo cortó Tony—. Sigo sin creer siquiera que tú existas. No sé qué fue de mí. Claro que hubo un judío, un rabino llamado Jesús que hizo mucho bien, pero luego la gente inventó toda clase de cosas sobre él, como que hacía milagros, incluso que se había levantado de entre los muertos, y comenzó una religión, pero él murió. Murió como todos, y la muerte es la muerte, así que tú no puedes existir. No eres más que la voz de mi madre resonando en mi subconsciente.

—¡Casi logras convencerme! —dijo Jesús con un dejo de sarcasmo, y echó a reír—. Estás ahora, Tony, en medio de lo que se conoce como crisis de fe. Es muy común que ocurra al momento de la muerte física, el suceso; pero como jamás ha habido fórmulas que rijan las relaciones, y como en realidad todavía no estás muerto, algo especial y misterioso ha de estar pasando.

Tony se alarmó.

—¿Quiere decir que no sabes por qué estoy aquí?

—¡No! Papá no ha compartido conmigo ese propósito, hasta ahora —se inclinó como para revelar un secreto—. Sabe que me gustan las sorpresas.

—Un momento… Creí que se suponía que eres Dios.

—No se supone que lo soy, ¡soy Dios!

—¿Entonces cómo es que no sabes por qué estoy aquí?

—Porque mi Papá no me lo ha dicho aún, como te acabo de explicar.

—Pero si eres Dios, ¿no lo sabes todo?

—Sí.

—Pero acabas de decir que no…

—Tony —lo interrumpió Jesús—, tú no piensas en términos de relación, todo lo ves por medio del tamiz de una independencia aislada. Las respuestas a tus preguntas te apabullarían, no tendrían sentido alguno, porque ni siquiera cuentas con un marco de referencia que lo permita.

Tony asintió con la cabeza; al parecer, estaba tan apabullado como Jesús había sugerido.

—Parte de lo maravilloso en mí, siempre Dios, al haberme unido a la raza humana, es que no fui un actor añadido al elenco, sino que, literalmente, me hice plenamente humano, en una realidad perpetua. Nunca dejé de ser plenamente divino, plenamente el creador. Hoy, y desde el principio de los tiempos, es verdad que todo el cosmos existe en mí y yo lo sostengo en pie, preservándolo aun ahora, justo en este momento, y esto te incluiría a ti junto con todo lo creado. La muerte jamás podría decir eso. La muerte no sostiene nada en pie.

Tony sacudió la cabeza tratando de entender, pero al mismo tiempo resistiéndose por dentro a hacerlo.

Jesús continuó:

—Entonces, sí, yo podría valerme de mi conocimiento como Dios para saber por qué estás aquí, pero estoy en correspondencia con mi Padre, y él no me lo ha dicho, y confío en que me lo hará saber si es importante que lo sepa. Hasta ese momento, permaneceré contigo en espacio y tiempo real, en fe y confianza, y veré qué sorpresas nos tiene deparadas Papá.

—¡Me vuelves loco! —exclamó Tony, levantando las manos y sacudiendo la cabeza—. Estoy demasiado confundido...

—Ésa fue la respuesta más fácil que te pude dar —dijo Jesús, riendo entre dientes—, con algo de sentido al menos.

—Vaya, ¡gracias! —repuso Tony—. En esencia, si te entendí bien, eres Dios, pero no sabes por qué estoy aquí.

—Así es, pero mi Papá y el Espíritu Santo sí lo saben; y si yo debo saberlo, lo sabré.

Tony seguía sacudiendo la cabeza mientras se levantó para desentumirse. ¿Cómo podía ser esto una proyección de su subconsciente? Hablaban de cosas que él no había considerado nunca. Todo era muy extraño.

Ambos se volvieron poco a poco y reanudaron su trabajoso camino colina arriba.

—Déjame ver si entendí —empezó a decir Tony—. Está el Padre, que es tu Papá, ¿y tú serías el Hijo?

—Y luego está el Espíritu Santo —señaló Jesús.

—¿Quién es el Espíritu Santo?

—Dios.

—Ésa es una cosa cristiana, ¿verdad? ¿Quiere decir que quien cree en ti cree en tres dioses? ¿Los cristianos son politeístas?

—Aparte de los cristianos, muchos otros creen en mí. *Creyente* es una actividad, no una categoría. Los cristianos tienen apenas un par de miles de años de existencia. Y en cuanto a la pregunta de si son politeístas, no, en absoluto.

Jesús hizo un alto y se volvió otra vez hacia Tony, para indicar que lo que iba a decir era importante y significativo.

—Escucha atentamente, Tony. Solo hay... pon mucha atención: solo hay un Dios. La oscuridad de la decisión a favor de la independencia impide a la humanidad ver esta simple verdad. Así que comencemos por el principio: un solo Dios. Aunque discrepan en los detalles, y los detalles y desacuerdos son significativos e importantes, los judíos con sus sectas, los cristianos de todas formas y colores, los musulmanes con su diversidad interna... todos están de acuerdo en esto: en que hay un solo Dios. No dos, no tres, no más; solo uno.

—Pero acabas de decir... —replicó Tony, y Jesús levantó una mano para impedir que continuara.

—Los judíos fueron los primeros en decirlo claramente en su Shema: *Escucha, oh Israel: ¡el Señor nuestro Dios es uno solo!* Pero las Escrituras judías hablan de este Dios *uno* como pluralidad. *Hagamos al hombre a* nuestra *imagen.* Nunca se consideró una contradicción que Dios fuera uno solo y al mismo tiempo una expansión de la naturaleza del *uno*, cualquiera que ésta fuese. En la interpretación judía arraigó el hecho de que, *esencialmente*, y uso esta palabra con todo cuidado, esencialmente el *uno* era singular en sustancia, y sin embargo una pluralidad de personas, una comunidad.

—Pero...

Jesús alzó la mano de nuevo, y Tony calló.

—Ésta es una burda simplificación, pero los griegos, a quienes tanto aprecio, comenzando especialmente por Platón y Aristóteles, lograron que el mundo se consumiera pensando en el Dios uno, pero no entendieron la parte de la pluralidad, así que optaron por una singularidad indivisible más allá de todo ser y relación, un motor indiferente, impersonal e inaccesible, aunque al menos bueno, sea lo que esto signifique.

»Y entonces aparecí yo, de ningún modo contradiciendo la Shema, sino ampliándola. Declaré en los términos más simples posibles: *El Padre y yo somos uno, y somos buenos*, lo cual es en esencia una declaración relacional. Como quizá sepas, esto lo resolvió todo, y por fin los religiosos pusieron en orden sus ideologías y doctrinas y todos estuvieron de acuerdo y vivieron felices para siempre...

Jesús vio que Tony levantaba las cejas en señal interrogativa.

—¡Es broma, Tony! —dijo sonriendo, mientras se volvían de nueva cuenta y continuaban su camino—. Siguiendo con mi relato, en las primeras centenas de años tras mi encarnación, hubo muchos que lo entendieron, como Ireneo y Atanasio. Vieron que el ser mismo de Dios es relacional, tres personas distintas tan maravillosamente unidas que somos uno. *Uno*, Tony, no es lo mismo que aislado e independiente, y la diferencia es relación, tres personas distintivamente juntas.

Jesús hizo una pausa.

Tony sacudió entonces la cabeza, tratando de captar lo que él había dicho. No recordaba haber tenido nunca una conversación como ésta, y eso le molestó. Estaba intrigado, aunque no sabía por qué.

—¿Te gustaría saber qué pasó después? ¿Dónde las cosas se salieron de cauce?

Tony asintió con la cabeza, y Jesús prosiguió:

—Los griegos, con su amor al aislamiento, influyen en Agustín, y luego en Aquino, para mencionar solo a dos, y así nace un cristianismo religioso no relacional. Más tarde llegan los reformadores, como Lutero y Calvino, quienes hacen cuanto pueden por echar a los griegos del Sancta Sanctórum, pero tan pronto como éstos llegan al sepulcro, resucitan y son invitados a enseñar de nuevo en las escuelas de religión. La tenacidad de las malas ideas es extraordinaria, ¿no te parece?

—Empiezo a darme cuenta de eso —admitió Tony—, pero no estoy seguro de comprenderte mejor que al principio. Todo esto es admirable, pero irrelevante para mí.

—Basta con que sepas esto: que en el corazón de toda existencia está la gran danza del amor generoso y desinteresado, la unidad. Nada es más hondo, simple y puro.

—Eso suena muy bien, y ojalá fuera...

—Ya llegamos, mira —lo interrumpió Jesús.

El camino se metía en una arboleda y se estrechaba hasta permitir pasar a una sola persona. Tony marchó por delante, agradecido de que la vereda no se dividiese. Al alejarse de los árboles y entrar a un claro, se dio cuenta de que estaba solo. El claro topaba con un enorme lindero de piedra que se tendía hasta casi perderse de vista. Una escalera de tierra subía a un insignificante edificio de adobe, una casucha, quizá lo bastante grande para contener dos cuartos, pero desde la cual podía verse todo el valle. Tony distinguió la silueta de una mujer que estaba sentada en una banca de madera, recargada en la pared de lo que presumió su vivienda. Jesús-hombre ya hablaba con ella, una mano cariñosamente apoyada en su hombro.

Mientras Tony subía el centenar de peldaños, se percató de que la mujer era una anciana robusta, de cabello muy negro que le caía en dos trenzas envueltas en abalorios angulares de muchos colores. Llevaba puesto un sencillo vestido estampado, largo y suelto, ceñido por un cinturón con más cuentas, mientras que un chal quemado por el sol y con trazos de luceros le cubría los hombros. Tenía cerrados los ojos, y la cara hacia arriba. Era una india americana, o mujer de las naciones originarias.

—Anthony —lo recibió Jesús mientras se acercaba a ambos—, ésta es Wiyan Wanagi. Llámala Kusi, o Abuela si prefieres. Ustedes deben hablar de algunas cosas. Ella sabe por qué estás aquí, así que te dejaré un momento, aunque nunca estoy ausente.

En menos de un parpadeo, Jesús quizá no se había ido, pero ya no era visible.

—Gracias, Anpo Wicapi —dijo afectuosamente la mujer— ¡siéntate! —añadió, dirigiéndose a Tony, y señaló el espacio junto a ella en la banca, sin abrir los ojos y con voz grave y resonante.

Tony obedeció.

Permanecieron juntos en silencio, ella con los ojos cerrados, él viendo el terreno que se tendía como un manto ante ellos. Desde ahí casi podía ver la lejana muralla, al menos a unos kilómetros de distancia, y a la izquierda, claramente visible, la casa ruinosa donde había despertado. De manera que, de creer en lo que se le había dicho, se suponía que este desolado lugar era su corazón. No era precisamente un hogar, aunque tampoco precisamente el infierno. Esto último parecía más cierto en ese instante que aquello.

Guardaron silencio durante lo que parecieron horas, aunque quizá fueran solo una docena de minutos. Tony no estaba habituado a la quietud y la serenidad. Aguardó mientras una tensión aumentaba dentro.

Se aclaró la garganta:

—¿Querría usted…?

—¡Shhhh! ¡Estoy ocupada!

Esperó de nuevo hasta que no pudo más:

—Mmm… ¿ocupada haciendo qué?

—Jardinería. Hay demasiada maleza.

—¡Ah! —exclamó, sin querer admitir que eso no tenía ningún sentido—. ¿Exactamente qué estoy haciendo aquí?

—Dando lata —contestó ella—. Enderézate. Inhala, exhala, quédate quieto.

Y eso hizo él, tratando de no moverse mientras un torrente de imágenes, emociones y preguntas crecía en su interior como un río que se desborda poco a poco. Como acostumbraba, levantó del suelo el tacón derecho hasta que su pie empezó a subir y bajar. No reparó siquiera en este nervioso intento de controlar su energía y tensión interiores.

Sin abrir los ojos y moviéndose apenas, la mujer alargó la mano y la dejó caer en la rodilla saltarina, que se calmó hasta detenerse.

—¿Por qué corres tanto? —la voz era suave y joven para el cuerpo que la producía.

—No estoy corriendo —respondió él—, estoy aquí sentado, como usted me dijo.

Ella no retiró su mano fuerte y callosa, y él sintió el calor de su piel.

—¿Por qué siempre crees que las invitaciones son expectativas, Anthony?

Él sonrió. Sabía que no tenía que contestar, que ella ya conocía sus pensamientos. Las invitaciones *son* expectativas. Siempre había una agenda, a veces obvia, a menudo oculta, pero siempre. ¿Existía otra manera de vivir en el mundo? Pese a todo, esa pregunta le intrigó.

—Así que solo estamos aquí sentados —sugirió él, sin esperar respuesta alguna.

—No, Anthony, no nada más *sentados...* rezamos.

—¿Rezamos? ¿A quién le reza usted?

—A nadie —contestó ella, sin abrir los ojos—. Rezo con.

Él intentó esperar, pero no era su costumbre.

—¿Con quién reza? —preguntó.

—¡Contigo! —la cara de la mujer se plegó en una sonrisa mientras la reverberante luz de la tarde ocultaba y suavizaba las grietas de su rostro—. Rezo contigo.

—Pero —contradijo él, sacudiendo la cabeza como si ella pudiera verlo— yo no estoy rezando.

Ella sonrió de nuevo, sin decir nada.

Estuvieron sentados casi una hora, él arrojando mentalmente sus temores y preocupaciones en pequeños botes imaginarios que ponía a flotar en el arroyuelo no lejos de donde se hallaban. Había aprendido a hacerlo en un curso de manejo de la ira ordenado por un tribunal. Los botes se alejaron uno por uno hasta perderse de vista, cada cual con un poco de carga, hasta que no quedó ninguno, y entonces Tony se instaló en el consuelo de esa mujer, respirando un aire claro. No podía explicárselo, pero volvió a sentirse... a salvo.

Él fue el primero en hablar, finalmente.

—Disculpe, no recuerdo su nombre.

El rayo de la sonrisa de la anciana iluminó su rostro, suavizando más todavía sus facciones y dando la impresión de que irradiaba en la penumbra.

—Sí, lo olvidan mucho. A-bue-la... me llamo Abuela.

Él rio.

—Está bien, Abue —dijo, y le palmeó la mano.

Ella abrió los ojos por primera vez, y él se descubrió mirando de nuevo esas increíbles estrellas marrones. Veía a Jesús, pero diferente.

—Abue, no —observó ella—, Abuela. ¿Entendido?

Lo dijo haciendo un movimiento de cabeza, que él imitó.

—Este... sí, Abuela —balbució él, como disculpándose—, aunque no estoy seguro de comprender la diferencia.

—¡Obviamente! Pero te perdono.

—¿Cómo? —preguntó Tony, sorprendido—. ¿Va a perdonarme por algo que ni siquiera entiendo?

—Escucha, mi vida... —ella hizo una pausa, y Tony sintió algo dulce y doloroso en esa expresión de cariño. Dejó que esta sensación lo envolviera; y como si ella hubiese sabido cuándo pasaría, esperó antes de continuar—: gran parte de lo que debes perdonar a los demás, y en especial a ti mismo, es la ignorancia que daña. La gente no solo hiere a propósito, muy a menudo lo hace porque sencillamente no sabe cómo evitarlo; no sabe cómo ser de otra manera, algo mejor.

Tony quería cambiar de tema. Ella despertaba emociones que era preferible dejar en paz. Ya había sido un largo día.

—¿Dónde vive usted?

A él le resultaba inconcebible que alguien pudiera vivir en aquel anexo, que más bien parecía un cobertizo mal hecho para herramientas de jardinería.

—Dondequiera que estoy —fue la seca respuesta.

—No, no me refiero a eso... —empezó a decir él, pero ella lo interrumpió:

—Yo sé a qué te refieres, Anthony, pero no sabes qué preguntas.

No supo cómo responder a eso. No era usual que no supiera qué decir.

Por fortuna, ella lo salvó:

—Bueno —dijo, poniéndose de pie y estirándose—, ¿trajiste algo para comer?

Aunque sabía que sus bolsillos estaban vacíos, Tony los revisó rápidamente para confirmarlo.

—No, lo siento. No traje nada.

—No importa —repuso ella, sonriendo—, yo tengo mucho.

Y diciendo esto, rio para sí y se dirigió tranquilamente a la choza de adobe, de cuyas cuarteaduras y rendijas emanaba una tibia luz.

Él se levantó y lanzó una nueva mirada a todo el terreno mientras la caída de la noche apagaba y borraba sus colores. Desde ahí podía ver luces dispersas, pequeños puntos blancos en o cerca de la casa en ruinas. Le sorprendió ver también a lo lejos, cerca de uno de los extremos del predio, una congregación de luces más brillantes. No recordaba haber visto otras construcciones, aunque tampoco había buscado.

Se estiró por última vez, para terminar de desentumirse, recorrió los pocos metros que lo separaban de la entrada y se agachó para asomarse. Adentro era más grande de lo que parecía por afuera, aunque tal vez era solo una ilusión causada por el modo en que la Abuela aprovechaba el espacio. Contra una pared ardía un fogón, cuyo humo se elevaba y desaparecía por una compleja secuencia de cubiertas, para evitar quizá que la lluvia sofocara las llamas y permitir que el humo siempre escapase.

—¿Se puede pasar? —preguntó él.

—Claro, ¡siempre serás bienvenido aquí!

Ella le hizo señas cordiales para que entrara. Él encontró el suelo cubierto de mantas y, aun corriendo el riesgo de incumplir algún protocolo, se sentó, asombrado de lo suaves y afelpadas que eran. Ella no pareció tomarlo a mal, y entonces él se puso cómodo, viéndola balancearse sobre lo que parecía ser y olía como un guiso y una tortilla que se asaba en una piedra junto al fuego. Simple y acogedor, y sonrió Tony para sí, sin expectativas.

Hizo una pausa mientras veía los rítmicos movimientos de ella entre el guiso y la tortilla, casi una danza.

—¿Puedo hacerle una pregunta?

—¿Quieres saber por qué vivo aquí, en esta casucha? Creo que ésa fue la palabra que utilizaste, basada en tu instruida y civilizada percepción.

Era inútil negarlo.

—Sí, eso quiero saber: ¿por qué?

—Fue lo mejor que pudiste darme —contestó ella, sin desatender su trabajo.

—¿Perdón? ¿Lo mejor que «yo» le pude dar? Yo no tuve nada que ver en ese asunto. Pude construirle algo mucho mejor que esto. ¿Cómo pudo pensar...?

—¡No importa, Anthony! No tengo expectativas. Agradezco haber encontrado incluso este lugarcito en tu corazón. Viajo ligera —sonrió, como a un pensamiento secreto—, y hasta en los lugares más sencillos que me ofrecen hago mi hogar. No hay nada de qué avergonzarse ni por qué sentirse mal. Te lo agradezco mucho, ¡y estar aquí es un placer!

—Así que... como yo soy esto, y éste mi mundo de alguna manera, ¿solo le hice a usted este lugarcito? ¿Y a Jesús uno más grande, pero de todos modos es apenas un rancho abandonado...?

Se entristeció de repente, sin saber por qué.

—También para él es un placer estar ahí. Aceptó con mucho gusto la invitación.

—¿La invitación? No recuerdo haberlo invitado a nada, ni a usted tampoco. No sé siquiera quién es usted; ignoro si alguna vez conocí a alguien lo suficiente como para invitarlo.

Ella volteó hacia él, lamiendo la cuchara que había usado para revolver el guiso.

—No nos invitaste tú, Anthony. De haber sido por ti, quizá nunca habríamos tenido la oportunidad de vivir en este lugar.

Confundido de nuevo, Tony preguntó, vacilante:

—Si no los invité yo, ¿entonces quién?

—El Padre. Papá Dios.

—El Padre de Jesús… ¿es decir Dios Padre? —estaba sorprendido y molesto—. ¿Por qué los invitaría él aquí?

—Pese a todo lo que crees o no de él… y por cierto, casi nada de lo que crees de él es verdad… aun así Papá Dios cuida de ti con afecto incesante. Por eso nosotros estamos aquí, porque participamos de su afecto —dijo, sirviendo un plato de guisado que le tendió a su huésped, junto con un trapo limpio como servilleta.

¡Esta vez Tony sí se enojó! ¡Ahí estaba la trampa, la agenda oculta, la razón de que todo esto fuera peligroso, y una mentira! Fuera quien fuera esta mujer, y pese a que le simpatizara tanto como Jesús, ella había puesto al descubierto la suposición fundamental de él, el verdadero dolor que Tony sabía que vivía en la entraña de su pena. Si acaso había un Dios, era un monstruo, un malvado embustero que jugaba con el corazón de la gente, experimentaba para ver cuánto sufrimiento podían soportar los seres humanos, jugueteaba con sus anhelos para que confiaran en él, solo para destruir después todo lo valioso.

Azorado por su rabia y tratando de calmarse, Tony probó el guiso. Surtió efecto. Esos sabores parecieron combatir su ira y apaciguarlo.

—¡Guau! —exclamó.

—Bonita palabra, *guau*, una de mis predilectas —dijo ella, riendo—. De nada, Anthony.

Tony la miró. Se estaba sirviendo, de espaldas a él. El fuego realzaba su digna presencia y pareció avivar un perfume invisible que sumió el cuarto en una sensación de liturgia. No era lógico que Jesús y esta mujer tuvieran alguna relación con Dios, del que hablaban con tanta consideración. Si ella notó que él se había puesto tenso, no lo pareció.

—¿Así que Dios Padre vive aquí… en mi mundo? —preguntó Tony con voz crispada, pensando en el conjunto de luces al fondo del terreno.

—No, al menos no como morada. Nunca le has hecho un lugar, Anthony, no por lo menos dentro de estas paredes. Aunque él nunca está ausente, te espera en el bosque, fuera de los muros de tu corazón. Él no es de los que fuerzan las relaciones, es muy respetuoso.

El semblante de la mujer era tan ligero como una pluma. Él habría preferido oír decepción en su voz, eso sería razonable; en cambio, la bondad era demasiado escurridiza e intangible. Tan rápido como surgió, él volvió a enterrar su enojo, y probó el guiso de nuevo, cambiando de tema.

—¡Está delicioso! Hay especias aquí que no reconozco.

Ella sonrió agradecida.

—Es una receta de familia; no preguntes.

Le tendió el pan en forma de tortilla, que él remojó y se llevó a la boca. También ésta era diferente a todo lo que había probado hasta entonces.

—Si pusiera usted un restaurante, se haría millonaria.

—¡Siempre el hombre de negocios, Anthony...! ¿La dicha y el placer solo valen si puedes convertirlos en mercancías? Nada como represar un río y volverlo un lodazal.

Tony se dio cuenta de lo burdo que había sonado aquello y procedió a disculparse. Ella alzó la mano.

—No, Anthony, hice una observación, no un juicio de valor. No espero que seas diferente a lo que eres. Te conozco, pero también sé cómo fuiste forjado y concebido, y pienso seguir reclamando eso a lo perdido y profundo.

Él volvió a sentirse incómodo, como si ella lo hubiera desnudado.

—Gracias, Abuela —sugirió, y cambió otra vez de tema, esperando hallar uno más inofensivo—. Hablando de comida... en el estado en que me encuentro, ya sabe, en un coma y todo, ¿necesito nutrirme?

La respuesta de ella fue rápida y directa:

—¡No! En el hospital te mantienen con tubos de alimentación, pero ésa no es mi idea de una buena comida.

La Abuela dejó su plato y se inclinó en su asiento, llamando la atención de Tony.

—Escucha, Anthony: te estás muriendo.

—Sí, ya lo sé; Jesús me dijo que todos...

—No, Anthony, no me refiero a eso. Estás acostado en una habitación en el OHSU, y el acto de tu muerte física se acerca. Te estás muriendo.

Él se recostó en su banco y trató de asimilar aquello.

—¿Entonces por eso estoy aquí, porque me estoy muriendo? ¿Todos pasan por esto mismo, sea lo que sea esta... esta intervención? ¿Es para tratar de hacer qué? ¿De salvar mi alma? —sintió que los pelos del cuello se le erizaban al tiempo que la sangre comenzaba a hervirle de irritación—. Si ustedes son Dios, ¿por qué no hacen algo? ¿Por qué no me curan? ¿Por qué no mandan un clérigo que rece por mí para que no muera?

—Anthony... —empezó a decir ella, pero él ya se había puesto de pie.

—¿Me estoy muriendo y usted está aquí sin hacer nada? Tal vez yo no sea la gran cosa, es obvio que he hecho un desastre de mi vida, ¿pero no valgo nada para usted? ¿No soy digno de nada? Así sea solo porque mi madre me quiso, y ella era una persona religiosa, ¿o eso no basta? ¿Por qué estoy aquí? —Mientras alzaba la voz, la cólera escurría por las hendeduras de sus temores, necesitaba desesperadamente cierto control—. ¿Por qué me hizo venir aquí? ¿Para poder burlarse en mi cara de la porquería que soy?

Se encorvó y salió a la temprana noche. Apretados los puños, se puso a dar vueltas al filo de la escalera apenas visible bajo la luz titilante que llegaba del fuego. En un instante volteó, se agachó y volvió a entrar, esta vez con un propósito.

La Abuela no se había movido; solo lo miró con esos ojos suyos. Por segunda vez en unas cuantas horas, él sintió que otro dique se desplomaba en su interior, e intentó contenerlo con todas sus fuerzas, pero no lo logró. Supo entonces que debía echar a correr, pero sus pies estaban fijos en el suelo y sus palabras emergían en bocanadas de emociones. Perdía el control. De repente estaba gritando y agitando los brazos, atrapado entre la furia y la desolación.

—¿Qué quiere usted de mí? ¿Que confiese mis pecados? ¿Que invite a Jesús a entrar en mi vida? ¡Parece un poco tarde para eso!, ¿no cree? Todo indica que él ya encontró el modo de meterse justo en el centro de mi desorden. ¿No se da cuenta de lo avergonzado que estoy de mí? ¿No lo ve? ¡Me odio! ¿Qué se supone que debo pensar? ¿Qué debo hacer ahora? ¿No comprende? Yo esperaba... —Se turbó mientras una constatación salía súbitamente a la superficie, arrastrándolo consigo; era tan osada, que lo volvió a postrar de rodillas, cubriéndose la cara con las manos mientras nuevas lágrimas anegaban sus ojos—. ¿No comprende? Yo esperaba... —y entonces lo dijo, expresó la creencia que había dominado su vida entera, de modo tan profundo que Tony tomaba conciencia de ella justo mientras la decía—: Yo esperaba... que la muerte fuera el final —sollozaba, y apenas si podía hablar—. ¿De qué otra manera podría huir de lo que hice? ¿Cómo puedo escapar de mí mismo? Si lo que usted dice es verdad, no tengo esperanza. ¿No se da cuenta? Si la muerte no es el final, ¡no tengo esperanza!

6

Conversaciones acaloradas

Para dar luz hay que arder.
— Viktor Frankl

Despertó todavía en la pequeña choza de la Abuela, y se incorporó. Estaba muy oscuro afuera, y el frescor de la noche resbalaba por las mantas colgantes de la entrada, lo que le produjo un ligero escalofrío. Dos figuras conversaban junto al fuego. Eran Jesús y la Abuela, que hablaban entre susurros de un tramo de la muralla significativamente dañado durante los temblores de la noche. Dándose cuenta de que él ya había despertado, alzaron la voz para incluirlo.

—Bienvenido, Tony —lo saludó Jesús.

—Gracias. ¿Dónde estuve?

—En un estado entre comatoso y hecho una furia —indicó la Abuela.

—Ah, sí, eso… perdón.

—No te disculpes —dijo Jesús—. ¡Lo que admitiste para ti fue increíble! No le restes importancia por estar apenado. Creemos que fue algo muy profundo.

—¡Qué bien! —protestó Tony, escurriéndose otra vez bajo las cobijas—. Estoy enamorado de la muerte; qué consuelo —se incorporó de nuevo, espoleado por una idea—, pero si eso es cierto, ¿por qué me empeño tanto en seguir vivo?

—Porque la vida es lo normal y la muerte la anomalía —afirmó Jesús, y continuó—: No fuiste destinado ni creado para la muerte, Tony, así que por naturaleza la combates. Y no es que estés enamorado de ella, sino que tiendes a abandonarte a algo más grande que tú, algo fuera de tu control que pueda salvarte de tu sensación de culpa y vergüenza. Porque estás demasiado avergonzado.

—No sé a quiénes me recuerdas —terció la Abuela.

—¡Qué reconfortante! —exclamó Tony, tapándose la cabeza con una cobija—. ¡Mejor mátenme!

—Tenemos una idea mejor aún, si estás dispuesto a escucharla.

Él retiró lentamente la cobija de su cabeza, se paró, tomó un banco y lo acercó al calor de las llamas.

—Soy todo oídos. Y no es que no se me ocurra nada más que hacer y un millón de lugares donde preferiría estar en este momento, pero ¡adelante!... Tampoco es que vaya a aceptar o algo similar, y sigo sin estar seguro de que alguna parte de esto sea creíble al menos, así que... Pero estoy desvariando, ¿verdad?

La Abuela sonrió.

—Nada más avísanos cuando termines. Tenemos todo el tiempo del mundo.

—Bueno, ya acabé. ¿Dijeron tener una idea mejor que la de matarme?

Ésta sí que es buena, pensó Tony; Dios teniendo una idea. ¿Siquiera era posible esto? Si ellos lo sabían todo, ¿cómo podían tener una «idea»?

Al voltear, vio que lo miraban.

—Lo siento, ahora sí ya acabé.

Jesús fue el primero en hablar:

—Tony, ésta es una invitación, no una expectativa.

—Solo dime —interrumpió Tony, suspirando— si voy a aceptarlo. Pienso que esto podría ahorrarnos algo de tiempo.

Jesús miró a la Abuela, quien asintió.

—Adelante, entonces. ¿Qué debo hacer?

—¿No quieres saber lo que aceptaste? —preguntó Jesús.

—¿Decidí libremente aceptarlo? ¿Nadie me obligó en modo alguno?

—Lo decidiste libremente.

—Entonces te creo —Tony se recostó, algo sorprendido de sí mismo—. Casi aborrezco reconocerlo, pero esto de no saber, como que empieza a gustarme. Deben entender que nunca lo hago; es decir, nunca me arriesgo ni confío en nadie sin una garantía, o al menos un acuerdo de confidencialidad... No quieren un acuerdo de confidencialidad, ¿verdad?

—Jamás lo hemos necesitado —contestó Jesús, riendo.

—¿De qué se trata entonces?

—Nosotros... esperemos. Veamos consumirse el fuego.

Una tranquilidad extraña se había apoderado de Tony, quizá debida a su reciente confesión y catártica liberación emocional. Sea cual fuere el motivo, respiró hondo y acercó todavía más su banco a los leños, que crujían y bailaban, ardientes y estimulados por su propio brillo.

—Jesús, ¿te había dicho que tienes... —quiso decir *bonitos ojos*, porque eso fue lo primero que le vino a la mente, pero temió parecer poco apropiado y optó por solo decir— unos ojos increíbles?

—Sí, me lo han comentado muchas veces. Los saqué de mi Papá.

—¿Te refieres a José? —sondeó Tony.

—No, no a José —respondió Jesús—. José fue mi padrastro, así que no hay ninguna herencia genética directa por esa vía. Fui hijo adoptivo.

—¿Quieres decir entonces... —señaló Tony— tu Papá Dios?

—Sí, mi Papá Dios.

—Nunca me gustó mucho tu Papá Dios —admitió Tony.

—No lo conoces —aseguró Jesús, con voz firme, cálida y afable.

—No quiero conocerlo —replicó Tony.

—Demasiado tarde, hermano —reviró Jesús—. De tal palo, tal astilla.

—Hmm —resopló Tony, y otra vez guardaron silencio un rato, hipnotizados por la danza de humo y calor mientras las flamas devoraban ávidamente a su presa.

Tony preguntó por fin:

—Tu Papá, ¿es el Dios del Antiguo Testamento?

Fue la Abuela quien respondió, luego de pararse y estirarse:

—¡Ay, el Dios del Antiguo Testamento! ¡Ése sí que me hace alucinar!

Y habiendo dicho esto, se dio la vuelta y atravesó la cortina de mantas hacia la recámara.

Jesús miró a Tony, ambos echaron a reír y volvieron a concentrarse en los carbones agonizantes.

Tony bajó la voz:

—Jesús, ¿quién es exactamente esta mujer… la Abuela?

—¡Ya te oí! —dijo la voz desde el cuarto de al lado. Tony sonrió, pero la ignoró.

Jesús se aproximó a él.

—Ella es como tú. Lakota.

—¿Como yo? —preguntó Tony, sorprendido—. ¿Qué quieres decir con que es como yo?

—Todos pertenecemos a una tribu, Tony; todos somos miembros de la nación de dos piernas. Mi tribu es Judá, y tú tienes sangre lakota.

—¿De veras? —No lo podía creer—. ¿Entonces ella es mi… —hizo una pausa— mi verdadera abuela?

—Solo por la sangre, el agua y el Espíritu, no por la carne. Tú no estás emparentado con ella, pero ella sí contigo.

—No entiendo.

Jesús sonrió.

—¿Y eso te sorprende? Déjame contestar tu pregunta de otro modo. Esa mujer fuerte, valerosa y bella es el Espíritu Santo.

—¿Esa mujer, la india, es el Espíritu Santo?

Jesús asintió con la cabeza y Tony sacudió la suya.

—No es precisamente lo que yo esperaba. Creí que el Espíritu Santo sería, ya sabes, más fantasmal, elusivo o algo como un campo de fuerzas, no —murmuró— una anciana —bajó más la voz y dijo moviendo mudamente los labios— que vive en una choza.

Jesús soltó una carcajada, y entonces volvió a escucharse la voz desde el cuarto de junto:

—¡Puedo ser elusiva! Si quieres que sea elusiva o fantasmal, también puedo serlo… y si no crees que me gusten las chozas, no me conoces muy bien que digamos.

La soltura de sus bromas y de su relación era totalmente nueva para Tony. No había ninguna tensión de fondo, nada de andarse con pies de plomo ni de campos minados en sus conversaciones. Él no podía detectar siquiera una agenda oculta en sus palabras. Todo aquello era real, auténtico, compasivo, fácil y agradable, hasta parecer casi peligroso.

Pasaron unos minutos antes de que Jesús hablara de nuevo, como en un susurro:

—Estás a punto de iniciar un viaje, Tony…

Este último echó a reír.

—Parece como si lo hubiera dicho la Abuela: *Estás a punto de iniciar un viaje, nieto…* Como si todo esto —añadió, abriendo los brazos para abarcar todo lo que le rodeaba— no se pudiera considerar un viaje.

Jesús rio para sí.

—Sí, justo como si lo hubiera dicho ella. Como sea, en tu *viaje* es importante que recuerdes que nunca estarás solo, pese a que a veces lo parezca.

—¿De veras debo saber esto? —extendió la mano para tocar el brazo de Jesús—. Aquí sentado, he intentado no recordar que ya acepté esta cosa, así que si lo que pretendes es ponerme nervioso, lo estás consiguiendo.

Jesús volvió a lanzar una risa franca y serena, reconfortando a Tony con la certidumbre de que estaba por completo atento a él, plenamente a su lado.

—No es mi intención ponerte nervioso; solo quise que supieras que nunca dejaré de confiar en ti.

Tony respiró hondo, buscando las palabras indicadas antes de hablar:

—Te creo, tanto como creo en todo esto. No sé por qué, tal vez debido a mi mamá, pero te creo —hizo una pausa antes de añadir—: A propósito, gracias por todo eso, cuando exploté camino acá.

Jesús le dio una palmada en el hombro, tomando así callada nota de lo que le había dicho, y prosiguió:

—La Abuela y yo queremos concederte un don que puedas brindar a alguien en tu viaje.

Como respondiendo a una señal, justo en ese momento la Abuela abrió las mantas del otro cuarto y regresó a sentarse con ellos. Se había deshecho las trenzas; libre y suelto, su cabello oscuro contrastaba con su rostro, arrugado pero radiante. Estaba a gusto y relajada en presencia y movimiento.

Ella se estiró y se rascó debajo de la barbilla, donde faltaba un botón a su blusa.

—Me estoy haciendo vieja —rezongó—, ¿pero qué puedes hacer contra eso?

—¡Muchas cosas! —exclamó Tony, en son de broma. Esta mujer era supuestamente más vieja que el universo—. Ejercicio y dieta —propuso él con una sonrisa, que ella correspondió.

La Abuela se dejó caer entonces en el banco junto a él, retorciéndose un poco hasta que pareció acomodarse, al tiempo que de los pliegues de su atuendo sacaba lo que parecían varios haces de luz. Extasiado, él la vio juntar diestramente algunas puntas, uniendo juegos sin pensarlo ni quererlo; pero cuando un haz tocaba otro, sus colores se fundían y comenzaban a transformarse. Un tramo de aguamarina iridiscente se tornó un millar de tonalidades de verdes danzarines, rojos que ondulaban contra púrpuras mientras el blanco centelleaba en todas partes. De cada nuevo tono y matiz surgía una nota apenas audible; ya juntas, las notas compusieron una armonía que Tony sentía físicamente dentro de su cuerpo. Emergían formas de aquellos dedos, espacios oscuros entre piezas de luz de tres o más dimensiones.

Estos dibujos y figuras eran cada vez más complejos y, de pronto, en la intensa negrura de esos espacios pendientes se iniciaron pequeñas explosiones a modo de fuegos de artificio de diamantes multicolores suspendidos en un telón oscuro. Pero no desaparecían, colgaban primero en el vacío, titilantes y lucientes, y conforme sus tonos aumentaban, rompían en una danza muy precisa y coreografiada, pero libre. Aquello era fascinante, y Tony se dio cuenta de que él contenía el aliento mientras observaba. Sintió que la más ligera brisa, un susurro apenas, podía lanzar esas creaciones en direcciones impredecibles, y hasta ruinosas. La Abuela abrió los brazos lo más que pudo para comprender aquel tesoro, y Tony presenció un evolucionar de ese trazo que parecía imposible, como si sus ojos pudiesen percibir en formas que su mente era incapaz de procesar. Ahora experimentaba las armonías en su pecho, desde dentro, y la música parecía crecer igual que la complejidad de las configuraciones. Ondas finas de colores brillantes enredadas con intención y propósito, cada penetración creando una participación mayúscula, filamentos de certidumbre casual, cadenas de orden caótico.

La Abuela echó a reír como niña y recogió ese esplendor hasta contenerlo en sus manos, que por fin cerró hasta que Tony solo pudo ver luz palpitante en los espacios entre sus dedos. Ella se llevó todo lentamente a la boca como para avivar las chispas, pero sopló como una maga cósmica, extendiendo los brazos y abriendo las manos al mismo tiempo para crear la forma de un corazón en descenso. La magnificencia había concluido.

Ella le sonrió a Tony, que seguía boquiabierto.

—¿Te gustó?

—No tengo palabras —respondió él, haciendo un esfuerzo para hablar—, es lo más emocionante que haya visto nunca, u oído, o aun sentido. ¿Qué eran esas cosas?

—Listones —contestó la Abuela con toda naturalidad—. ¿Te acuerdas de las cunitas?* —él asintió con la cabeza, recordando el simple juego de manipulación de dedos y formas

* N. del traductor: Juego de las cuerdas o la cuna del gato (*cat's cradle*).

que practicaba de niño—. Ésta es mi versión. Me ayuda a concentrarme.

—Bueno... —Tony vaciló, no queriendo parecer ignorante con su pregunta, pero aun así necesitado de preguntar— lo que acabo de ver, esta... lo que sea que acabas de hacer, ¿lo inventaste sobre la marcha, o era un designio de algo específico?

—Muy buena pregunta, Anthony. Lo que viste, oíste y sentiste es una versión diminuta de algo muy específico.

—¿Y qué es eso, específicamente? —Tony ansiaba saber.

—¡Amor! ¡Amor generoso y desinteresado!

—¿Eso fue amor? —cuestionó él, apenas creyendo lo que ella había dicho.

—Una diminuta versión del amor. Un juego de niños, pero real y verdadero —ella volvió a sonreír mientras Tony se recostaba, tratando de entender sus palabras—. Algo más, Anthony. Quizá no lo notaste, pero mi pequeña composición omitió deliberadamente algo esencial. Oíste y sentiste las armonías de la luz, o al menos su superficie, pero, ¿notaste que faltaba la melodía?

Era cierto. Tony no había oído ninguna melodía, solo un compuesto sinfónico de armonías.

—No entiendo. ¿Cuál es la melodía que falta? —preguntó.

—¡Tú, Anthony! ¡Tú eres la melodía! Eres la razón de que exista lo que presenciaste y consideras tan imponente; sin ti, lo que percibiste no tendría significado ni forma; sin ti, simplemente se habría... venido abajo.

—Yo no... —empezó a decir él, mirando el piso de tierra, que sintió moverse ligeramente bajo sus pies.

—No importa, Anthony. Sé que no crees mucho de esto todavía. Estás perdido y ves desde un agujero muy profundo, para mirar solo lo superficial. Éste no es un examen que puedas reprobar. El amor no te condenará nunca por estar perdido, pero tampoco permitirá que te quedes solo, aunque jamás te obligará a salir de tus escondites.

—¿Quién eres? —preguntó él, viéndola a los ojos y casi mirando en ellos lo que tan recientemente había atestiguado en sus manos. En ese momento, *Espíritu Santo* parecía una descripción vaga y sin mucho contenido.

Ella le sostuvo la mirada sin titubear.

—Soy más de lo que puedes empezar a imaginar, Anthony, y sin embargo aseguro tus más hondos anhelos. Soy alguien cuyo amor por ti no puedes cambiar, y alguien en quien puedes tener confianza. Soy la voz del viento, la sonrisa en la luna, lo refrescante de la vida que es el agua. Soy el viento común que te toma por sorpresa, y tu aliento mismo. Soy el fuego y la furia contrarios a todo lo que crees que no es la Verdad, que te lastima e impide ser libre. Soy la Tejedora; tú, uno de mis colores favoritos, y él —inclinó la cabeza hacia Jesús— es el tapiz.

Se hizo un silencio sagrado, y por un momento ellos vieron solo las cenizas ardientes exhalar su brillo y apagarse, oscilando al capricho de un aliento invisible.

—Ya es hora —murmuró la Abuela.

Jesús sujetó la mano de Tony.

—El don del que te hablé, Tony, es que en este viaje que vas a hacer, podrás tomar la decisión de curar físicamente a una persona, pero solo a una; y cuando la elijas, tu travesía terminará.

—¿Podré curar a alguien? ¿Me estás diciendo que podré curar a quien quiera? —preguntó él, sorprendido ante tal idea.

Sus pensamientos regresaron inmediata y espontáneamente al lecho de Gabriel, mientras la mano de su hijo de cinco años se soltaba de la suya, y pasaron luego a su propio cuerpo en una habitación de la unidad de terapia intensiva. Vio lo que quedaba de la fogata, esperando que nadie se hubiera enterado de lo que había pensado, lo cual ya aceptaba como improbable. Se aclaró la garganta y preguntó, solo para estar seguro de que había entendido:

—¿A quien sea?

—Siempre que no haya muerto —comentó la Abuela—. Eso no sería imposible, pero por lo general no es buena idea.

Tony la interrumpió mientras su visión perdía ritmo (como si percibiera cuadro por cuadro) y sus palabras se desdibujaban.

—¿Entendí bien? ¡A quien sea! Podré curar a quien quiera, ¿yo podré curar?

Aunque no estaba seguro de que lo que preguntaba tuviera sentido siquiera, estaba cierto de que la Abuela y Jesús comprendían.

Jesús se acercó.

—En realidad no podrás curar a nadie, no tú solo, pero yo estaré contigo; y a aquel por quien quieras orar, yo lo curaré a través tuyo. Pero este tipo de curación física será temporal en última instancia. Aun quienes sanan por su fe, algún día mueren.

—¿A quien sea?

—Sí, Tony, a quien sea.

Jesús sonrió, pero su sonrisa empezaba a desvanecerse, y Tony se estiró para tratar de ponerla otra vez en su sitio.

—De acuerdo —dijo entre dientes, con palabras casi incomprensibles—. ¡Está bien! Entonces déjame preguntarte: ¿tengo que creer para que esto dé resultado?

Miró otra vez el fuego, del que ya solo quedaban meros restos, aunque el calor que emanaba de éste era cierto y fuerte. Tony no sabía si había oído la respuesta, pero más tarde creyó recordar que Jesús había contestado:

—Curar no tiene nada que ver contigo, Tony.

Él se recostó y comenzó a deslizarse.

7

Resbalón

*Bien sabes que al rozar con tu destino
resbalas con mayor facilidad.*
— Paul Simon

L a noche había caído sobre Portland. Arriba, las nubes y la precipitación, al parecer omnipresentes, habían ahuyentado a la luna llena, y el normal aumento de pacientes lunares comenzaba a abarrotar las salas de espera de la sección de urgencias del OHSU. Por fortuna, la unidad de terapia intensiva de Ciencias Neurológicas, en el séptimo piso, se mantenía en silencio, excepto por las actividades de rutina, acompañadas por las programadas reiteraciones de los dispositivos de monitoreo y otros artefactos electrónicos, mientras personal médico y empleados danzaban al ritmo de predecibles expectativas sólidamente establecidas.

La doctora Victoria Franklin, jefa del Departamento de Neurocirugía, hacía su ronda nocturna con un grupo de estudiantes que se apiñaban a su alrededor como pollos detrás de la gallina, esperando cada uno impresionarla y no hacer el ridículo. Ella era afroamericana, más bien menuda, algo anticuada y sin gracia, pero con unos ojos y un porte que exigían, y sostenían, atención.

Su siguiente escala, el cuarto 17. Tras aproximarse al pie de la cama, la jefa de residentes tamborileó en su bloc y revisó la información.

—Esta vez nuestro paciente es el señor Anthony Spencer —empezó diciendo—, quien cumplirá cuarenta y seis años en un par de semanas, si acaso llega a su aniversario, un hombre de negocios que ya ha honrado nuestras instalaciones un par de veces, una por desgarramiento del tendón de Aquiles y otra por una pulmonía relativamente severa, aunque más allá de esto era una persona sana. Llegó ayer, presentándose con trauma cefálico doble: cortada grave en la frente y una conmoción cerebral quizá ocurrida al caer en el sitio donde lo encontraron, lo que resultó en hemorragia del oído derecho.

—¿Una hemorragia así es indicativa de...? —cuestionó la doctora Franklin.

—Probable fractura basilar —respondió la residente, y continuó—: el paciente estuvo casi en paro cardiaco mientras los primeros paramédicos intentaban estabilizarlo, fue trasladado de inmediato aquí, y mediante imaginología se confirmó hemorragia cerebral subaracnoidea y reveló un meningioma subfascial en el lóbulo frontal, media línea abajo de la hoz del cerebro.

—¿Qué tenemos aquí, entonces? —preguntó la doctora.

—Una concurrencia sumamente inusual de tres procesos: trauma, aneurisma y tumor.

—¿En qué lado del cerebro está el tumor?

—Bueno, no lo sabemos, pero el paciente traía su reloj en la muñeca derecha.

—¿Lo cual significa...? —giró hacia otro estudiante.

—¿...que es zurdo?

—¿Y eso es importante porque...?

Mientras en la habitación número 17 proseguían un rato más las preguntas y respuestas antes de que la doctora y su séquito se marcharan al siguiente cuarto para ver una nueva situación médica, una acalorada interacción tenía lugar en el edificio contiguo, en el décimo piso del Hospital Infantil Doernbecher.

Molly Perkins estaba cansada y molesta. La vida de una mamá soltera suele ser difícil, pero en días como éste parecía imposible. Se supone que Dios no debe darnos más de lo que podemos soportar, pero ella sentía haber llegado al límite. ¿Dios incluía la carga adicional que ella se había echado a cuestas sobre el peso que se suponía podía resistir? ¿Tomaba en cuenta lo que los demás le arrojaban encima? Esperaba que así fuera...

Molly y el médico de guardia estaban enfrascados en una conversación similar a muchas otras que ella había sostenido en los últimos casi cuatro meses. Ella sabía que este señor en particular no era la causa de su pena, pero en ese momento esto no importaba. Desafortunado destinatario de su frustración, paciente y bondadosamente él la dejó derramar sus emociones en dirección suya. Su preciosa hija de catorce años de edad, Lindsay, agonizaba a un paso de donde ellos se encontraban, devastado su físico no solo por una leucemia que no cesaba de extenderse, sino también por las medicinas supuestamente encargadas de proteger por dentro esta minúscula, temblorosa y debilitada isla de humanidad. Molly sabía muy bien que el hospital estaba lleno de pacientes que, como su Lindsay, libraban una guerra abierta con su cuerpo, pero en ese momento ella estaba demasiado agotada para interesarse en otro paciente que no fuera el suyo.

Entre las muchas personas dedicadas en las trincheras, había individuos compasivos como el doctor al que ella fustigaba verbalmente; y aunque éstos podían llorar más tarde sus pérdidas, en almohadas de casas protegidas, estando de servicio debían guardar la compostura. Ellos también conocían la culpa obsesiva de seguir viviendo, riendo, jugando y amando mientras otros, a menudo jóvenes e inocentes, escapaban a sus mejores intentos de rescate.

Padres como Molly Perkins necesitaban respuestas y seguridades en las que abandonar su extrema incertidumbre, aun si no las había. Los médicos solo podían proporcionar más datos y gráficas e intentos de explicación para suavizar las probabilidades, o lo inevitable. Menos mal que había victorias, pero pesaban mucho más las derrotas, sobre todo cuando ocurrían en serie.

—Mañana haremos de nuevo las pruebas, señora Perkins, y eso nos permitirá saber qué tan cerca estamos del nadir, el punto donde la cuenta de glóbulos blancos llega a cero. Sé que ya ha oído esto muchas veces, así que le pido disculpas si siente que la trato con condescendencia. ¿Va a poder venir? Para Lindsay es más fácil cuando usted está presente.

—Sí, aquí estaré.

Ella se quitó el mechón rubio que parecía resistirse siempre a sus mejores tentativas de control. ¿Qué iba a decir su jefe esta vez? Algún día se le agotaría la paciencia. Él no podría seguir pidiendo indefinidamente que la suplieran. Aunque Molly trabajaba por horas, y no le pagaban si no checaba tarjeta, eso trastornaba de todas formas los calendarios; y si bien la mayoría trataba de comprender y ceder a los turbulentos vientos del mundo de su compañera, todos tenían una vida propia, familia e hijos que los esperaban.

Ella volteó, buscando en un sillón próximo a Cabby, de dieciséis años, a quien halló sumergido en el álbum de fotos de amigos y familiares que solía llevar para ocupar la espera, meciéndose al suave compás de una brisa o ritmo invisible. Estaba entretenido y eso era bueno. No debía perderlo de vista.

Al sentirse observado, Cabby se volvió, dirigiéndole su preciosa sonrisa radiante y agitando cariñosamente la mano. Ella le lanzó un beso a su primogénito, fruto de lo que Molly había creído un amor verdadero. Ted estuvo fielmente a su lado hasta que vio por vez primera la cara rechoncha de su recién nacido, con ojos en forma de almendra y mentón pequeño. De repente, el idealismo romántico que había avivado su pasión de novio salió de su órbita y chocó con las realidades de los compromisos de todos los días.

Sanos los dos, con el optimismo ingenuo de la juventud y el mundo como su enemigo común, habían ignorado las ventajas de las visitas o chequeos prenatales que el plan médico estatal les brindaba gratis. Pero a pesar de haber sabido lo que le esperaba, nada garantizaba que ella hubiera decidido otra cosa.

Tras el susto inicial debido a la limitación cognitiva de su hijo, Molly se vio inmersa en la crecida de un amor feroz por su bebé. Jamás olvidaría la mirada de amarga decepción de Ted, y justo mientras se enamoraba de su niño con síndrome de Down, él se desenamoraba de ella. Molly se rehusó a dejarse vencer o a huir, mientras Ted hacía ambas cosas.

Puestos frente a su mortalidad, o a la vergüenza, atención no deseada e intromisión en su vida de un hijo que no cumple sus expectativas, algunos hombres justifican su cobardía con palabras nobles, y se escurren por la puerta trasera. Ted ni siquiera se tomó la molestia de despedirse. Cabby tenía tres días de nacido cuando, al regresar una tarde al departamentito de tres cuartos sobre el bar que ella atendía, Molly no halló huella de que Ted hubiera vivido ahí alguna vez, y desde entonces no volvió a verlo ni a saber de él.

La llegada de lo imprevisto revela las honduras de nuestro corazón. Una pequeña ambigüedad, la evidencia de una mentira piadosa, un extra del vigesimoprimer cromosoma, el reemplazo de lo imaginario o ideal por lo real: casi cualquier cosa inesperada puede causar que las ruedas de la vida se atasquen y la fachada de control exhiba su arrogancia inherente.

Por fortuna, la mayoría de las mujeres no opta por huir como algunos hombres hacen, y Molly respondió a sus pérdidas entregándose a su hijo en cuerpo y alma. Lo llamó Carsten, por su bisabuelo, aunque sin más razón que la de que ese nombre siempre le gustó y ella había oído hablar bien de su ancestro. Cabby fue el nombre que él se dio a sí mismo, más fácil de pronunciar. *¡Mejor que Taxi!* —pensó ella.

Un año después de haber traído a Cabby a casa, ella se había dejado engatusar por un canalla de taberna en celo y al acecho, con cara de consideración y un tacto persistente. Ella no era tan tonta para caer, pero el peso diario de la existencia opacó las alarmas, y los deseos de su corazón ahogaron las brillantes sirenas. Para él, ella era otra conquista fría e impersonal, una manera de amarse una noche en otro cuerpo. Para ella, esta relación fue un catalizador de cambio. Con la ayuda de los servicios sociales, algunos amigos y una iglesia cuyas paredes de piedra encerraban corazones palpitantes, Molly se mudó, consiguió un nuevo empleo y trajo nueve meses después a Lindsay Anne-Marie Perkins, de cuatro kilos de salud y cabello oscuro, a una comunidad deseosa de su arribo. Ahora, catorce años más tarde, era su hija la que yacía atacada por una enfermedad mortal, mientras que Cabby, su hijo con síndrome de Down, de dieciséis años y con la mente de un niño de ocho, gozaba de cabal salud.

—Lo siento —se disculpó ella, y el doctor asintió, comprensivo—. ¿A qué hora dijo que van a ser las pruebas?

—Nos gustaría empezar lo más cerca posible de las dos de la tarde, y nos llevarán casi el resto del día. ¿Está bien?

Él esperó su aprobación mientras ella calculaba mentalmente las consecuencias de esta alteración de su horario. Cuando Molly asintió con la cabeza, él continuó:

—¿Le parece si echamos un rápido vistazo a los últimos resultados de Lindsay? —señaló una oficina a su lado y añadió—: puedo traer aquí la pantalla; solo nos tomará unos minutos. Después voy a pedirle unas firmas que necesitamos, responderé las preguntas que tenga y no la retendré más.

Ella se volvió otra vez hacia Cabby, pero él seguía ocupado, concentrado en las fotos. Parecía ajeno a todo lo que pasaba en su entorno, tarareando al tiempo que movía exageradamente los brazos y las manos como si dirigiera una orquesta visible solo para los más soñadores. Por lo común, alguno de los muchos jóvenes voluntarios del hospital ayudaba a Molly a cuidarlo, pero esta vez nadie había llegado todavía.

Las gráficas, recetas, preguntas y explicaciones duraron más de lo que ella imaginó, y el tiempo pasó rápidamente. Molly hizo al fin la pregunta más difícil, armándose de valor en previsión de la respuesta:

—¿Podría decirme cuáles son las verdaderas posibilidades de Lindsay? Le agradezco que se haya dado tiempo de explicarme todo esto... otra vez, pero ¿cuáles son sus posibilidades?

El médico la tomó del brazo.

—Lo siento, señora Perkins, pero no lo sabemos. En términos realistas, sin un trasplante de médula ósea las posibilidades son de menos de cincuenta por ciento. Lindsay ha respondido a la quimio, pero como usted sabe, esto ha sido duro y muy desgastante para ella. Pese a todo, Lindsay está dando pelea, y a veces eso es lo más importante. Seguiremos haciendo pruebas, y replanteando la situación.

Molly recordó entonces que había pasado mucho tiempo desde que checó a Cabby por última ocasión. Miró el reloj de pared. Casi veinte minutos, lo cual era demasiado. *Oh, no*, pensó mientras se excusaba, prometiéndole apresuradamente al doctor que estaría ahí al día siguiente.

Como lo temía, Cabby había desaparecido, llevándose su álbum de fotografías pero dejando atrás una bolsa vacía de galletas de pececitos, golosina que no llevaron al hospital con ellos. Molly vio el reloj. ¡Ojalá Maggie estuviera trabajando!, pero su turno había terminado y era probable que ya estuviera en casa. Maggie era una experimentada enfermera profesional que cumplía turnos de guardia en el Departamento de Oncología/Hematología del hospital Doernbecher. Compartían casa, y era la mejor amiga de Molly.

Primera parada, pasillo abajo y hacia el pabellón en dirección al cuarto 9, la habitación de Lindsay. Su hija estaba profundamente dormida, y ahí no había señas de Cabby. Tras un par de breves conversaciones, Molly dedujo que él no tomó por esa dirección, así que regresó al pasillo central. Dos opciones en este punto: de vuelta a la clínica o en la dirección contraria, hacia los elevadores. Sabiendo cómo trabajaba la mente de Cabby, se dirigió a los elevadores. Él siempre andaba apretando botones, sobre todo *los de ella*, pensó para sí, y no pudo evitar una débil aunque preocupada sonrisa.

Las escondidas habían sido desde siempre el juego favorito de Cabby, y por eso Molly y él ya eran viejos conocidos de los policías del lugar, a quienes ella recurría en ocasiones para que le ayudaran a localizarlo. Más de una vez él había salido y vuelto a casa sin que ella se diera cuenta. Semanas, y a veces meses después, Molly descubría en su recámara algún artilugio o aparato desconocido que no pertenecía a ninguno de ellos. A él le encantaban las cámaras, y tomar fotos, aunque era muy tímido y no aparecía en ellas. En una de sus escapadas halló una puerta abierta en casa de un vecino, entró, tomó una cámara, volvió a casa y la escondió bajo su cama. Dos meses más tarde, ella la encontró oculta en su cuarto, y cuando lo interrogó, Cabby la llevó sin chistar a la casa del vecino, donde el objeto fue devuelto a su legítimo dueño, quien sencillamente no sabía dónde lo había dejado. Ella esperaba que Cabby no se topara con el Departamento de Radiología.

Siguiendo las señas de quienes decían haberlo visto por ahí, fue a dar al puente elevado entre el hospital infantil y el edificio principal, donde Molly halló el álbum fotográfico familiar, y finalmente a los elevadores que llevaban a la unidad de terapia intensiva, el último lugar donde quería tener que buscarlo. Cabby no tenía noción del protocolo ni de los límites sociales, su meta en la vida era hacerse amigo de todos, despiertos o inconscientes, y dado su amor a las luces y los botones, terapia intensiva era la tormenta perfecta. Por fin, con la ayuda de más de unas cuantas enfermeras, voluntarios y empleados, ella redujo la búsqueda a la unidad de terapia intensiva de Ciencias Neurológicas, y específicamente al cuarto 17. De algún modo él había burlado todos los controles de seguridad, tal vez pegándosele a un visitante en un momento de agitación. Molly se acercó calladamente. No quería asustarlo, ni molestar al ocupante o visitas del cuarto 17.

Para ese momento, Cabby ya llevaba casi cinco minutos en aquella habitación, sumida en el silencio y una luz débil. Para su gran deleite, había aparatos por todas partes, cada uno de los cuales hacía un bip o zumbido distinto, oscilando a diferente ritmo y compás. Le gustó este sitio. Estaba más fresco que afuera. Luego de unos minutos de exploración, se sorprendió al descubrir que no estaba solo, que en la cama dormía un hombre.

—¡Despierta! —le ordenó, moviéndole un brazo sin obtener respuesta—. Shhhhhh —susurró entonces, como si hubiera alguien más en la habitación.

El hombre dormía profundamente, y Cabby notó que tubos que parecían incómodos salían de su boca. Intentó desprenderle uno, pero estaba muy apretado, así que desistió, dirigiendo en cambio su atención al grupo de máquinas a las que el hombre estaba conectado. Observó las luces, fascinado por los colores alternos y ondas verdes que algunas de ellas producían, mientras que otras solo parpadeaban una y otra y otra vez.

—¡*Kikmahass!** —murmuró su expresión favorita.

Había un sinfín de botones e interruptores, y Cabby sabía qué hacer con ellos. Estaba a punto de girar una de las perillas grandes cuando, sin pensarlo, se inclinó y besó en la frente al hombre dormido.

Una fuerte voz exclamó entonces:

—¡¿Qué diablos…?!

Cabby se paralizó, inmóvil excepto por los ojos, la mano flotando a unos centímetros de la perilla. Miró al hombre, que seguía quieto en su sueño. Ahí había alguien más; y aunque sus ojos ya se habían adaptado al lugar, no vio a nadie. Se llevó muy despacio el dedo a la boca y siseó lo más fuerte que pudo:

—¡Shhhh!

En ese momento se abrió la puerta.

—¡Cabby!

¡Molly por fin dio con él! El juego había concluido por ahora, y al instante Cabby se vio en sus brazos. Su hijo le dedicó una amplia sonrisa mientras ella se disculpaba en voz baja con quienes le habían ayudado en su búsqueda y rescate.

---

* N. del traductor: «¡*Kikmahass!*» por *kiss my ass*, literalmente «bésame el trasero».

Tony resbalaba. Cabeza al frente, experimentaba una sensación cálida y reconfortante conforme se sumergía en una oscuridad densa pero envolvente, y no le quedó otra opción que disfrutar de sentirse llevado, levantado y finalmente depositado en un cuarto lleno de zumbidos, bips y luces intermitentes.

Al bajar la mirada, se espantó al verse a sí mismo. No lucía bien.

—¡¿Qué diablos…?! —exclamó, intentando recordar qué lo había traído ahí.

Se había quedado dormido en la sala de adobe de la Abuela, frente a una fogata, con Jesús. ¿Qué acababa de decir ella? Ah, sí, que ya era el momento. Y ahora estaba aquí, en un cuarto de hospital, conectado a tubos de apariencia desagradable y a toda clase de parafernalia mecánica de alta tecnología.

En medio de aquella tenue luz, vio elevarse poco a poco un dedo regordete hasta donde estarían los labios de su propietario.

—¡Shhhh! —silbó alguien, ruidosamente.

Tony decidió que ése era tal vez un buen consejo, sobre todo cuando una puerta se abrió y una mujer estaba ahí mirándolo, exhausta pero aliviada. La oyó exclamar «Gaby» o «Abi», lo cual cual no tenía ningún sentido, pero entonces una ola de algo maravilloso cayó sobre él, seguida por una sucesión desordenada de imágenes revueltas. Un destello del suelo, algunos muebles y máquinas, y luego en vuelo directo hasta esta desconocida que lo envolvía en sus brazos. Él había extendido instintivamente los suyos, pero solo para hallar una presión vacía; y aunque sentía su propio cuerpo, no había nada tangible que pudiera asir, o de lo cual agarrarse. No lo necesitaba. Una fuerza lo mantenía erguido y firme independientemente de lo que pasara afuera, como si estuviera atrapado y contenido en un giroscopio. Lo único que parecía coherente era la ventana ante la cual estaba suspendido. Ocasionalmente, y solo por brevísimos instantes, se oscurecía. Pese al choque con la mujer, no había sentido el impacto, aunque percibió el dulzor de su perfume, confundido con un poco de ansiosa transpiración.

¿Dónde demonios estoy ahora? —se preguntó.

8

¿QUÉ ES EL ALMA DE UN HOMBRE?

Leo con frecuencia la Biblia,
trato de leerla bien.
Y hasta donde puedo entender
es únicamente una luz encendida.
— BLIND WILLIE McTELL

Tony intentó desesperadamente procesar esa revoltura de imágenes, pero se sintió atrapado en el torbellino emocional de una feria cósmica.

La mujer se agachó y lo miró de frente, a unos centímetros de su cara.

—Cabby, no vuelvas a jugar a las escondidas sin avisarme. Sobre todo cuando venimos a visitar a Lindsay, ¿de acuerdo?

Fue severa pero cordial, y Tony se descubrió asintiendo con la cabeza al igual que Cabby, quienquiera que éste fuera. Pronto se deslizaba por los corredores del hospital, bajaba en un elevador y salía a un estacionamiento, donde ellos se abrocharon el cinturón de seguridad a bordo de un viejo Chevy Caprice.

Coche de apuro, pensó Tony mientras un remordimiento surcaba los mares de su juicio instantáneo; era un hábito, y quizá no cambiaría muy pronto.

Mientras bajaban una colina, Tony supo por fin dónde se hallaba: en la serpenteante autopista que atravesaba el área boscosa entre el hospital de la Oregon Health and Science University y la ciudad. Era casi como si esta mujer se dirigiera a su condominio. Pero en Macadam pasaron junto a sus edificios y siguieron hacia el puente Sellwood, donde cruzaron el Wi-llamette para continuar por McLoughlin Boulevard hasta los barrios pobres a un costado de la preparatoria Milwaukie.

Era lo que Tony se había figurado: estaba *dentro* de la cabeza de alguien, alguien llamado Cabby, hijo tal vez de la mujer que manejaba este automóvil.

No sabía quién podía oírlo si decía algo, así que pronunció en voz baja:

—¿Cabby?

La cabeza se irguió de repente.

—¿Qué? —respondió una voz pastosa.

—¡Yo no dije nada, mi cielo! —se oyó decir desde el asiento del conductor—. Ya casi llegamos a casa. Maggie está hacien-do de cenar, y te tengo tu bebida de hierbas y de postre 'nilla. ¿Se te antoja?

—¡*'Kay!*

—Luego será hora de dormir, ¿de acuerdo? Ha sido un largo día, y mañana debo volver con Lindsay al hospital, ¿estamos?

—*'Kay.* ¡Cnabby va!

—¡No, mañana no, precioso! Mañana tienes clases, y Maggie-buddy quiere llevarte en la tarde a la iglesia. ¿Te gustaría ir a la iglesia a ver a tus amigos?

—*'Kay.*

Tony supo así que estaba en la cabeza de un chico que no era el mejor comunicador del mundo. Se percató igualmente de que, aunque miraba a través de los ojos de Cabby, era más bien como si viera por una ventana. Resultaba una rara sensación mantener independiente su propio punto de mira de lo que Cabby veía, en tanto tuviese abiertos los ojos. Las manchas de oscuridad eran parpadeos que Tony apenas notaba.

Quiso ver la cara de Cabby en el espejo retrovisor, pero éste estaba tan lejos del campo visual del chico que no pudo hacerlo.

—¿Cuántos años tienes, Cabby? —le preguntó.

—Decisés —respondió el chico al momento, y se puso a buscar la voz a su alrededor.

—Sí, tienes dieciséis años, mi amor. ¡Ya eres todo un muchachote! ¿Quién quiere a Cabby? —fueron las dulces palabras desde el asiento delantero, que transmitían confort y normalidad. Tony sintió que Cabby se relajaba.

—¡Mami!

—¡Eso! Y así será siempre, Cabby: mami siempre te querrá. ¡Eres mi sol!

Él asintió con la cabeza mientras continuaba buscando en el asiento trasero a quienquiera que estuviese escondido.

Llegaron a una sencilla casa de cuatro cuartos en una modesta colonia y tomaron el caminillo hasta la entrada. Un sedán más reciente estaba estacionado en la calle, con una abolladura visible en el panel trasero del lado del conductor. Entraron a un pequeño recibidor cuya rutina Cabby parecía conocer, pues se quitó el abrigo (que colgó de uno de los ganchos en la pared) y luego las botas, tras desprender los ceñidores de velcro. Las acomodó perfectamente en su sitio, reajustó otros pares y siguió a su mamá hasta la cocina, donde otra mujer se inclinaba sobre una olla de algo que olía fabuloso y humeaba en la estufa.

—¡Maggie-buddy! —gritó él, y se echó en brazos de una negra fornida y bien proporcionada, cubierta con un delantal que protegía su uniforme quirúrgico.

—¿Quién es este muchacho tan guapo? —preguntó ella con sonrisa radiante, manteniendo al chico a la distancia.

—¡Cnabby! —anunció él, y Tony sintió el incondicional afecto que el joven le tenía a esa Maggie.

Aparte de ver por sus ojos, Tony también podía sentir las emociones que agitaban el mundo interior del muchacho, su alma, y todo pregonaba confianza en esta mujer.

—¡Pero claro que es Cabby, mi queridísimo Carsten Oliver Perkins! ¡Es-mi-capi Cabby! ¿Tienes uno de tus abrazos especiales para mí?

Se envolvieron uno en otro. Cabby echó atrás la cabeza y soltó una risotada.

—¡Hambe!

—Seguro que sí, luego de un duro día de trabajo. ¿Por qué no vas a lavarte mientras te sirvo un plato de tu sopa favorita, de fideo con chícharos y champiñones?

—'Kay.

Cabby corrió al baño, donde tomó el jabón y abrió la llave. Tony miró entonces el espejo, viendo por vez primera al joven en cuya mente fue a meterse. Bastó con una mirada para saber que Cabby era un chico con síndrome de Down. Esto explicaba sus dificultades de comunicación, así como sus interacciones con quienes lo rodeaban. Cabby se inclinó y, como si lo viese, dirigió a Tony una hermosa sonrisa de oreja a oreja, que lo iluminó por dentro y por fuera.

Tony no había conocido nunca a un «retrasado». No sabía siquiera si era así como se les llamaba; tal vez era «de capacidades mentales diferentes», o algo por el estilo en estos días. Sus opiniones sobre casi todo lo que no fueran negocios tal vez no se fundaran en la evidencia o la experiencia, pero estaba seguro de ellas. Personas como Cabby eran una sangría improductiva para los recursos de la sociedad, valiosas únicamente para su familia. Él creía que se les toleraba debido a convicciones progresistas, no porque poseyeran un valor intrínseco. Tony recordaba haber soltado tales opiniones en cocteles sin el menor cargo de conciencia. Es muy fácil crear una categoría de personas, como «retardados» o «discapacitados», y juzgar después al grupo entero. Se preguntó si no era ése el fondo de todos los prejuicios. Eso era mucho más simple que considerar a cada persona un individuo, que ama y es amado.

Llegada la hora de cenar, los tres se tomaron de la mano en torno a la mesita y Molly se volvió hacia Cabby.

—¿Por quién daremos gracias hoy, Cabby?

Lo que siguió fue una lista de personas que, lo supieran o no, habían hallado un sitio en el corazón agradecido de esos tres. Los incluía a ellos mismos, Jesús, Lindsay, los médicos y enfermeras del hospital, el agricultor que cultivaba las verduras para la sopa, las personas de la granja lechera que ordeñaban las vacas para hacer mantequilla y leche, y en especial helado, Ted, los amigos de la escuela, las personas que hacían el refresco de raíz y las muchas otras que participaban en la expresión del afecto de Dios. Tony estuvo a punto de soltar una carcajada cuando Cabby tomó a hurtadillas una pieza de pan durante las manifestaciones de gratitud.

A lo largo de la cena, escuchó y experimentó. Mientras Cabby comía, él percibía literalmente los sabores de la sopa y el pan, y cómo todo resonaba en Cabby, especialmente la 'nilla (helado de vainilla) y el refresco de raíz. Mirando por sus ojos las frases tácitas o truncas que Maggie intercambiaba con la mamá, Molly, se enteró de que Lindsay era la hermana menor de Cabby y que estaba muy enferma en Doernbecher, uno de los dos hospitales infantiles en el campus de la OHSU. Molly ya había hecho arreglos en el trabajo para tomarse el día siguiente, y Maggie, que compartía esta casa con ella y los niños, se haría cargo de Cabby, a quien iría a recoger a la escuela y tal vez llevara consigo a la iglesia en la noche.

Cuando Cabby tuvo que ir a hacer pipí antes de acostarse, Tony se cohibió y desvió la mirada, pero experimentó la sensación de alivio que había dado por sentada toda la vida… Son las pequeñas cosas que componen la diaria rutina, en su mayoría no atendidas ni consideradas, pero esenciales. Cabby se puso un piyama del Hombre Araña, se lavó los dientes y se metió a la cama.

—¡Listo! —gritó, y momentos después Molly entró al cuarto, encendiendo la lámpara de catarina en el buró y apagando la de arriba.

Se sentó en la cama junto a él, y se inclinó un segundo con la cara entre las manos. Tony sintió que Cabby intentaba alcanzarla emocionalmente para decirle algo, pero lo más que pudo hacer fue tocarla, palmeándole la espalda.

—¡Ta ben, mami! ¿Ta ben?

Ella respiró hondo.

—Sí, Cabby, estoy bien. Te tengo a ti, y a Lindsay, y a Maggie, y a Jesús. Solo fue un largo día, y mamá está cansada, eso es todo.

Se agachó entonces, posó la cabeza en el pecho de Cabby y se puso a cantar algo que Tony no había oído desde... ¿cuándo? Desde que era chico. En la voz de esta mujer pudo escuchar la canción de su madre, y de pronto se sintió tristísimo. Sintió lágrimas escurrir por su rostro mientras esta madre cantaba:

—Jesús me ama, bien lo sé.

Cabby cantó por su parte, con un tono monocorde lento y entrecortado:

—YE-SÚS ME AM-MA.

Tony trató de cantar también, pero no pudo acordarse de la letra; sus emociones se le volcaron encima, en un torrente de recuerdos y añoranza.

—Cabby, cariño, ¿por qué lloras?

Molly enjugó lágrimas de sus ojos.

—¡Tiste! —él hizo trotar sus dedos en su corazón— ¡Tiste!

Tony despertó, con lágrimas que se le acumulaban en las orejas. Se enderezó y respiró hondo. La Abuela tamborileaba en su pecho para despertarlo, y le tendió una taza de algo que parecía café pero olía a té.

—¡Suénate! —le ordenó, ofreciéndole un trapo limpio—. Debimos haberte puesto un buen nombre indio, *El que Llora Demasiado.*

—Como quieras —fue todo lo que a él se le ocurrió contestar.

Aún estaba atrapado en la estela de las emociones inesperadas, y los residuos no se disipaban rápidamente.

Por fin puso suficiente orden a sus ideas para preguntar:

—¿Cómo fue posible todo eso?

Ella sonrió al decir:

—Muy poderoso, ese fuego cuántico. —Y continuó—: Mira nada más quién lo pregunta: un hombre en coma en Portland, Oregón, a una lakota dentro de su alma, cuestiona acerca de cómo pudo ir a dar a los ojos de un chico muy especial en Portland, Oregón. Me parece —dijo, riendo entre dientes— que todo se explica por sí solo.

—Así es —y ahora fue Tony quien sonrió, aunque ensombreciéndose luego—. ¿Entonces todo esto de veras está ocurriendo? ¿Es cierto que Lindsay está enferma, y Cabby, su madre, y Maggie son reales?

—Tiempo real —respondió la Abuela.

—¿Y este no es tiempo real? —preguntó él.

—Un tiempo real diferente —dijo ella, con un gruñido—. Más bien tiempo intermedio. No preguntes, solo bebe esto.

Lo hizo, con reservas al principio, pero en vano se preparaba para una cosa asquerosa, pues cuando los sabores de aquel líquido bajaron por su pecho, lo reconfortaron por entero y dejaron en él una sensación de satisfacción absoluta.

—No voy a contestar eso tampoco —dijo ella, adelantándose a su pregunta—. Créeme que preferirías no saberlo. Y no me digas que podría ganar mucho dinero si vendiera esta cosa.

Él la miró de reojo, pero no insistió. Preguntó en cambio:

—¿Por qué estuve ahí, y por qué regresé?

—Son muchas las razones de que hayas ido allá —empezó diciendo ella—. Papá nunca hace nada con un único propósito, la mayoría de los cuales no comprenderás ni sabrás jamás. Todo forma parte del tejido.

—¿Me dirás una de las razones? —él trató de averiguar.

—Una razón, mi vida, fue la de que oyeras a tu madre cantándote. Y así hubiera sido solo ésa, fue suficiente.

Arrojó otra vara al fuego y removió la leña hasta quedar satisfecha de su acomodo. Tony se había perdido en su respuesta y evitó hablar por un rato; sus emociones estaban a flor de piel.

—Estoy de acuerdo —propuso al fin—, ésa fue razón suficiente, pero muy dolorosa.

—De nada, Anthony.

Hubo un momento de silencio. Tony contempló la hoguera. La Abuela acercó su banco hasta casi tocarlo.

—¿Y por qué estoy aquí ahora, y no allá?

—Cabby está dormido, y prefirió que no estuvieras en su sueño —contestó ella, como si fuera la explicación más lógica.

—¿Prefirió? —él miró a la Abuela, quien seguía absorta en el fuego—. ¿Qué quieres decir con que prefirió? ¿Cabby sabe que estuve ahí?

—Lo supo su espíritu.

Tony no respondió; solo se quedó esperando, levantadas las cejas en pos de la pregunta que entendía ella sabía que él iba a hacer.

—Tratar de explicar a un ser humano —comenzó ella—, a un ser que es unidad, uno, y que sin embargo comprende espíritu, alma y cuerpo, es como tratar de explicar a Dios: Espíritu, Padre e Hijo. La comprensión está en la experiencia y la relación.

Él aguardó, sin saber siquiera cómo hacer sus preguntas siguientes.

Ella prosiguió:

—Cabby, como tú, es un espíritu que interpenetra un alma que interpenetra un cuerpo. Pero no es simplemente interpenetración. Es danza y participación.

—Gracias. —Tony se recostó y tomó otro sorbo de su bebida, que tragó lentamente para poder saborear el paso del líquido—. Eso me es mucho muy útil, Abuela.

—El sarcasmo se originó en Dios. ¡Es nada más un decir! —ovacionó ella.

Él sonrió mientras la Abuela mantenía un semblante glacial, por impresionar más que cualquier otra cosa, pensó él. Surtió efecto.

—De acuerdo, déjame volver a intentarlo. ¿Dijiste que él prefirió?

—Como tú, Anthony, el cuerpo de Cabby está fracturado, y su alma postrada y abatida, pero su espíritu está sano y salvo.

Pero aunque esté sano y salvo, está sometido a la relación con las partes fracturadas y abatidas de su persona, su alma y su cuerpo. A veces las palabras son insuficientes para comunicar algo. Cuando te digo *su cuerpo, su alma* o *su espíritu*, pareciera que cada uno fuera una cosa o pieza de su propiedad. Sería más exacto comprender que tú *eres* tu cuerpo, *eres* tu alma y *eres* tu espíritu. Eres un todo interpenetrado e interpenetrante, una unidad en la diversidad, pero esencialmente uno.

—Eso no tiene mucho sentido para mí. Te creo, solo que no sé exactamente qué estoy creyendo. Pienso que percibo lo que dices más de lo que soy capaz de comprenderlo —hizo una pausa—. Lástima por él...

—¿Por Cabby? Él dijo lo mismo de ti.

Tony volteó, sorprendido.

—Sí, no lo compadezcas. Su fractura solo es más obvia que la tuya. Él la lleva por fuera para que todos la vean, mientras que tú has guardado y escondido la tuya lo mejor posible. Cabby posee sentidos y receptores internos mucho más desarrollados que los tuyos. Puede ver cosas que tú no puedes ver, captar bondad y peligro en la gente más rápido que tú, y su percepción es mucho más aguda; solo que está alojada en una incapacidad para comunicarse, un cuerpo y un alma rotos en reflejo de un mundo roto.

»Pero basta de comparaciones y lamentos —continuó la Abuela—, Cabby y tú están en viajes distintos, porque cada uno es una persona única. La vida no se hizo para comparar y competir.

Tony inhaló con fuerza.

—¿Qué es un alma, entonces? —interrogó.

—Ésa es una pregunta muy profunda, para la cual no existe una respuesta exacta. Como ya dije, no es una posesión, es un vivir. Es el Cabby que recuerda, el Cabby que imagina, el Cabby que crea, que sueña, que se emociona, que desea, que ama, que piensa. Pero Cabby como alma está alojado en las dimensiones limitadas de Cabby como un cuerpo dañado.

—No me parece justo.

—¿Justo? —farfulló la Abuela—. ¡Vaya broma! En un mundo fracturado lleno de gente fracturada nada es justo, Anthony. La justicia trata de ser imparcial, pero siempre falla. Nunca hay nada justo en la gracia ni el perdón. El castigo jamás restablece lo justo. La confesión no hace que las cosas se vuelvan justas. La vida no consiste en dar el premio justo al comportamiento correcto. Contratos, abogados, enfermedad, poder: a nada de esto le importa lo justo. Bien harías en sacar palabras muertas de tu vocabulario, fijándote quizá en palabras vivas como *misericordia* y *bondad* y *perdón* y *gracia*. Así dejarías de preocuparte tanto por tus derechos y lo que consideras justo. —Se volvió, poniendo fin a su perorata—. Es nada más un decir…

Guardaron silencio por un rato, viendo otra vez consumirse el fuego.

—¿Y por qué no lo reparas? —preguntó Tony en voz baja.

También la Abuela habló bajito al responder:

—Cabby no es un juguete roto, Anthony, algo por componer. No es un bien por renovar. Es un ser humano, un ser vivo que existirá para siempre. Cuando Molly y Teddy decidieron concebir…

—¿Teddy? —se interpuso él.

—Sí, Teddy, Ted, Theodore, el exnovio de Molly, el padre de Cabby, y sí, él dejó a Molly y a su propio hijo.

Tony miró a la Abuela con labios apretados, que transmitían calladamente su reprobación y veredicto.

—Apenas si sabes algo de este hombre, Anthony, solo lo que supones con base en un trozo de una conversación. Donde tú piensas «patán», yo pienso oveja perdida, moneda perdida, hijo perdido o —inclinó la cabeza hacia él— nieto perdido.

Ella lo dejó enjuiciar, batallando con las implicaciones de cómo lo veía todo, y a todos. Esto hizo que Tony se sintiera mareado en su interior. Enfrentaba por dentro otra gran oscuridad atesorada desde tiempo atrás, y que creció mientras él conseguía a duras penas justificarse. Sin que importara la gimnasia mental o cómo tratara de esconderla, su inclinación original a juzgar emergió más aterradora y horrenda, una amenaza capaz de destruir cualquier cosa en él que alguna vez hubiese considerado buena.

Sintió una mano en el hombro, que bastó para sacarlo de ese lugar oscuro. La Abuela apretaba su cara contra la suya, y él se serenó poco a poco.

—Éste no es momento para odiarte, Anthony —dijo ella, dulcemente—. Es importante que entiendas que necesitaste tu capacidad de juzgar para sobrevivir de niño. Eso te ayudó a mantenerte a salvo, y a tu hermano. Él y tú están vivos ahora gracias en parte a que la capacidad de juzgar estaba presente en tu instrumental. Mas instrumentos como ésos acaban volviéndose extenuantes y nocivos.

—¡Pero yo la vi! ¡Era tan fea! ¿Cómo detenerme? —preguntó él, casi rogando.

—Lo harás, mi vida, cuando confíes más en otra cosa.

La oleada de oscuridad había cedido, pero él sabía que seguía ahí, un monstruo en espera, al acecho de otra oportunidad. Por el momento había sido amansado por la presencia de esta mujer. Eso no era ya un juego o aventura humorística. Era la guerra, y al parecer el campo de batalla estaba en su corazón y su mente; algo antiguo y doloroso se hallaba en conflicto con algo que comenzaba a emerger.

La Abuela le llevó otra bebida, esta vez terrosa y suculenta. Él la sintió bajar por la garganta y esparcirse en todo su cuerpo, hasta llegar a las puntas de sus dedos de pies y manos. Una sensación punzante subía y bajaba por su columna, y la Abuela sonrió, satisfecha.

—No preguntes, no te lo diré, no se venderá —rezongó.

Él se rio.

—¿Estábamos hablando de Cabby? —preguntó.

—Luego —contestó ella—. Ya es hora de que regreses.

—¿De que regrese? ¿Quieres decir que vuelva dentro de Cabby? —interrogó Tony, y ella asintió con la cabeza—. ¿No hay algo que debas hacer antes? —agregó.

—¿Fuego cuántico? —preguntó ella, con su sonrisa franca y enorme—. Eso fue solo un juego de niños, ¡apenas un poco de espectáculo! —exclamó, balanceando las caderas—. Nop, no tengo nada que hacer. Una cosa más, Anthony: cuando estés en un aprieto, y lo sabrás cuando ocurra, solamente gira.

—¿Girar? —preguntó él, confundido.

—Sí, girar, ya sabes… —y ella saltó, dando una vuelta ligera, de apenas un cuarto— como al bailar en fila.

—¿Puedes hacerlo de nuevo, solo para que no se me olvide? —dijo él en son de burla.

—Nop —contestó la Abuela con una sonrisita—, una vez es más que suficiente. ¡Y no creas que volverás a verlo nunca!

Ambos echaron a reír.

—¡Vete ya!

Fue casi una orden.

Y se fue.

9

UN ESCÁNDALO DE CONGREGACIÓN

Lo único que no temo que me lastime es una mujer.
— ABRAHAM LINCOLN

Tony llegó justo cuando terminaba el desayuno, y las sobras en el plato de Cabby dejaban ver que había disfrutado de un burrito con pollo, frijoles y queso. De la sensación de satisfacción que se había apoderado de él se desprendía que ése era obviamente uno de sus platillos favoritos.

—Cabby, tienes veinte minutos para jugar antes de que te lleve a la escuela. Maggie pasará por ti, porque yo tengo que ir a ver a Lindsay, y esta noche te llevará a la iglesia, ¿de acuerdo?

—'Kay.

—¿Y adivina qué? Maggie-buddy va a hacer pollo para cenar, y te dejará deshuesarlo, ¿te parece?

Cabby se emocionó tanto que levantó una palma hasta que su madre se detuvo para hacerla chocar con la suya. Complacido con el mundo, él salió trotando a su cuarto y cerró la puerta. Tras meter la mano bajo la cama, sacó un estuche de guitarra y lo abrió. Dentro estaban una guitarrita roja de juguete y una cámara compacta que parecía costosa. Cerró satisfecho el estuche, puso los seguros y lo escondió otra vez bajo su cama. Mirando a su alrededor, vio uno de sus libros ilustrados preferidos y se puso a hojearlo. Luego de tocar el pie de cada figura animal, gruñía algo suficientemente inteligible para que Tony supiera que las reconocía. Pero una de ellas lo dejó sin habla, o sin saber cómo pronunciar su nombre, así que él se quedó tamborileando bajo la imagen.

Tony no pudo evitarlo:

—Glo-tón —dijo sin pensar, y se congeló.

Lo mismo hizo Cabby. Cerró el libro de golpe y permaneció quieto casi diez segundos, solo dejando volar sus ojos por el cuarto para tratar de entender de dónde salía aquella voz. Por fin abrió lentamente el libro y volvió a tamborilear bajo la imagen.

—Glotón —repitió Tony, resignado, sabiendo que había descubierto su juego.

—¡Kikmahass! —chilló Cabby, columpiándose y llevándose las manos a la boca.

—¿¡Cabby!? —llamó su madre desde el cuarto de junto—. ¿Qué te he dicho sobre esa palabra? No la digas, ¿de acuerdo?

—Ta ben —gritó en respuesta y se dobló de risa, que sofocó en la almohada junto a su alborozo—. ¡Kikmahass! —susurró.

Tras incorporarse de nuevo, volvió a abrir el libro, esta vez golpeteando lenta y deliberadamente la imagen. Tony decía en cada oportunidad: «¡Glotón!», y Cabby desaparecía de nueva cuenta en su almohada, atacado de risa.

Bajando al suelo desde su cama, echó un vistazo abajo para estar seguro de que no había nadie escondido ahí.

Revisó su clóset, vacío más allá de sus pertenencias habituales. Hasta se asomó vacilante detrás de su cómoda, y luego se paró en medio de la habitación, pidiendo en voz alta:

—¡Dilo!

—¿Necesitas algo, Cabby? —preguntó su madre.

—Lo volveré a decir, Cabby, pero shhhhh —le indicó Tony.

—¡Na'! —gritó el chico a su madre, y murmuró—: ¡Kikmahass! —antes de doblarse de risa nuevamente.

Tony también rio, atrapado en el placer inmenso del muchacho y en esta aventura inusual.

Cabby ahogó sus carcajadas lo mejor que pudo y se levantó la camisa en busca de la voz misteriosa. Se examinó el ombligo, y estaba a punto de bajarse los pantalones cuando Tony habló:

—¡Alto, Cabby! No estoy en tus pantalones. Estoy en… —hizo una pausa, pensando en las palabras correctas—. En tu cabeza, y puedo ver por tus ojos y hablarte al oído.

Cabby se tapó los ojos.

—Ahora no veo nada —dijo Tony.

El chico se tapó y destapó los ojos varias veces, indicando Tony en cada ocasión el estado de su visibilidad. Cuando parecía que el juego no terminaría nunca, Cabby se acercó al espejo de la cómoda y se miró, como si pudiera ver la voz. Frunciendo los labios con aplomo, retrocedió, se buscó en el espejo, se llevó ambas manos al pecho y anunció:

—Cnabby.

—Cabby —dijo Tony—, ¡yo me llamo To-ny! ¡To-ny!

—Tah-Ny.

No se oyó nítido y claro, pero había entendido. Entonces sucedió algo inesperado, que tomó a Tony por sorpresa. Después de que en su rostro estallara una sonrisa amplia y brillante, Cabby puso ambas manos en su corazón y dijo dulcemente:

—Tah-Ny… ¡amibo!

—Sí, Cabby —confirmó aquél, con voz tierna y cordial—; Tony y Cabby son amigos.

—¡Síííí! —proclamó el chico, echando la palma al aire en busca del manotazo; pero al darse cuenta de que no había nadie, palmeó la mano invisible de la voz invisible.

Luego sucedió otra cosa también inesperada. Volviéndose al espejo, Cabby preguntó, con palabras trabajosamente compuestas:

—¿Tah-Ny quere Cnabby?

Tony se quedó atónito, atrapado de pronto en esa pregunta de tres palabras. El joven había hecho el esfuerzo y tenido el deseo de preguntar, pero Tony no tenía lo indispensable para responder. ¿Quería a Cabby? Ni siquiera lo conocía. ¿Sabía acaso cómo amar a alguien? ¿Alguna vez había sabido qué era el amor? Y de no ser así, ¿cómo lo reconocería si un día lo hallaba por casualidad?

El muchacho esperaba una respuesta, la cara en alto.

—Sí, te quiero, Cabby —mintió Tony, pero en el acto sintió la decepción del chico.

Éste lo sabía. Cabby bajó la mirada, aunque la tristeza duró apenas un par de segundos.

—Guna vez —dijo, alzando la vista.

Guna vez... ¿Una vez?, se preguntó Tony. ¿Quiso decir una única vez o... alguna vez? Y luego comprendió. Cabby había dicho *alguna vez...* que Tony algún día lo querría. ¡Ojalá fuera cierto! A lo mejor Cabby sabía cosas que él no.

Llegaron al aula asistida donde Cabby, y por lo tanto Tony, pasaría la mayor parte del día. El área de aprendizaje para los chicos de desarrollo retardado, donde se atendía a una docena de jóvenes, compartía un campus con una preparatoria local llena de compañeros de desarrollo corriente, separada del edificio mayor. La actividad era constante, y a Tony no cesaban de sorprenderle las habilidades que, pese a sus discapacidades, Cabby dominaba. Su nivel de lectura era como de maternal, pero podía hacer operaciones matemáticas simples. Destacaba especialmente en el uso de la calculadora, y había escondido dos en su mochila, de las que se apropió en secreto en el curso de la mañana. También era muy hábil para escribir palabras, casi como si las dibujara, las cuales copiaba diestramente del pizarrón blanco en uno de los muchos cuadernos ya repletos de ellas.

Tony guardó silencio, tratando de no atraer la atención hacia sí o hacia Cabby. El joven comprendía evidentemente el secreto compartido, pero durante el día no perdió oportunidad de buscar un espejo, acercarse a él y murmurar:

—¿Tah-Ny?

—Sí, Cabby, sigo aquí.

El muchacho sonreía, hacía un enfático movimiento de cabeza, y ambos se marchaban corriendo de nuevo.

La bondad y paciencia de maestros y empleados, junto con los alumnos de preparatoria que llegaban a ayudar, asombraron a Tony. ¿Cuántas personas invertían en los demás tiempo y atención cotidianos?

A la hora del almuerzo, Cabby comió las sobras recalentadas de los burritos del desayuno, una barra de queso y unas galletas de higo. Cada uno de éstos parecía su platillo predilecto de toda la vida. La clase de gimnasia fue una mezcla de danza y comedia de equivocaciones, pero todos sobrevivieron. Tony no estaba familiarizado con este mundo, del que era cautivo, pero sintió una realidad básica en cada experiencia. Ésta era la vida, ordinaria pero también extraordinaria e inesperada. ¿Dónde había estado él todos estos años? *Escondiéndome*, fue la respuesta que le vino a la mente. Quizá no era ésa toda la verdad, pero sí al menos parte de ella.

Pasar tiempo con esos jóvenes fue tan inesperado como delicioso y difícil, siendo penosamente obvias las fallas de Tony como padre. Por un tiempo él había hecho tentativas diligentes, leído incluso libros de paternidad y empeñado su mejor esfuerzo, pero después de Gabriel... había dejado a Loree estos asuntos y regresado al seguro mundo del ejecutivo, la producción y la propiedad. Si a lo largo del día salía a la superficie un remordimiento, Tony lo arrojaba a los armarios y rincones de su alma, donde podía ignorarlos mejor.

Maggie llegó a tiempo, todavía con el uniforme del hospital puesto. Cuando entró, iluminó el aula con su porte profesional y personalidad sociable. Tras llevar a ambos a casa en su auto abollado, se puso a limpiar un pollo mientras preparaba unas guarniciones y las metía a cocer al horno. Cabby, algo molesto de que ninguna de sus calculadoras nuevas hubiera evadido la revisión final en la escuela, se entretenía armando unos rompecabezas, coloreando y librando una vasta batalla en *Zelda*, un videojuego que dominaba. Cada tantos minutos decía «¿Tay-Ny?», solo para estar seguro, y recompensaba a Tony con una sonrisa en cuanto le respondía.

Cuando el pollo se enfrió lo suficiente, Cabby se lavó y lo deshuesó con celeridad y eficiencia. Sus manos quedaron hechas un lío grasoso, igual que su mentón y su boca, hasta donde se abrieron misterioso paso varios trozos de sus piezas preferidas. La cena se completó añadiendo simplemente puré de papas y zanahorias cocidas.

—¿Quieres que te ayude a escoger tu ropa para la iglesia, Cabby? —preguntó Maggie.

—Te ayudaré yo —susurró Tony, como para evitar que Maggie lo oyera.

—Na' —murmuró el chico, sonriendo y en dirección a su habitación.

Ambos exploraron su clóset y cajones hasta estar de acuerdo en el atuendo correcto: jeans, cinturón, una camisa de manga larga con broches en vez de botones y tenis negros con ceñidores de velcro. Cabby tardó en vestirse, y el cinturón fue todo un desafío, pero al fin terminó, irrumpiendo después en la cocina para presentarse ante Maggie.

—¡Mírate nada más! —exclamó ella—. ¿Escogiste solo todo eso, guapo?

—Tay… —comenzó Cabby.

—¡Shhhhh! —Tony lo calló.

—¡Shhhhh! —siseó el chico, llevándose un dedo a los labios.

—¿Cómo que *¡shhhh!*? —reclamó Maggie entre risas—. ¡Nadie me hará callar sobre lo grande y guapo que es mi Cabby! Creo que lo proclamaré a los cuatro vientos… Vete a jugar un rato mientras yo me arreglo para irnos a la iglesia.

Iglesia, pensó Tony. No había puesto el pie en una sola desde su última familia adoptiva, que era creyente. Jake y él habían tenido que sentarse, sin hablar horas enteras, en duras bancas de madera que parecían hechas para atormentarlos. Pese a la incomodidad, a menudo lograban dormirse, arrullados hasta la inconciencia por el monótono soliloquio del predicador. Tony sonrió para sí al recordar cómo había tramado con Jake presentarse una noche en la iglesia, pensando que eso les ganaría puntos con su familia, tal como ocurrió. La atención que su conversión atrajo fue en un principio satisfactoria, pero pronto quedó claro que «pedir a Jesús entrar en tu corazón» aumentaba drásticamente las expectativas de estricta obediencia de un montón de reglas que ellos no habían previsto. Tony se volvió pronto un «reincidente»; categoría mucho peor, descubrió, que la de ser pagano en primera instancia. Sobrevivir como hijo adoptivo de por sí era difícil; un hijo adoptivo caído en desgracia era mil veces más complicado.

Pero a Maggie y Cabby parecía emocionarles la idea de ir a la iglesia, y Tony sintió curiosidad. Quizá las cosas habían cambiado en su ausencia.

Rellenita y curvilínea, Maggie se aplicó una capa de maquillaje razonablemente visible, se puso un lindo vestido que realzaba su figura y se calzó unos tacones altos de color rojo que hacían juego con su bolsa. Viéndose al espejo, alisó unas cuantas arrugas al mismo tiempo que sumía las mejillas, y tras un gesto de aprobación recogió su abrigo y tomó a Cabby de la mano.

No tardaron mucho en llegar al estacionamiento de la Iglesia Maranatha del Espíritu Santo y Dios en Cristo, el gran templo urbano al que Maggie asistía y Cabby visitaba con frecuencia. La de esa tarde sería una ceremonia de entre semana, y también noche juvenil, así que el lugar era todo bullicio y ajetreo, jóvenes y adultos revueltos en un tazón de entusiasmo e intención sacra. A Tony le impresionó la mezcla de razas y edades, los financieramente seguros codeándose con los no tanto. La soltura de las interacciones era sorprendente, como también la sensación general de comunidad y gentileza. Esto era distinto a lo que él recordaba.

De camino a los salones de los muchachos, Maggie se detuvo a charlar con conocidos, desplegando su personalidad magnética y encantadora. Estaba en una de esas conversaciones cuando Tony oyó murmurar a Cabby:

—¿Tah-Ny?

—Aquí estoy, Cabby. ¿Qué pasa? —preguntó.

—¿Ves? —dijo, señalando a lo lejos a una joven pareja, un par de adolescentes prendados uno del otro.

Ajenos al mundo que los rodeaba, estaban tomados de la mano, y musitaban boberías inofensivas. Su universo se reducía a estar juntos.

Tony sonrió por dentro. Desde hacía mucho tiempo había dejado de advertir el amor inocente. ¿Cuándo había olvidado que existía siquiera?

Pero Cabby parecía algo agitado, como si jalara el brazo de Tony.

—¿Qué ocurre, Cabby? ¿Estás bien? —preguntó él.

—Nova —balbuceó el joven.

—¡Cabby! —respondió Tony, creyendo haber entendido—. ¿Esa chica? ¿Te gusta?

—Sí… no. —Sacudió la cabeza—. Cnabby quere…

Cabby quería… y Tony entendió. Sintió el ansia cruda y apasionada del muchacho, y que la lágrima caliente que escapaba del rabillo de su ojo rodaba en silencio por su mejilla.

Este chico sabía en cierta forma que existía algo encantador fuera de su alcance, y compartía con Tony esa añoranza. Cabby jamás experimentaría un regalo que Tony trató con cruel desapego: el amor de una mujer. El chico valoraba mucho lo que él había manejado con desprecio insensato. Tony reparó de nuevo en lo superficial de sus suposiciones sobre la madurez del corazón de este chico de dieciséis años. Esto no era un juicio vergonzante y penoso de sí mismo, sino una evidencia incómoda. Parecía que Tony cobrara conciencia, y no estaba seguro de quererlo.

¡Soy un idiota!, pensó.

—Lo siento, Cabby —susurró apenas.

Cabby asintió, sin dejar de ver a la pareja.

—Guna vez —dijo en voz baja.

Maggie le apretó la mano y siguió su camino mientras, afligido, Tony guardaba silencio. Llegaron al salón indicado, y en tanto ella registraba a Cabby en su clase, Tony oyó risas procedentes de un par de jovencitos, de uno de los cuales alcanzó a oírse:

—¡Ahí está ese tarado!

Cabby también lo oyó, y se dio la vuelta. Tony vio por sus ojos que un par de desgarbados chicos de secundaria se burlaban de él, apuntando en su dirección. El joven buscó afanosamente la respuesta adecuada, pero se equivocó de dedo, alzando el índice y flexionando el brazo, sin recordar con exactitud las enseñanzas de sus compañeros.

—Dedo equivocado, Cabby; usa el de en medio —sugirió Tony.

El joven se vio la mano, intentando decidir cuál era el dedo de en medio, pero se rindió pronto, levantando ambas manos y moviendo todos los dedos en dirección a los muchachos.

—¡Ja! —rio Tony—. ¡Eso es, todos tus dedos! ¡Bien hecho!

Cabby volteó sonriente, feliz por el elogio, aunque también cohibido. Elevó una mano, que sacudió ligeramente.

—Alto —dijo, abochornado.

—¡No les hagas caso, Cabby! —lo instó Maggie—. ¡A esos niños no los educaron como se debe! Son tan tontos que ni siquiera saben que son unos brutos... Bueno, ya te registré, y volveré en una hora para llevarte a casa. Muchos amigos tuyos están aquí, y Miss Alisa. Te acuerdas de Miss Alisa, ¿verdad?

Él asintió, y estaba por entrar a clase cuando, volviéndose inexplicablemente desde la esquina del dintel, murmuró:

—¡Adiós, Tah-Ny!

Tomado por sorpresa, antes de que Tony pudiera decir nada, Cabby se ocultó en los brazos de Maggie, a la que estrechó con ganas.

—¡Ay, Dios! —exclamó Maggie—. ¿Te sientes bien, Cabby? —él alzó la mirada y asintió, dedicándole una amplia y efusiva sonrisa—. ¡Bueno! —dijo ella—, si me necesitas, alguien irá a avisarme, pero al rato regreso.

—¡'Kay! —respondió él, y esperó.

Como había hecho un millar de veces, ella se inclinó para que Cabby le besara la frente. Esta vez sintió que una brisa recorría su cuerpo. ¡Vaya!, pensó. *¡Derrama en mí más de esa gracia tuya, Espíritu Santo!*, y después de darle otro apretón a Cabby, se dirigió a la ceremonia.

Tony resbalaba de nuevo.

Supo al instante lo que sucedía, pero solo entonces resolvió qué catalizaba el salto: era el beso lo que le hacía resbalar. La sensación fue idéntica a la de antes, bocarriba y hacia atrás, cálida y abrazadora, y luego él estaba viendo el mundo a través de los ojos de Maggie. La maravilla ingenua y colores simples —rojos y verdes y azules brillantes— del alma de Cabby habían cambiado por un ambiente más adulto, más trabajado, con texturas profundas, patrones y complejidad, aparte de amplitud de espacio y madurez.

Ajena a la intromisión, Maggie decidió hacer una escala en el tocador camino del santuario. Con inclinaciones de cabeza y expresiones diversas saludó a otras mujeres antes de mirarse al espejo, frente al que hizo un ajuste de última hora a su vestido, y estaba a punto de marcharse cuando pensó que más le valía hacer pipí. Nunca se sabía cuánto podían durar estas celebraciones, y una vez empezadas no le gustaba perderse de nada.

Tony se alarmó. Maggie estaba a punto de hacer sus necesidades cuando él gritó: ¡Alto! (sin saber de qué otra forma reaccionar).

Y eso fue justo lo que hizo la señorita Maggie Saunders: un alto en su respiración, alto en sus movimientos, alto al desabotonarse, alto en todo durante casi cinco segundos, al cabo de los cuales gritó a voz en cuello:

—¡Un hombre! ¡Hay un hombre en el baño!

Las mujeres en el tocador salieron volando como cañonazo de confeti, en desorden individual y colectivo.

Maggie logró abotonarse otra vez en medio del tropel de la salida. Sofocándose y gesticulando, intentó explicar lo ocurrido a un grupo de señoras en la puerta y a los tres conserjes, que llegaron corriendo a causa de la conmoción. Ellos la calmaron un poco, oyeron su caso y se acercaron al baño con toda cautela. Lo que siguió fue un cuidadoso registro de cada gabinete, incluido el clóset de enseres de limpieza del fondo, que resultó en nada. Maggie los hizo revisar otra vez, reiterando que era un hecho que un hombre le había hablado, aunque nadie había oído nada, excepto Georgia Jones, siempre ilusionada de que un hombre le dirigiese la palabra.

Tras confirmar que no había ningún caballero en el baño de mujeres, los conserjes rodearon a Maggie.

—¿No habrá sido el Señor, señorita Maggie? —sugirió uno de ellos, en afán de ayudar—. Buscamos por todos lados, y es imposible que un hombre salga de aquí sin ser visto.

—¡Cuánto lo siento! —se disculpó ella—. No sé qué decir, pero estoy segura de que oí a un hombre ordenar «¡Alto!»

No habiendo nada más qué hacer, el grupo se dispersó. Pero ninguna de las mujeres que habían salido de ahí estaba dispuesta a volver a ese baño. Ninguna excepto Maggie, quien sumamente avergonzada, resolvió regresar y ver por ella misma. Si en ese momento Tony hubiera podido darse de topes contra la pared, lo habría hecho. ¿Qué le pasaba a esta señora?

La atenta exploración del baño entero le confirmó a Maggie que no había hombres en ese lugar. Dándose por vencida al fin, dejó correr agua de la llave para refrescarse la cara y sosegarse. Al verse en el espejo para corroborar que no hubiera nadie a sus espaldas, respiró hondo y empezó a librarse del yugo de la adrenalina. Mientras se relajaba, recordó su trajín antes del tumulto y abrió la puerta de uno de los gabinetes, disponiéndose a desabotonar de nuevo sus prendas.

—Por lo que más quieras, Maggie, ¡detente!

La Iglesia Maranatha del Espíritu Santo y Dios en Cristo era sobria y civilizada en comparación con la Hermandad

Evangelista del Redentor, calle abajo, cuyos adeptos tenían fama de auténticos bulliciosos celestiales. Así que nadie en el santuario, lleno de personas que meditaban en silencio en la beatitud del Todopoderoso, estaba preparado cuando, por segunda ocasión, la señorita Maggie salió como loca del baño de damas, agitando los brazos y dejando caer su bolsa donde fuera. Más de una vez, sin duda, esas personas atestiguaron la actividad del Espíritu Santo y, prediciblemente, algunos asiduos habían sido incluso tocados por él. Pero aunque todos podían invocar una presencia siguiendo instrucciones, no eran muy dados a hacerlo y, en cambio, siempre muy correctos, asegurándose de que si una mujer caía bajo ese influjo, estuviera adecuadamente cubierta, sobre todo ante el grupo juvenil, repleto de adolescentes boquiabiertos.

Sin embargo, ni siquiera quienes se habían aventurado alguna vez en la congregación Evangelista del Redentor habían visto nunca que el Espíritu se afirmara tanto como ahora. Cual si fuera una bomba atómica en miniatura, la señorita Maggie Saunders irrumpió en el santuario cuando se cantaba la segunda estrofa de «Oh happy day!» (¡Oh, feliz día!), y atravesó como bólido el pasillo central aullando:

—¡Estoy poseída! ¡Estoy poseída!

Más de alguno diría después que seguro fue una coincidencia que ella hubiera ido a dar al pasillo que desembocaba directamente con el consejero Clarence Walker, el mejor partido de la comunidad, verdadero santo y pilar de la iglesia.

Como todo buen miembro del consejo eclesial, el consejero Walker se puso de pie cuando oyó el escándalo, pero cometió el error de acercarse al pasillo para apreciar mejor el problema. Una vez ahí, se paralizó mientras aquella mujer torrencial se precipitaba sobre él como tren descarrilado. Justo cuando ella alcanzaba su velocidad máxima, uno de sus tacones se rompió, lo que la catapultó bruscamente hasta los brazos del consejero Clarence. Aunque él la aventajaba por unos centímetros, ella lo aventajaba por varios kilos, y por allá fueron a dar, desparramando por doquier decoro y virtud. Clarence quedó sin aliento, y ella montada a horcajadas en él, sacudiéndole los hombros y vociferando en su cara:

—¡Estoy poseída!

La perplejidad del coro fue total, aunque algunos intentaron proseguir con la tercera estrofa de «¡Oh, feliz día!», todo fue tan rápido que al menos la mitad de los presentes oyeron algo pero no lo vieron, y la mayoría no sabía si exclamar amén o agitar pañuelos en reconocimiento de la manifestación del Espíritu Santo. Varios en las últimas filas se arrodillaron, creyendo que se iniciaba una sesión evangelista. Los conserjes y fieles próximos se acercaron prestamente a socorrer al trenzado par, algunos elevando oraciones incomprensibles y alzando las manos. Era un pandemónium.

Un muchachote puso una mano firme sobre la boca de Maggie hasta que ésta dejó de chillar, y con la ayuda de otros dos la separó del consejero Clarence, que apenas respiraba. Ambos fueron prontamente escoltados hasta el oratorio aledaño, mientras el avispado director musical guiaba al coro y la feligresía por una sedante ejecución de «Amazing Grace» (Sublime gracia).

Por fin Maggie se serenó lo suficiente para tomar un poco de agua, en tanto que un par de mujeres le palmeaban la mano y proclamaban una y otra vez ¡*Bendito sea Dios!* y ¡*Alabado sea el Señor!* Ella estaba muy mortificada. Había oído la voz de un hombre dos veces, pero eso ya no importaba. Ahora lo único que quería era regresar de inmediato a Texas con sus parientes lejanos, vivir en la oscuridad y morir en el olvido.

Aunque horrorizado por lo que había producido, Tony experimentaba una alegría inmensa por el giro inesperado de los acontecimientos. Aún podía oír los conmovedores acordes de «Sublime gracia» del otro lado de la puerta, pero por primera vez tenía ganas de chiflar y aullar en un templo. La segunda carga de adrenalina que acometió a Maggie había arrasado con él, y estaba aturdido en su estela. *Si la iglesia es así*, pensó, *tendré que venir más seguido.*

El consejero Clarence recuperó poco a poco el aliento y la calma, y una vez lo bastante repuesto para hablar sin resollar, se sentó frente a Maggie y la tomó de las manos. Ella no podía mirarlo siquiera. Se conocían de tiempo atrás, y esta conducta no cuadraba en absoluto con la mujer por la que él sentía un afecto innegable, aunque platónico y reservado.

—Maggie... —dijo, y se detuvo. Hubiera querido decir: «¿Qué diablos te pasa?», pero habló en forma tranquila y paternal—. Maggie —comenzó de nuevo—, ¿podrías explicarme, o más bien explicarnos, qué sucedió?

Maggie se quería morir. Aunque alguna vez había tenido la esperanza de llegar a más con este señor, ella acababa de estrangularlo, aplastándolo en la alfombra del santuario principal ante Dios y ante los hombres. Respiró hondo y, sumamente compungida, sin despegar los ojos del suelo, dijo que hallándose en el baño le había hablado un hombre, y que los conserjes lo habían buscado después sin hallar nada, y cómo uno de ellos pensaba que podía haber sido Dios... Dijo esto último esperando que Clarence mordiera el anzuelo, pero él lo ignoró. *Habría sido mentira de todas formas*, pensó ella, tal vez no la mejor idea en ese momento. Así que, continuó, luego de la búsqueda infructuosa, ella había regresado, y la voz le había vuelto a hablar.

—Clarence... digo, consejero Walker: tiene que haber sido un demonio. —Por fin volteó a verlo, suplicándole con la mirada que le creyera, o al menos que ofreciese una explicación verosímil—. ¿Qué más...?

—Shhh... Tranquilízate, Maggie. —Él seguía llamándola por su nombre; al menos esto era algo—. ¿Y qué te dijo esa voz?

Maggie hizo memoria. Todo era borroso, y ella ya no estaba segura.

—Creo que me dijo: *Cristo está allá afuera. ¡Alto, Maggie!* Esto es lo que recuerdo, ¡pero ocurrió tan rápido...!

Clarence la miró, deseando pensar en algo útil o reconfortante, pero no se le ocurría nada.

Al ver que él no sabía qué decir, ella intentó sugerir algo:

—Consejero Walker, ¿por qué estaría Cristo allá afuera? ¿Y por qué yo he de ser frenada?

Clarence sacudió la cabeza, absorto mientras pedía en silencio un poco de sabiduría, que no llegaba. Pensó entonces que podía probar otra ruta.

—¿Así que crees que fue un demonio?

—No lo sé. Eso fue lo primero que me pasó por la mente. ¿No es eso lo que un demonio hace, sembrar en tu cabeza una idea así? ¿Crees que tengo un demonio adentro, Clarence; digo, consejero Walker?

—¡No soy un demonio! —terció Tony en ese momento, enfáticamente—. No sé qué sea un demonio, ¡pero yo no lo soy!

—¡Jesús bendito! —se desvaneció Maggie, abriendo los ojos como platos—. ¡Me está hablando justo ahora!

—¿Quién? —preguntó Clarence.

—¡El demonio! —respondió Maggie, roja de repentino coraje—: ¡No te atrevas a hablarme, demonio del abismo del infierno!... Perdón, no te lo dije a ti, hermano Clarence; estaba hablando con el demonio —lanzó la mirada al espacio vacío detrás del consejero, donde no había nadie. ¿Dónde más podía ver?—. ¡En nombre de Jesús...!

—Maggie —la interrumpió Clarence—, ¿qué te dijo?

Ella lo miró.

—Que no es un demonio. ¿No es eso precisamente lo que esperarías de un demonio, que diga que no lo es?

—¡Me llamo Tony! —añadió Tony, queriendo ayudar, aunque disfrutando del episodio mucho más de lo que probablemente debía.

Maggie se llevó la mano a la boca, y agregó entre dedos apretados:

—Dice que se llama Tony.

Clarence trató de no reír.

—¿Tienes dentro un demonio que dice que no lo es y que se llama Tony?

Ella asintió.

Él se mordió la boca por dentro, y preguntó luego:

—¿Tiene apellido tu demonio, Maggie?

—¿Mi demonio? —la insinuación la hirió—. No es mi demonio; y si acaso lo tengo, lo adquirí en tu iglesia. —Se arrepintió enseguida de lo que había dicho, y trató de remediarlo al instante—. Claro que no tiene apellido. Todos sabemos que los demonios no tienen...

—¡Por supuesto que lo tengo! —dijo Tony, sin que nadie se lo preguntara—, me apellido...

—¡Calla! —refunfuñó Maggie—. ¡No me digas que tienes apellido, demonio mentiroso del abismo del infierno!

—Maggie —continuó Tony—, sé que eres amiga de Molly, y estoy al tanto de Lindsay y Cabby.

—¡Válgame Dios! —ella apretó más fuerte la mano de Clarence—. ¡Es un espíritu familiar! Acaba de decirme que sabe todo sobre Molly y Cabby y...

—Escúchame, Maggie —dijo Clarence entonces, retirando suavemente su mano de las de ella—. Creo que es momento de que ore por ti... bueno, todos. Sabes que te queremos. Ignoro qué tipo de presiones tienes en estos días, pero quiero que sepas que estamos contigo. Y si algo te falta, o les falta a Molly, Lindsay o Cabby, no tienen más que pedirlo.

Maggie comprendió entonces que Clarence y los demás no le creerían nunca lo del demonio que le hablaba. Entre más decía, peor se ponía todo. Era mejor cerrar la boca antes de que llamaran a los profesionales.

Todos la rodearon, y ella fue ungida con un aceite aromático de Tierra Santa. Luego rezaron un rato largo, gente buena buscando las palabras correctas para ayudar a Dios en este extraño suceso. Y sirvió. Maggie sintió algo, una paz que le invadía y la certeza de que todo iba a mejorar, por imposible que pareciera en ese momento.

—¡Miren nada más qué hora es! Tengo que recoger a Cabby antes de que se haga más tarde —dijo ella cuando todos se pararon.

Algunos la abrazaron, y otros hacían por no verla, como si temieran contaminarse con lo que tenía. Maggie insinuó una callada disculpa a Clarence, quien se mostró cortés sonriéndole y abrazándola de nuevo. Ella lo retuvo quizá un segundo más de lo debido, pensando que podía ser la última vez, y quería tener algo para recordar.

—Gracias a todos por sus oraciones y apoyo. —*Pero no por entender*, pensó... aunque ni siquiera ella misma lo entendía.

Algún día ésa sería una buena anécdota, pero por lo pronto Maggie no quería ver a otro ser viviente que no fueran Cabby y Molly. ¡Molly se iba a poner como loca!

10

INDECISO

La tragedia es un medio para que los vivos
obtengan sabiduría, no una guía para vivir.
— ROBERT KENNEDY

Cuando Maggie y Cabby llegaron a casa, Molly los esperaba en la puerta. Alzó una ceja con dejo inquisitivo mientras Maggie renqueaba sobre unas chanclas rojas. Resultó que hacía demasiado frío para que caminara descalza hasta el coche, así que en vez de cojear sobre un solo tacón había desprendido el otro para que hicieran juego. Un trozo de cinta plateada de la gaveta de mantenimiento había reemplazado la tira rota del zapato. Su vestido tenía varias rasgaduras, y seguía teniendo el cabello todo revuelto.

—¡Vaya! ¿No debí perderme la ceremonia? —infirió Molly.

—¡Niña de mi vida! —comenzó diciendo Maggie, riendo y sacudiendo la cabeza al tiempo que se quitaba los zapatos y caminaba en medias hasta la basura, para tirarlos sin miramiento—, ¡no tienes una idea! ¡Va a hacer falta un acto divino para que yo regrese algún día a ese lugar! Ya usé demasiados explosivos para quemar mis naves ahí.

—¿Qué pasó? —preguntó Molly, incrédula.

—¡Ni yo misma lo sé! Pero después de lo que hice, lo único que quiero es cavar un hoyo del tamaño de Texas y arrojarme dentro.

—¡No puede ser tan malo, Maggs! Ten por seguro que todo se arreglará; las cosas siempre tienen solución... Cuéntame qué pasó, porque no entiendo nada de lo que dices.

—¡Ay, Molly! —empezó Maggie, dirigiéndose hacia su amiga y haciéndole ver que obviamente su rímel y maquillaje no eran a prueba de agua—, ¡debiste haber visto la cara que pusieron todos cuando, en pleno «¡Oh, feliz día!», crucé el pasillo gritando que tenía un demonio adentro, y la gente se puso a rezarle al Espíritu Santo y a invocar el nombre de Jesús, y entonces se me rompió el maldito zapato (perdonarás mi francés) y estuve a punto de dejar sin vida al hermano Clarence!

Se sentó y rompió a llorar, dejando a Molly boquiabierta.

—¿Qué he hecho? —gimió—. Asusté horrible a Clarence... ¡el bello y piadoso Clarence! ¡Me declaro agorafóbica en este momento! No puedo salir de casa. Así será a partir de esta fecha. En adelante seré una reclusa. ¡Dile a la gente que tengo una enfermedad social, para que nadie venga a visitarme!

—Maggs —dijo Molly, abrazándola con fuerza y tendiéndole una toalla de papel para que limpiara lo sucio de su rostro—, ¿por qué no te vas a lavar y ponerte el piyama mientras yo te preparo un coctel *Lemon Drop*? ¡Esta noche va a ser de *Lemon Drop*! Y luego me cuentas todo...

—Está bien —respondió Maggie, suspirando y poniéndose lentamente en pie—. He querido hacer pipí desde hace más de una hora, otra razón de que me dé gusto estar en casa. ¡Créeme: nada como hacer pipí en tu propia bacinica!

¡Ahí vamos otra vez!, pensó Tony.

Maggie volvió a abrazar a su amiga.

—¡No sé qué haría sin ti, Molly querida, y sin Cabby y Lindsay! Apuesto que jamás imaginaste que iban a vivir con el huracán *Katrina*, que justo acaba de armar un verdadero caos. ¿Crees que a la gente de tu iglesia blanca no le importe que una negra un tanto fornida, aunque serena, refinada y calladita, llegue de improviso a entonar un par de canciones? Hasta prometo aplaudir siguiendo el ritmo.

—¡Cuando quieras, Maggs! —dijo Molly, entre risas—. A ese sitio no le vendría mal un poco de vida.

De camino a su baño y su cuarto, Maggie tropezó con Cabby, ya vestido de Hombre Araña. Él se detuvo, levantando ambas manos.

—¡Alto! —ordenó.

Maggie hizo caso, sobre todo porque esto era raro en el chico.

—¿Qué pasa, Cabby? ¿Todo está bien? —preguntó.

Él le dio un par de palmaditas en el pecho y la miró fijamente.

—¡Tah-Ny! —exclamó, y la palmeó de nuevo—. Tah-Ny.

—Perdón, jovencito, pero a veces tardo un poco en entender. Soy algo lenta para estas cosas. ¿Podrías decírmelo haciendo señas?

Cabby pensó un segundo, sonrió, se agachó, se quitó un calcetín y meneó el pie.

—¿Tu pie? ¿Tienes algo en el pie?

Él sacudió la cabeza, se sentó y se cubrió el tobillo con la mano, dejando ver solamente el empeine, que levantó hacia ella.

—¡Tah! —declaró.

—¿Ta, de pa-ta? —preguntó ella.

Cabby asintió con su enfático movimiento de cabeza, sonrió, se paró y señaló su nariz. Alzó el brazo y, bailando, trazó un círculo en el aire, como un perro urgido de encontrar una pared.

Ella no entendía. Él hizo alto, frunció los labios mientras pensaba y luego tomó la mano de Maggie y la puso en su propia nariz.

—¿Nariz? —respondió ella.

Él señaló entonces su nariz, sacudió el dedo, y luego hizo lo mismo con la de Maggie.

—¿Ni tu nariz ni mi nariz?

Él asintió entusiasmado, volvió a señalarse, después a ella y sacudió el dedo.

—¿Ni tú ni yo?

Entonces meneó el pie.

—Ni-ta, ¿ni-ta? —y cuando Cabby indicó que era al revés,

ella al fin entendió—. ¡Ta-ni! ¿Tani, Tahni, Tony? —repitió lentamente.

Cabby estaba extasiado.

—¡Tah-Ny! —estalló, asintiendo repetidas veces. Luego alargó la mano y le dio a Maggie un par de golpecitos en el pecho—. Amibo.

—¿Tony es tu amigo? —dijo ella despacio, y estupefacta.

Cabby asintió y golpeteó su pecho.

—Amibo.

Entonces la abrazó y, misión cumplida, se fue saltando a la cocina, dejando a Maggie recargada en la pared.

Ella aclararía el misterio mientras hacía pipí.

Tony, quien había presenciado el intercambio entero con Cabby, estaba aún más estupefacto que Maggs. ¿Quién era ese chico, y cómo era posible que supiera lo que sabía? Pero Tony enfrentaba ahora el dilema que había dado origen a todo el disturbio. ¿Quién hubiera imaginado que el simple acto de hacer pipí tendría consecuencias tan inesperadas?

Recordó entonces que la Abuela le había dicho que, si se veía en un apuro, *girara*. Intentó hacerlo mentalmente, pero nada sucedió. *El bailecito*, pensó. Tenía que acordarse de la cosa esa del brinco del baile en fila. Y se acordó. Descubrió así que podía *girar* hacia las tinieblas y dejar de mirar por la ventana de los ojos de la persona.

Tardó unos momentos en adaptarse a la penumbra, pero una vez que esto ocurrió se sorprendió al comprender que estaba en lo que parecía un cuarto grande, como si el ventanal ahora a sus espaldas diera a escenas que cambiaban sin cesar. Alguien le había dicho una vez que los ojos son la ventana del alma, y tal vez era cierto; quizá lo eran. Ahora, desde esos ojos miraba el alma de Maggie. La luz del baño detrás de él proyectaba vagas sombras en una pared al fondo, llena de lo que semejaban imágenes y fotografías, pero tan distantes que no era posible precisarlas.

Más tarde podría echar un vistazo atento, pero por ahora sintió que Maggie terminaba y brincó para darse la vuelta.

Ella decidió quitarse primero lo que le quedaba de maquillaje, y se puso en piloto automático para cumplir la rutina femenil de revisiones y fricciones y más inspecciones hasta llegar al alivio de retirar colores y ungüentos.

Luego se quitó el collar, el medallón enjoyado y sus anillos, los cinco, que metió al cajón del tocador frente al que estaba sentada. Cada cosa en su lugar. Notó entonces que faltaba un arete, de un juego de diamantes baratos que su madre le había regalado, tesoro personal de una mujer que vivía sin mayores recursos. Tal vez se le había caído en la alfombra de la iglesia. Llamaría temprano al día siguiente, para pedir que lo buscaran. Quizá hasta tendría que ofrecerse a revisar las aspiradoras. Pero bueno, por el momento nada podía hacer; la iglesia estaba cerrada con llave. Se paró, salió del baño y se dirigió a la cocina, haciéndosele agua la boca por su coctel *Lemon Drop*.

Molly ya lo tenía listo, escarchado con azúcar para atenuar el primer sorbo. El líquido bajó lento y suave. Maggie se acurrucó en la gran tumbona frente a la cocina mientras Molly arrastraba otra junto a ella, donde se sentó en compañía de su taza nocturna de té, con la bolsita aún adentro. Cabby ya se había dormido, arropado a su vez en sus cobijas.

—Bueno —dijo Molly, sonriendo maliciosamente—, cuéntamelo todo, sin omitir ni el más escabroso detalle.

Y Maggie así lo hizo, hasta que ambas gritaron y chillaron como colegialas y les dolió el costado de tanto reír. Molly ya iba en su tercer té, en tanto que Maggie saboreaba con calma su *Lemon Drop*. Le gustaba el alcohol, pero su familia había sufrido daños severos por culpa de esa bestia, y ella no tenía la menor intención de darle más que una saludadita de pasada.

—Lo que no entiendo, Maggs —admitió Molly—, es la parte de Tony. ¿Alguna idea acerca de quién será ese Tony?

Maggie sacudió la cabeza.

—¿Te refieres al demonio? ¡Esperaba que tú me lo dijeras! Cabby dice que Tony es su amigo.

—¿Su amigo? —Molly se quedó pensando un minuto—. No

recuerdo a ningún Tony entre sus amigos. —Miró de nuevo a su amiga, quien se había petrificado a medio sorbo, abriendo los ojos de sorpresa y horror—. ¿Estás bien, Maggie? —preguntó, quitándole el vaso de la mano—. ¡Parece como si acabaras de ver un fantasma!

—Molly... —murmuró—. ¡Acaba de decirme algo!

—¿Quién? —murmuró Molly a su vez—. ¿Y por qué hablamos en voz baja?

—¡El tipo al que creí un demonio! —fue la respuesta, entre dientes apretados y labios casi inmóviles—. Acaba de decirme que se llama... que se llama... ¡Tony!

—¿Tony? ¡Ah!, ¿«el» Tony? —Molly se recostó en su tumbona, echando a reír—. ¡Ay, Maggs, por un momento me hiciste...! —Pero Maggie no se movía y, al voltear, Molly se dio cuenta de que no estaba bromeando—. Perdón, Maggie, pero yo no oí nada, y creí que solo me estabas jalando la pierna. —Maggie seguía absorta, mirando a la distancia como preocupada—. ¡Bueno!, ¿y qué dijo tu Tony? —sondeó Molly, acercándose un poco más.

Maggie por fin reaccionó.

—Para empezar, no es *mi* Tony, y para continuar —hizo una pausa—, no deja de parlotear, y no le entiendo una sola palabra... ¿Tony? —se puso una mano en la oreja como si hablara por un altavoz—. ¿Tony? ¿Me oyes?... Bueno, entonces cállate un minuto. ¡Gracias! Así está mejor... Sí, se lo explicaré a Molly. Bueno... ¿Tony? Está bien, gracias. Sí, permíteme un segundo.

»¡Molly! —exclamó ella, abriendo los ojos todavía más—. ¡No me lo vas a creer, porque ni yo me lo creo! Quizá estoy perdiendo el juicio... No, Tony, estoy bien... Déjame resolver esto sola. Sí, bueno... ¿Tony? ¡Cállate! Sí, sé que tienes muchas cosas que decir, ¡pero llevas horas sin parar de hablar! Dame una tregua. Acabo de saberlo, entonces ¿qué tal si me das por lo menos uno o dos minutos? ¡Quisiera entender qué diantres pasa! ¿Sabes el lío en que me metiste?... ¡No, por favor, no empieces a disculparte! No quiero volver allá. Solo deja tu verborrea un minuto y permíteme hablar con Molly, ¿de acuerdo? Está bien, ¡gracias!

Se volvió hacia Molly.

—¡Es un idiota! —susurró—. ¿Cómo, oíste eso? ¿Puedo decir algo sin que me escuches, entrometido?... ¿No? ¡Ay, la peor de mis pesadillas: cero privacidad!

Dirigió nuevamente su atención a Molly, quien la miraba con ojos muy abiertos, una mano en la boca. Maggie se inclinó hacia delante y desahogó su irritación:

—Sé que le pedí a Dios que me mandara un hombre, ¡pero no me refería a esto! Más bien pensaba —alzó la vista como elevando una plegaria— en alguien como el consejero Clarence. ¡Gracias, Jesús!

Hizo una breve pausa, ladeó la cabeza y preguntó:

—¿Eres negro o blanco? ¿Qué quieres decir?, ¿negro o blanco? Ya sabes... ¡el color de la piel! ¿Eres un hombre negro o un hombre blanco?

»¡Dios mío! —volteó a ver a su amiga—. ¡Tengo viviendo a un hombre blanco en mi cabeza, Molly! Tony, no te muevas... ¿Qué quieres decir con que crees llevar un negrito dentro? Ahora todos llevan dentro un negro, con toda esa cosa africana... ¿o es un indio? ¿Un indio como Tonto, o el indio distante, como el que hace ventas por teléfono? ¿*Tú* dices *estar* confundido? ¿Qué? ¿Que tienes una abuela india? Bueno, entonces sí diría yo que llevas un indio dentro, pero... ¿qué? ¿No es tu abuela biológica? ¡Toda esta información es inútil, Tony! Quedamos en que ibas a cerrar la boca para dejarme hablar con Molly, ¿de acuerdo? ¡Chitón! ¡Shhhhhhhh! Gracias.

Se dejó caer en su silla, se quitó un mechón que le caía en la cara y le preguntó a Molly, mirándola:

—¿Y a ti cómo te fue?

Molly le siguió la corriente, aún sin saber qué pasaba.

—Como de costumbre; nada fuera de lo normal. Estuve con Lindsay en el hospital, con lo de sus pruebas. Nance y Sarah pasarán la noche con ella. Por cierto, se me había olvidado contarte que ayer Cabby decidió jugar a las escondidas allá, y fui a encontrarlo en el OHSU, en la terapia de Neuro, a punto de desconectar a un señor medio muerto... nada del otro mundo. ¿Y tú? —preguntó, dándole un sorbo a su té.

—Nada especial, tampoco; solo hice el papelazo ante el universo por creerme poseída por un demonio, pero no había de qué preocuparse; era nada más un blanco que decidió arrastrarse dentro de mi cabeza, ya sabes, lo de siempre, lo de siempre...

Guardaron silencio un instante, y entonces Maggie reparó en lo que Molly había dicho.

—¡Perdón, Molly! Con toda esta cosa de Tony ni siquiera te pregunté cómo está Lindsay. ¡No he parado de hablar de mí misma!

Antes de que Molly pudiera decir nada, Maggie continuó:

—¿Sigues ahí, Tony? ¡Vaya!, eso me temía. Pues fíjate que Molly tiene una hija preciosa. Se llama Lindsay, y es la niña más dulce del mundo, aunque ya tiene catorce. Hace un año —hizo una pausa para mirar a Molly, quien asintió— empezó a sentirse mal, y hace seis meses le diagnosticaron LMA, leucemia mielógena aguda, así que últimamente la ha pasado pésimo. De manera que mientras tú y yo estábamos en la iglesia jugando a los cazarrománticos, Molly estaba con Lindsay en Doernbecher. ¿Comprendiste todo esto? Bueno... sí, todos lo sentimos mucho, pero así son las cosas. Si sabes rezar, podrías empezar a hacerlo.

Se volvió hacia Molly.

—¿Decías, antes de que me interrumpieran en forma tan grosera? Parece como si estuviera hablando por teléfono al mismo tiempo que medio converso contigo, ¡perdón!

Molly indicó con una seña que no importaba.

—No hay problema, porque no entiendo nada de esto. —Hizo una pausa para cambiar de tema—. Lindsay está haciendo todo lo que puede. Esperan que en uno o dos días todas las cuentas sean de cero, y entonces pasaremos a la siguiente ronda de quimio. Yo no dejo de pedir un pronóstico, pero tú eres enfermera y ya lo sabes: nadie suelta prenda, para no dar falsas esperanzas. Desearía poder hablar con el Mago en los camerinos, acerca de tanta demora.

—Te entiendo, cariño, y aunque sé que no es de mucho consuelo, piensa que ella está en el mejor de los lugares, con algunas de las personas más brillantes y buenas del mundo. Ellas encontrarán la salida. Ojalá yo estuviera directamente involucrada, pero sabes que no puedo hacer nada. El que vivamos juntas es un poco delicado para ellos, por la ley del seguro de salud. Solo nos queda seguir confiando en que Dios está aquí, en medio de este desbarajuste.

—Eso es lo que trato de hacer, Maggie, pero hay días que simplemente parecen más difíciles que otros, y a veces me da por pensar que Dios está haciendo cosas más importantes para personas más importantes que yo, o que hice algo malo y me está castigando, o…

Siempre listas, las lágrimas empezaron a rodar mientras Molly bajaba la cabeza. Maggie le retiró la taza con todo cuidado y la puso en la mesa, envolviendo a su amiga en un abrazo reconfortante y dejándola sacar su pesar.

—Ya no sé ni qué pedir —balbuceó Molly, entre sollozos—. Voy al hospital y en un cuarto tras otro hay padres y madres esperando: esperando sonreír otra vez, esperando reír, esperando vivir. Todos contenemos el aliento, aguardando un milagro. ¡Y me siento tan egoísta pidiéndole a Dios que cure a mi bebé, tratando de llamar su atención o que simplemente me diga qué debo hacer, mientras todos los demás también rezan por sus hijos, y no entiendo nada… esto es muy difícil! ¿Por qué tuvo que ser Lindsay? ¡Nunca ha lastimado ni siquiera a una catarinita! Es buena, hermosa y frágil, y hay gente que hiere a los demás y está sana, mientras que mi Lindsay…

Un torrente de ira y desesperación contenidas se convirtió en un caudal de lágrimas.

Maggie no decía nada. Solo abrazaba a su amiga, acariciándole el pelo y proveyéndola de pañuelos desechables. A veces el silencio habla más fuerte, y la mera presencia brinda el mayor consuelo.

Tony, testigo de la conversación y la debacle, y emocionalmente cautivo de la compasión de Maggie por su amiga, halló de todas formas la manera de distanciarse, como si diera la vuelta y caminara al fondo de la sala. Claro que sentía lástima por esa mujer. Si alguien sabía por lo que ella estaba pasando era él. Pero no la conocía, ni a su hija; y como la propia Molly había dicho, muchas otras familias en la misma situación lidiaban con una tragedia igual, o aún peor. Lo cierto, sin embargo, es que esto no le preocupaba gran cosa. Tenía un plan más importante y ambicioso respecto a su oportunidad de curar, que no incluía a Lindsay. Hasta le enojaba un poco que Dios lo manipulara de esta manera, poniéndolo en una situación que podía tentarlo a desviarse de su propósito.

—Gracias, Maggs —dijo Molly, liberada por lo pronto de la presión que sentía. Ésta iba a volver, lo sabía, pero en otro momento. Se sonó la nariz una vez más y cambió de tema—. Cuéntame más de tu nuevo amigo —pidió sonriendo, pese a sus ojos rojos e hinchados.

—¡Ay, mi nuevo amigo! —rezongó Maggie, recostándose en su silla—. Supongo que te refieres a Tony... No es mi amigo —afirmó, soltando una risotada y palmeándose la rodilla—. Pero debo admitir que ésta va a ser una buena anécdota. —Y continuó, como hablando para sí—: Bueno, Tony, ¿quién eres y por qué estás aquí con nosotros, y cómo es que Cabby te conoce, y cómo supiste que estabas dentro de mí?

Tony explicó todo eso, y Maggie transmitió a Molly las respuestas, y en esta conversación deshilvanada las historias confluyeron poco a poco. Hubo más que unas cuantas sorpresas. Tony les contó de su colapso y estado de coma, y en versión abreviada de cómo se había visto conversando con Jesús y el Espíritu Santo, quienes le pidieron hacer un viaje, mismo que lo condujo hasta los mundos de Maggie y Molly.

—¿Así que estuviste en la cabeza de Cabby antes de llegar a la mía, y fue así como él te conoció? —preguntó Maggie.

—Eso supongo —respondió Tony.

Explicó cómo Cabby fue a dar a su habitación mientras jugaba a las escondidas, que él era el «señor medio muerto» en coma en la unidad de terapia intensiva de Neuro, y que fue entonces cuando se introdujo en el hijo de Molly. Después le contó cómo le había ido con, o en Cabby en la escuela.

—Cabby es un chico excepcional. ¿Sabes que tiene una cámara en un estuche de una guitarra de juguete bajo su cama?

Molly echó a reír cuando Maggie la puso al tanto de eso, pero en realidad estaba en otro carril.

—¿Cómo te introdujiste en él, y luego en Maggie? —insistió.

—La verdad, no sé —contestó Tony—. Gran parte de esto sigue siendo un misterio para mí.

No supo por qué había mentido sobre el beso. Tal vez esta información era una ventaja, y no estaba dispuesto a confiar ni siquiera en estas dos mujeres. O quizá la razón era más profunda. En cualquier caso, no dejó que esto le afectara, igual a como lo había hecho tantas veces en el pasado.

—Hmmm —musitó Maggie, sin convencerse—. ¿Por qué estás aquí entonces, en nuestro mundo?

—No lo sé —respondió él, lo cual era en gran medida cierto—, supongo que tendremos que confiar en Dios acerca de esto. —Estas palabras sonaron falsas y artificiales en su boca, y él hizo una mueca, pero fue un modo sencillo de esquivar la pregunta—. ¿Y ustedes cómo se conocieron, Maggie? —interrogó, cambiando de tema.

Maggie explicó que ella cumplía turnos de guardia como enfermera profesional, o de servicio, en el OHSU y en Doernbecher. Debía trabajar un mínimo de horas al mes para conservar su contrato, pero por lo general trabajaba mucho más. Portland había sido el final de una larga migración al oeste luego de que el huracán diezmara a su familia en Nueva Orleans. Los pocos parientes lejanos que le quedaban echaron nuevas raíces en Texas, pero ella quiso algo distinto y más verde, así que consiguió varios empleos en la costa del Pacífico hasta ir a parar al gran hospital de la colina.

—¿Por eso tienes acento? —preguntó Tony.

—No tengo acento —repuso Maggie—, tengo historia.

—Todos tenemos historia —añadió Molly—, todos somos una historia. Fue Cabby quien nos juntó, hace tiempo, antes de que Lindsay se enfermara. Yo encontré esta casa, pero no podía mantenerla sola...

—Y yo ya llevaba algo de tiempo en la ciudad y buscaba dónde instalarme —terció Maggie.

—Así que un día —prosiguió Molly—, Cabby y yo estábamos en Trader Joe's, cerca de mi departamento, y él estrelló un carrito en una pirámide de melones. Maggie estaba ahí *por casualidad*, y me ayudó a recoger todo. No paraba de reír, y convirtió un desaguisado en una posibilidad nueva. Maggie fue un favor concedido, y eso es ella en realidad: un beso de la gracia de Dios.

Maggie sonrió.

—Yo diría lo mismo de Molly y los chicos. Luego de mi *historia*, para mí un hogar ya no es propiamente el lugar al que perteneces, sino la gente a la que perteneces. Y yo pertenezco aquí.

Tony supo que eso era verdad. Lo percibió mientras ella hablaba, y se sintió solo de súbito. Cambió rápidamente de tema otra vez.

En el curso de la hora siguiente intentó explicar cómo era estar en la cabeza de alguien, ver con sus ojos, cómo podía mirar otra cosa de lo que ellos veían siempre que estuviera en su campo visual. Maggie hizo que se lo demostrara hasta que se convenció. Para responder a las inquietudes de ella sobre la decencia, explicó cómo podía girar de un salto para ver hacia otro lado, otorgando así privacidad, aunque no quiso mencionar lo que podía ver cuando hacía eso. Evitó toda referencia al don de curación, y no dijo nada sobre el páramo de su corazón y su alma. Jack, quien seguía siendo un misterio para él, tampoco apareció en el intercambio.

Ellas tenían una pregunta tras otra sobre Jesús, y no podían creer que Tony hablara en serio cuando les contó que la Abuela, el Espíritu Santo, era una india americana entrada en años.

—¡No creo que esté pasando esto! —soltó Molly en cierto momento—. ¡Estoy hablando con un hombre que vive en tu mente, Maggie! Es todo un caso, pero no podemos contárselo a nadie. ¡Creerán que estamos locas! ¡Yo misma creo que lo estamos!

Pasaba ya de la medianoche cuando Maggie y Molly hablaron de su agenda para el próximo par de días, a fin de cerciorarse de que todas las bases estuvieran cubiertas.

—No se queden platicando toda la noche —dijo Molly riendo, y se despidió y encaminó a su cuarto, deteniéndose como siempre a revisar a Cabby.

Maggie se quedó pensando un momento.

—¡Sí que es extraño esto! —dijo al fin.

—¿Lo crees? —preguntó Tony.

—¿Puedes leer mi mente? Digo, ¿sabes todo lo que pienso?

—¡Nop! No tengo idea de qué piensas.

—¡Uf! —suspiró aliviada—. ¡Gracias a Dios! Si supieras lo que acabo de pensar, ya estaríamos frente a un pleito de divorcio.

—¡Ésa sí que estuvo buena! —reconoció él.

—Bueno, ya me hablarás de todo eso en otro momento. Estoy rendida y me quiero ir a acostar, solo que no sé qué hacer contigo dando vueltas por aquí.

—Si te sirve de algo saberlo, no creo que vaya a estar en tu cabeza todo el tiempo —le explicó—. No estuve en Cabby cada minuto. Él le hizo saber de algún modo a Dios que no me quería en sus sueños, y no estuve en ellos. Regresé con Jesús y la Abuela.

—Querido Dios, no quiero que este hombre esté en mis sueños, ¡amén!… ¿Sigues ahí?

—Sí, por desgracia. Ya no sé qué decirte.

—Bueno, resuélvelo y avísame. Esperaré sentada en esta silla.

Maggie jaló del sofá una cobija de lana y se cubrió las piernas con ella, acomodándose para pasar la noche.

—¿Maggie? —llamó Tony, vacilante.

—¿Tony? —reaccionó ella.

—¿Te puedo pedir un favor?

—Depende.

—Quisiera ir al OHSU mañana, a visitarme.

—¿Ése es el favor? ¿Quieres que te lleve al hospital para que puedas verte en coma?

—Sí, te parecerá absurdo, pero es algo que debo hacer.

Maggie pensó un momento.

—No sé si pueda hacerlo, aun si mañana sigues aquí. No trabajo en terapia intensiva de Neuro, y ésa es un área restringida, ¿sabes?, con acceso exclusivo para parientes y personas inscritas en una breve lista, que nada más pueden entrar de dos en dos, lo que en tu caso no es el problema. Cabby entró ahí casi de milagro, y puedo asegurarte que no les hizo ninguna gracia. ¿Tienes algo parecido a un familiar a quien yo pueda contactar para pegármele?

—No, no tengo; bue... no, realmente no —titubeó, y Maggie hizo acopio de paciencia, alzadas las cejas en calidad de pregunta—. Bueno, tengo un hermano, Jacob, pero no sé dónde está. Llevamos años sin hablarnos. Él es lo único que tengo, y no lo tengo de verdad.

—¿Ningún otro pariente?

—Exesposa en la costa este, y una hija que vive cerca de ella y que odia a su padre.

—Hmmm, ¿siempre tuviste un efecto tan positivo en la gente?

—Sí, siempre —admitió Tony—. Resulté ser la cruz que otros debieron cargar.

—Bueno —señaló Maggie—, le pido a Dios que a mí me quite una cruz en particular. Eso es lo que le pido, para que lo sepas; pero si mañana sigues aquí, buscaré la manera de que te puedas visitar.

Sacudió la cabeza, incrédula de su situación.

—Gracias, Maggie. A propósito, creo que te puedes ir a acostar, porque parece que ya me voy…

No supo cómo pero esta vez lo sintió venir, e igual de rápido que se lo preguntó ya se había marchado, y mientras tanto se quedó dormido otra vez.

11

Ni una cosa ni otra

*Lo que uno considera interrupciones
es precisamente su vida.*
— C. S. Lewis

Tony despertó sobresaltado, algo aturdido e incierto de su paradero. Dejando la cama a trompicones, abrió la cortina y, para su sorpresa, vio que estaba de vuelta en la recámara del rancho en ruinas donde Jesús supuestamente vivía. Esta vez, sin embargo, era más grande, y estaba mejor provista. Su cama era sólida y bellamente acabada, una mejora notable comparada con el tambor de latón y el viejo colchón que experimentó al principio. Maderas duras habían reemplazado una parte de los pisos de triplay, y al menos una de las ventanas cerraba ahora herméticamente y era de doble hoja de vidrio.

Como en la ocasión anterior, oyó que llamaban a la puerta, tres golpecitos, pero cuando abrió no se encontró con Jesús como esperaba, sino con Jack, quien llevaba una charola con café y desayuno y lucía una sonrisa enorme.

—¡Hola, Jack de Irlanda! —exclamó Tony—. Me preguntaba si volvería a verte de nuevo después de nuestro primer y breve encuentro.

—Es un placer y un privilegio verte otra vez, Anthony.

Jack sonrió, y Tony se hizo a un lado para dejar pasar al hombre y su cargamento, que depositó con cuidado en una mesita, procediendo al instante a servir un líquido negro y aromático en una taza más grande de lo normal, y a volverse hacia Tony para entregársela.

—Café negro, si no mal recuerdo. Por lo que a mí respecta, nunca se puede tomar una taza de té lo bastante grande.

Tony agradeció con una inclinación ligera y tomó el primer sorbo, liso y suave como seda.

—Me complace informarte, además —añadió Jack, destapando un plato con huevos estrellados, verduras al vapor y un bollo con mantequilla—, que tú y yo estamos destinados a vernos mucho, con el tiempo, por así decirlo.

—No sé si deba preguntar siquiera cómo podrá ser eso —masculló Tony, disfrutando de su primer bocado.

—No importa —suspiró Jack, y jaló una silla acojinada, donde se desplomó—. Este momento contiene todos los momentos, así que no hay necesidad de estar en otra parte que en el ahora.

—Como tú digas —aceptó Tony. Había terminado por sentirse más a gusto con su falta de comprensión, aun de palabras dichas en su propio idioma—. Déjame preguntarte algo, Jack, si me lo permites… —movió en espiral su tenedor en dirección a ese hombre, como para volver más pertinente su pregunta—. Este lugar, este sitio de tiempo intermedio donde tú y yo estamos ahora, ¿es la otra vida?

—¡Oh, por Dios, no! —exclamó Jack, sacudiendo la cabeza—. Es más bien la vida interior, lo cual no quiere decir que sea independiente de lo que tú consideras la otra vida, la que, has de saber, es más exactamente la vida nueva.

Tony seguía con el tenedor en el aire, inmóvil mientras trataba de seguir el razonamiento.

—Estás atrapado, por así decirlo, entre la vida vieja y la vida nueva, y el puente que las une es la vida interior, la vida de tu alma.

—¿Y *tú* en cuál vives?

—Bueno, yo vivo donde estoy, pero mi habitación está en la vida nueva. Querido muchacho, solo he venido a visitarte aquí, en lo intermedio.

Tony masticaba su comida, pero apenas si podía degustarla, su mente era un torbellino.

—Y esa otra vida, digo, esa vida nueva, ¿cómo es?

—¡Vaya pregunta!

Jack se recostó en su silla ponderándola, sacó distraídamente su pipa encendida del bolso interior de su saco, la inhaló lentamente y la devolvió a su nido antes de mirar otra vez al hombre que tenía frente a sí. Dejó salir el humo entre sus labios mientras hablaba:

—Me preguntas algo donde el conocer está en el experimentar. ¿Qué palabras hay que comuniquen de veras las sensaciones de un primer amor, o de un atardecer inesperado; el aroma del jazmín, la gardenia o la lavanda; o la primera vez que una madre abraza a su hijo; o los momentos en que te sorprende la dicha; o una pieza musical trascendente; o pararte por vez primera en una montaña que has conquistado; o la primera probada de la miel de un panal…? A lo largo de la historia hemos buscado palabras que unan lo que sabemos con lo que deseamos, y lo único que obtenemos son destellos a través de un cristal opaco.

Examinó el cuarto.

—Permíteme darte un ejemplo.

Se acercó a la cómoda junto a la ventana donde, entre otras cosas, descansaba una maceta. En ella abría un tulipán prodigiosamente multicolor. La tomó y se sentó. Procedió entonces a separar la tierra con todo cuidado para no lastimar a la planta, hasta dejar al descubierto el bulbo, el tallo y la flor.

—Éste es el clásico tulipán papagayo —explicó—, crecido aquí nada más en tu jardín. Fíjate —y se inclinó para que Tony pudiera ver bien— en estos pétalos extraordinarios. Son sedosos y torcidos, orlas de festonados filos que se encrespan en torno a una variedad de colores, oro, salmón y púrpura azulado; mira, incluso hay hondonadas de verde que corren por los amarillos. ¡Magnífico!

»Ahora ve aquí, Tony, el bulbo que produjo esta flor maravillosa, parece un viejo trozo de madera o un terrón, algo que uno desecharía de no saber. En realidad no tiene nada de admirable, nada que atraiga tu atención, es del todo común. Esta raíz, Tony... —Estaba animado, y ahora replantaba delicadamente el bulbo en la maceta, moviendo y compactando la tierra con tierno cuidado—. Esta raíz es la vida vieja, todo lo que sabes y experimentas, veteado, por así decirlo, con anticipaciones de otra cosa, algo más. Y dentro de lo que sabes y experimentas, toda la parte de la raíz, ves trazas de la flor: en la música y el arte y el cuento y la familia y la risa y el hallazgo y la innovación y el trabajo y la presencia. Pero habiendo visto solo la raíz, ¿podrías siquiera imaginar una esplendidez como la flor? Llegará un momento, Tony, en que finalmente verás la flor, y en ese momento todo lo relativo a la raíz cobrará pleno y absoluto sentido. Ese momento es la vida nueva.

Tony se quedó viendo esa flor maravillosamente simple pero compleja, atónito como en presencia de algo dolorosamente sagrado. De nuevo se preguntó: *¿Dónde he estado todos estos años?* En realidad nunca había vivido, hasta donde podía recordar. Pero junto con este pensamiento llegaron otros, pequeñas remembranzas de misterio que habían penetrado su prisa y su agenda, rayos de luz y amor y maravilla y momentos de alegría que le hablaron al oído sobre sus placeres, pero reclamaban atención en su dolor. Él nunca fue de los que se sientan, escuchan, miran, ven, respiran, se asombran... y esto le había costado caro, ahora estaba seguro de ello. Sintió en ese momento algo como un desperdicio, expresado en la tierra yerma al otro lado de la ventana.

—Tony, tú eres una raíz —dijo Jack, interrumpiendo su espiral—, y solo Dios sabe cuál será la flor. No te pierdas censurándote por ser raíz. Sin la raíz, la flor no puede ser. La flor es una expresión de lo que ahora parece tan bajo y sin importancia, un desperdicio.

—Es la melodía —exclamó Tony, entendiendo al fin, aunque fuera solo un poco.

Jack sonrió y asintió con la cabeza:

—Exactamente, eso es lo correcto, es la melodía.

—¿Voy a conocerte, Jack? En la vida nueva, ¿voy a conocerte? —eso esperaba, y debía preguntarle.

—¡Por supuesto! En formas florales que ni siquiera puedes empezar a comprender viendo como raíz una raíz.

Tony creyó entender, pero necesitaba más, que Jack tuvo la bondad de darle.

—La forma en que me ves ahora, Anthony, es lo más que tus recuerdos pueden evocar, un compuesto de memoria e imaginación del modo que tu mente cree que debo adoptar para ti. Eres una raíz mirando una raíz.

—¿Y si te viera en la vida nueva?

—Bueno, va a parecerte un exceso de exaltación propia, pero lo mismo podría decirse acerca de quienquiera que hallaras en la vida nueva: si donde estás ahora me vieras como soy en verdad, te postrarías en reverencia y adoración. La raíz vería la flor, y eso te trastornaría.

—¡Vaya! —lanzó Tony, sorprendido por la respuesta—. Tienes razón, eso te hace parecer engreído.

—En la vida nueva, soy todo lo que estaba llamado a ser, más humano que como pude serlo en la tierra, y plenamente habitado por todo lo que Dios es. Has oído apenas una nota de la sinfonía, visto un color de un atardecer, oído una gota de una cascada. Estás plantado en tu vida y persigues todo lo que te brinde una sensación de trascendencia, aun imaginar otras raíces como flores.

Tony se paró y se puso a dar vueltas por el cuarto.

—Jack —confesó—, la vida mía que yo definía como éxito es en realidad una confusión total, ¿pero estás sugiriendo que debajo de todo hay una belleza inconcebible? ¿Me estás diciendo que importo? ¿Que aunque yo sea esta fea raíz de apariencia ordinaria, fui pensado y destinado a representar una flor

extraordinaria y única? Es eso lo que me estás queriendo decir…
¿no es así?

Jack asintió, sacando otra vez su pipa para darle una nueva
calada.

—Y supongo —continuó Tony— que esto es verdad de todo
ser humano, cada persona nacida…

—¡Concebida! —interrumpió Jack.

—Cada persona *concebida* en el planeta, todas las que viven
en la vida vieja, cada una de las cuales es una raíz en la que una
flor espera, ¿no es cierto?

Jack asintió de nuevo, y entonces Tony se colocó frente a
él, se inclinó y apoyó las manos en sus hombros hasta quedar
cara a cara. De entre apretados dientes salieron las siguientes
palabras, tajantes y desesperadas:

—¿Entonces por qué tanta porquería, Jack? ¿Por qué todo
el dolor y enfermedad y guerra y pérdida y odio e inclemencia
y crueldad y brutalidad e ignorancia y estupidez y… —la le-
tanía de males emergió a borbotones, una lista terrible en su
declamación—. Tú sabes qué hacemos con las raíces, Jack.
Las quemamos, utilizamos y abusamos de ellas, las destruimos,
las vendemos, ¡las tratamos como el asqueroso desecho que
creemos ser nosotros mismos!

Habiendo emitido este dictamen, se alejó de Jack, quien había escuchado atentamente la diatriba sin cambiar de expresión.

Tony se asomó a la ventana sin ver nada en particular, y se
pasó la mano por el pelo. El silencio, que de tan denso parecía
una cortina, fue interrumpido por Jack.

—El problema del dolor —dijo en voz baja— es un problema
de raíz.

Tony oyó la respuesta detrás de él y dejó caer la cabeza,
mirando el suelo.

—No sé, Jack —reveló—, no sé si pueda enfrentar todo lo
mío. El montón es alto y atroz.

—No te preocupes, querido muchacho —repuso Jack afa-
blemente—, cruzarás ese camino cuando llegues a él. Recuerda,

Tony, que no hay nada bueno, ni un recuerdo, ni un favor, nada que sea cierto y noble y correcto y justo que se pierda.

—¿Y todo lo malo, lo cruel, lo incorrecto?

—¡Ah!, ahí está el verdadero milagro. —Sin duda Jack se había levantado de su silla, porque Tony sintió un apretón firme y vigoroso en el hombro—. De alguna manera, el dolor, las pérdidas, la herida, el mal, Dios es capaz de transformarlos en algo que nunca pudieron ser, iconos y monumentos de gracia y amor. Éste es el misterio profundo de cómo las cicatrices y heridas pueden convertirse en algo precioso, o una cruz devastadora y terrible en el símbolo esencial del amor incesante.

—¿Y eso vale la pena? —murmuró Tony.

—Pregunta equivocada, hijo. No hay ningún *eso*. La pregunta ha sido siempre: ¿*Tú* vales la pena?, y la respuesta es siempre: ¡*Sí*!

La afirmación pendió del aire como la última nota de un chelo, que permanece antes de haberse desvanecido del todo. Tony sintió que el apretón se hacía más fuerte, amable y alentador, cariñoso incluso, y Jack preguntó:

—¿Te gustaría ir a dar una vuelta? ¿Ver el terreno? ¿Conocer a algunos de tus vecinos? Quizá deberías cambiarte.

—¿Tengo vecinos? —interrogó Tony.

—Bueno, no precisamente vecinos, más bien son invasores. Pero yo estoy aquí para llevarte a conocerlos, si quieres, depende de ti. Te espero afuera mientras decides.

Y diciendo esto, salió, dejando a Tony en un marasmo de ideas y emociones y aún más preguntas, pero la curiosidad de conocer a alguien en este sitio era seductora, así que se vistió a toda prisa, se echó agua en la cara, sonrió, sacudió la cabeza frente a su imagen en el espejo y se dirigió a la puerta.

La mañana era fresca, con ese escalofrío que corta y anuncia un cambio de clima. Algunas nubes empezaban a formar un coloquio en el horizonte, no ominoso todavía, pero sí solemne.

—Ponte esto.

Jack le tendió una chamarra a Tony cuando salió del cuarto. Era un rompevientos informal y ligero de Columbia, que Tony se puso, agradeciendo que no fuera de *tweed*. Jack vestía como de costumbre, aunque esta vez llevaba un bastón con empuñadura y un viejo sombrero de pescador de *tweed*, que solicitaba un comentario.

—¡Qué bonito sombrero! —proclamó Tony.

—¿Este vejestorio? Bueno, gracias. Siempre lo pierdo, pero reaparece. Cuando regresa no sé qué más hacer que ponérmelo de nuevo, hasta que se pierda otra vez.

Al contemplar el predio, Tony notó sorprendido que parecía tener algunas mejoras, como si un hálito de orden hubiera sido insuflado en su antiguo caos, aunque sin pasar de una insinuación. En una nota más oscura, en partes de la muralla remota saltaban a la vista brechas que él no recordaba haber visto. *Tal vez no puse atención*, pensó mientras Jack señalaba un sendero y un grupo de árboles, más allá de los cuales se alzaban en racimo volutas de humo apenas visibles.

—¿Vecinos? —preguntó.

Jack sonrió y se encogió de hombros, como resistiéndose a decir más.

Mientras caminaban, Tony preguntó:

—Jack, ¿es este lugar, el lugar en lo intermedio, que de alguna manera sé que soy yo mismo… donde fui traído para enfrentar lo que he hecho mal?

—No, mi querido muchacho, muy al revés —aseguró Jack—. Lo intermedio y la vida nueva se centran y erigen en todo lo que hiciste bien, no en lo que hiciste mal. Y no es que lo que hayas hecho mal no importe o simplemente desaparezca; gran parte de eso está a tu alrededor, como puedes ver, pero el cuidado está en la reconstrucción, no en la demolición.

—Sí, pero... —comenzó a decir Tony, solo para verse detenido por la mano alzada de Jack.

—Sí, lo viejo debe ser derribado para que lo nuevo surja; para que haya una resurrección debe haber antes una crucifixión, pero Dios no desperdicia nada, ni siquiera lo malo, cuya existencia hemos imaginado. En cada construcción demolida permanecen muchas cosas que alguna vez fueron ciertas, correctas y buenas, y que se entrelazan con lo nuevo; de hecho, lo nuevo no podría ser lo que es sin lo viejo. Ésta es la reforma del alma. Tú eres de Oregón, así que deberías entender el reciclamiento, ¿no lo crees?

La risilla de Jack hizo sonreír a Tony.

—Bueno —respondió este último—, me gusta la parte de la construcción. Es la parte de la demolición de la que no soy precisamente gran fan.

—Ah... —suspiró Jack—, pero ahí está el problema, ¿verdad? Tiene que haber una demolición para que lo real y correcto y bueno y verdadero sea construido. Tiene que haber un abatimiento y un desmantelamiento. Esto no solo es importante, es esencial. Sin embargo, la bondad de Dios no demolerá nada sin tu participación. Muchas veces Dios tiene que hacer muy poco. Somos maestros en levantar fachadas solo para derribarlas nosotros mismos. En nuestra independencia, somos criaturas muy destructivas, creando primero castillos de naipes y luego tirándolos con nuestras propias manos: la adicción a todo lo imaginable, la voluntad de poder, la seguridad de las mentiras, el ansia de notoriedad, la codicia de la reputación, el comercio de almas humanas... todos los castillos de naipes que intentamos mantener en alto conteniendo el aliento. Pero por la gracia de Dios, algún día tenemos que respirar; y cuando lo hacemos, el aliento divino se une al nuestro y todo se viene abajo.

Habían aflojado el paso, y justo entonces el sendero se angostó y accidentó, con piedras y raíces dispersas en lo que quizá antes había sido una vereda fácil y pareja. Un olor infecto, leve al principio pero creciente a medida que avanzaban, se volvió hedor finalmente, y Tony arrugó la nariz.

—¡Uf!, ¿qué es ese olor? Huele como a…

—¿Basura? Eso es —respondió Jack—. Tus vecinos no son muy pulcros que digamos, ni desperdician tiempo aseándose. Se niegan a deshacerse de sus propios desechos —guiñó un ojo a Tony, complacido con el juego de palabras—. ¡Mira!

Cien metros adelante, dos grandes figuras se acercaban poco a poco. Jack alzó la mano y Tony se detuvo.

—Es hora de que nos separemos, Anthony. No sé si vuelva a verte en lo intermedio, pero con seguridad tendremos muchas ocasiones de hacerlo en la vida nueva.

—¿Te vas? Pero, ¿y los vecinos? Creí que ibas a presentármelos.

—Te dije que te traería a conocerlos. Las presentaciones resultan innecesarias. —Sus palabras eran suaves y amables, y añadió con una sonrisa traviesa—: No me cuento entre sus preferidos, y nuestra presencia juntos causaría más confusión que la tuya sola.

—Soy yo quien está confundido, como de costumbre —confesó Tony—. No entiendo.

—No hace falta que lo hagas, querido muchacho. Solamente recuerda que nunca estás solo. Por lo pronto tienes todo lo que necesitas.

Jack se volvió, le dio a Tony un fuerte abrazo y luego, con afecto y apenas un roce, lo besó en la mejilla, como un padre a su precioso hijo.

Tony resbaló.

12

ESTO SE PONE INTERESANTE

Los verdaderos amigos te apuñalan de frente.
— OSCAR WILDE

—¡Santo cielo!

A través de los ojos de Maggie, quien se asomaba por la ventana de la cocina, Tony vio que dos hombres bajaban de una limusina Lincoln frente a la casa de ella.

—¿Maggie? —preguntó—. ¿Qué sucede?

—¿Tony? —chilló ella—. ¡Gracias a Dios Todopoderoso que estás aquí! ¿Dónde andabas? Pero bueno, eso ahora no importa; ¡tenemos una crisis de magnas proporciones! ¿Ves a los señores que están bajando de ese auto? ¿Los ves?

Tony sintió que la agitación de Maggie lo inundaba como una ola sorpresa, pero se concentró en los dos sujetos en la calle, quienes conversaban mientras dirigían su mirada a la casa. De repente Tony reconoció a uno de ellos.

—¿El consejero Clarence es poli? ¡No me dijiste que era policía!

—Sí, Clarence es oficial de policía. ¿Por qué habría de decírtelo? ¿Y por qué te tiemblan las piernas? ¿Acaso hiciste algo ilegal?

—¡No! —aseguró Tony—, solo que no me lo esperaba.

—¡Por favor! —exclamó Maggie—. ¿Tú hablándome a mí de cosas inesperadas? ¡Ay, Dios, vienen para acá! ¡Haz algo, rápido!

Tony no tenía idea de lo que eso significaba. En condiciones normales, y por el tono de Maggie, habría buscado dónde esconderse, lo que a la luz de las circunstancias presentes era absurdo y risible, y en efecto le hizo reír. Maggie voló por el pasillo y en un arranque de pánico empezó a aplicarse lápiz labial y maquillaje. Incapaz de reprimir un aullido de júbilo, Tony le aconsejó dónde ponérselos. Por fin se calmó, haciendo todo lo posible por no bufar ni resoplar mientras otra acometida de risas burlonas se cernía sobre él. Maggie se vio al espejo. Si las miradas mataran, un hombre blanco habría muerto entonces en su cabeza.

Sonó el timbre.

—¿Por qué te afecta tanto esto? —preguntó Tony.

Maggie susurró en el espejo, acomodándose un último mechón:

—¡Es Clarence, la última persona a quien hubiera querido ver hoy! Con la honrosa excepción de su acompañante.

—¿Ese hombre blanco y viejo? ¿Quién es?

—El señor que carga una Biblia grande es el pastor adjunto Horace Skor. Recuérdame más tarde que te hable de él —añadió Maggie con una leve sonrisa, que Tony no pudo ver.

El timbre sonó por segunda ocasión.

—Más vale que abras. Quizá te vieron en la ventana, y tu auto está estacionado afuera. Por cierto, ¿cómo le hiciste esa abolladura…?

—¡No es momento para eso, Tony! —lo cortó ella—. ¡Ay, a veces puedes ser tan irritante!

Maggie se puso de pie, se alisó una vez más el vestido y se dirigió a la puerta.

—¡Pero si es nada menos que el pastor Skor! ¡Qué grata sorpresa! Y el consejero Walker, ¡qué gusto volver a verte tan pronto… después de…! Ejem, justo me arreglaba para salir…

—Bueno —replicó el viejo—, tenemos que hablar con usted.

—…Pero si quieren una taza de café o un té, tengo unos minutos. Pasen.

Se hizo a un lado para dejar pasar al hombre maduro, seguido por Clarence, quien llevaba una disculpa en la mirada y una sonrisa apenas visible en las comisuras de la boca. Maggie estaba nerviosa, pero hizo un esfuerzo por sonreír y los condujo a la sala, donde el consejero y el pastor adjunto se instalaron, éste rígido y erguido, aquél cómodo y relajado.

—¡Vaya, el viejo Harry es algo pomposo! —observó Tony.

Maggie se aclaró la garganta, más como advertencia para Tony que cualquier otra cosa.

—¡Pero qué descortesía la mía! ¿Puedo ofrecerles a los caballeros una taza de café o un té?

—A mí nada —contestó el pastor, fríamente.

—Yo te acepto un vaso de agua, Maggie, si no es mucha molestia.

El pastor vio de reojo al consejero, como para indicarle que aquélla era una ocasión formal donde toda familiaridad resultaba inapropiada.

—No es ninguna molestia. No tardo.

Maggie se dio la vuelta y entró a la cocina, donde murmuró:

—¡Tony, te vas a tener que callar…! Distraes mucho. Y ese señor se llama Horace. ¡Pastor Skor para ti!

—Pero si es un…

—¡Shhhhhh! Ni una sola palabra, ¿estamos?

—Sí, ya entendí. Tony se despide de ustedes, ¡hasta la próxima!

—¡Gracias!

Ella regresó a la sala, interrumpiendo una conversación en susurros, y le tendió un vaso al consejero, quien agradeció con una ligera inclinación de cabeza. Maggie se sentó frente a quienes parecían más bien sus inquisidores.

—Señora Saunders —comenzó el pastor.

—Señorita, si es usted tan amable —lo corrigió Maggie—, no soy casada.

No pudo evitar sonreírle a Clarence, y al punto quiso darse de topes contra la pared por haberlo hecho.

—Desde luego, señorita Saunders. Como usted sabe, soy el pastor Skor, uno de los pastores titulares de la iglesia adonde usted lleva asistiendo... ¿cuánto tiempo? ¿Seis, siete meses?

—Dos años y medio —aclaró Maggie.

—¿De veras? ¡Vaya!, cómo vuela el tiempo —replicó el pastor—. Bueno, lamento no habernos conocido antes, o en mejores circunstancias, pero después de... este... los acontecimientos de anoche, bueno...

—¡Ah, es eso...! —exclamó Maggie, palmeando la rodilla del pastor, quien en el acto se movió en su asiento para ponerse fuera de su alcance, como si ella pudiera contagiarle algo—. Fue un malentendido lamentable. Mire, a últimas fechas he tenido mucho estrés con lo que le pasa a Lindsay, y anoche como que todo salió a la superficie, y estoy muy apenada...

Supo que se disculpaba a tropezones, pero no pudo parar hasta que el pastor Skor alzó una mano, deteniéndola a media frase.

—¿Lindsay es su hija? —preguntó él, casi preocupado.

—¿Mi hija? ¡No! —Maggie se asombró un poco, y al mirar a Clarence vio que él sacudía ligeramente la cabeza, como advirtiéndole que no tocara ese tema. Se volvió hacia el pastor—. No conoce a Lindsay, ¿verdad?

—No, me temo que no, pero lo que importa aquí es que usted comprenda que tengo ciertas responsabilidades que cumplir en la iglesia, entre ellas la de supervisar la vida espiritual, la vida espiritual de los miembros de la iglesia.

—¡Ah, caray! —cacareó Tony.

Maggie se palmeó la pierna y se la frotó como si le hubiera picado un mosquito, para advertir a Tony que guardara silencio y no se diera a notar. Después sonrió, lo que el pastor interpretó como señal de que podía proseguir.

—A la luz de los... este... acontecimientos de anoche, considero que me corresponde guiar y educar a nuestra grey en áreas en las que nos hemos vuelto demasiado laxos, y asumo toda la culpa y responsabilidad por ello. Dios sabe que ha condenado irremisiblemente mi corazón, y que apenas si pude cerrar los ojos anoche confesando y arrepintiéndome de las actitudes pecadoras y complacientes que he tenido para con su Palabra, para con doctrinas esenciales y el orden de la institución eclesial y conducta de sus miembros... Señorita Saunders: le estoy muy agradecido. Usted nos hizo un gran favor, tanto a la comunidad como a mí, sacando a la luz nuestra condición de deslealtad. ¡Así que realmente esta mañana estoy aquí para darle las gracias!

Se recostó en su asiento, como hicieron también Maggie y Clarence; ellos sorprendidos, el pastor satisfecho.

—Pues de nada... —fue lo único que se le ocurrió decir a Maggie.

—¡Es una trampa! —no pudo menos que gritar Tony—. Aquí hay gato encerrado. ¡Éste quiere algo!

Maggie se palmeó la pierna otra vez, y estaba a punto de pararse cuando el pastor se inclinó hacia ella.

—Señorita Saunders, tenemos una comunidad muy vigorosa y activa. Estamos abiertos a la obra e influjo del Espíritu Santo. Permitimos a las mujeres participar plenamente en el culto, y a veces incluso que profeticen ante la comunidad, siempre que la autoridad esté al tanto y lo permita, por supuesto. Ellas educan a nuestros niños, y en el mundo no hay responsabilidad más grande que la enseñanza de nuestros jóvenes. Ellos son el futuro de nuestra iglesia. Profesamos además la verdad de que, ante Dios, nosotros, hombres y mujeres, somos iguales...

—¿Pero...? —murmuró Tony—. ¡Oigo venir un «pero...»! ¡Ya verás...!

Maggie se palmeó y se frotó.

—Lo mismo hombres que mujeres estamos en posibilidad de expresar los dones del Espíritu Santo; tanto hombres como mujeres somos esenciales para la vida y crecimiento de la Iglesia...

—¡Ya verás...!

Esta vez la palmada fue un poco más firme y pronunciada, pero el pastor no prestó atención.

—…Y suscribimos la Palabra de Dios cuando declara que ya no hay hombre ni mujer, pero… —y el pastor se puso más serio en ese instante, acercándose a Maggie para mirarla a los ojos.

—¡Ahí está! —lanzó Tony, dándose aires—. ¿No te lo dije?… Este fastidioso suena exactamente… como yo, en realidad.

—Pero la Palabra alude a cómo nos ve Dios, no a cómo funciona la Iglesia, y no hay que olvidar que Dios es un Dios de orden. Es vital que cada persona desempeñe su parte, en tanto permanezca dentro de los papeles que el Señor decretó; la Iglesia opera de acuerdo con lo previsto, y la salud del cuerpo se mantiene, y aun se celebra.

»Ahora quisiera, señorita Saunders, mostrarle un pasaje en mi Biblia —y sacó una vieja y gastada versión autorizada del Rey Jacobo (King James Version), que abrió justo en el sitio marcado en preparación de esta entrevista.

Clarence se adelantó en su asiento, atraído por el pastor y su Biblia.

—Dice así, justo en la Primera Carta a los Corintios, capítulo 14; déjeme leérselo, señorita Saunders, y sígame usted con la mirada si desea, comenzando por el versículo 34: *Vuestras mujeres callen en las congregaciones; porque no les es permitido hablar, sino que estén sumisas, como también la ley dice. Y si quieren aprender alguna cosa, pregunten en casa a sus maridos; porque deshonesta cosa es hablar una mujer en la congregación.*

Habiendo enfatizado cuatro palabras en la lectura (*no, sumisas, ley* y *maridos*), cerró el libro y se recostó en su silla, asintiendo para sí con reconfirmada rectitud.

—Ahora bien, señorita Saunders: dado que, como acaba de salir a la luz hace un momento, usted no es casada, y en consecuencia no tiene esposo; y puesto que, como dice aquí, tiene que preguntar a su *marido*, la autoridad masculina de la Iglesia ocupa el lugar de su esposo como su cabeza y amparo. Así que si tiene usted alguna pregunta, yo estoy a su entera disposición para orientarla y alentarla personalmente en todas las materias espirituales.

El silencio que se hizo en ese momento no fue sagrado, sino incómodo. Hasta Tony se quedó sin habla, y Maggie no tenía idea de qué debía hacer con aquella invitación.

—¡Es un sarcasmo!

Maggie y el pastor se volvieron hacia Clarence, quien había hablado con tono firme y seguro.

—¿Perdón? —El comentario tomó desprevenido a Skor, aunque se recuperó como todo un profesional—. Consejero Walker, si te pedí que me acompañaras es porque conoces a la señorita Saunders, y pensé que tu presencia sería útil; pero, como habíamos quedado, tú no estás aquí para hablar, sino para servir como testigo.

—Es un sarcasmo —dijo Clarence por segunda vez, clara y lentamente. Si estaba molesto, lo encubría a la perfección tras una cara de piedra, concentrada y decidida.

—¿A qué te refieres, hermano Walker? ¿Me consideras sarcástico?

Había un dejo de desafío en la voz de Skor, que Clarence esquivó con habilidad.

—No, señor, a usted no, al apóstol Pablo. Creo que el apóstol Pablo quiso ser sarcástico cuando escribió lo que usted acaba de leer.

—Bueno, Clarence, ¿acaso asististe, sin yo saberlo, a la escuela de Biblia o al seminario? —Ahora el tono era francamente condescendiente—. ¿De pronto resulta que fuiste ordenado y comprendes todos los misterios? ¿No crees que el Espíritu Santo sea el que nos guía a la verdad?

Esto ya era algo más que un reto, pero aun así Clarence no cayó en la provocación.

—Creo, señor, que el Espíritu Santo nos conduce a la verdad; pero a veces no podemos ver el bosque por ver las hojas, y a veces nuestros ojos tardan en sanar.

Skor volvió a sacar su Biblia al instante, acudiendo por segunda vez al pasaje marcado, y se la ofreció a Clarence.

—Entonces enséñame, pero recuerda que pasé por la escuela de Biblia y el seminario, y domino el griego muy bien.

Clarence tomó la Biblia y la sostuvo de tal forma que ambos pudieran verla.

—Aquí —dijo, y señaló—, mire el versículo siguiente. Comienza con *¿Qué?*, la primera de tres preguntas. Ninguna de estas preguntas tiene sentido a menos que la intención de Pablo haya sido sarcástica, y a menos que su argumento sea el contrario del que usted acaba de decirle a Maggie. Él cita una carta que estas personas le enviaron con preguntas, y está en total desacuerdo con lo que le escribieron.

—¡Ésa es una barbaridad absoluta! ¡A ver, déjame ver! —estalló el anciano, arrebatando su Biblia de las manos del consejero.

Transcurrió un breve lapso de silencio mientras el pastor leía y releía el pasaje. Maggie, los ojos como platos, apenas si se atrevía a respirar.

—¿Y qué me dices de la ley que Pablo menciona? —lo desafió Skor.

—¿Cuál ley? —preguntó Clarence.

—¿Cómo que cuál ley?

—Dígame usted qué ley menciona Pablo.

El aplomo de este hombre puso nervioso a Skor; y como suele ocurrir cuando alguien cae atrapado en sus supuestos, el pastor cambió el argumento por algo más personal.

—Contradices siglos de historia de la Iglesia, muchacho; a mentes teológicas mucho más sesudas y sabias que la de cualquiera de nosotros, y esas mentes están de acuerdo conmigo. Todo parece deberse a que una mujer causó un alboroto atrayendo hacia sí miradas impuras…

—¿Perdón? —explotó Maggie.

—¡Contenga su lengua, señor! —lo instó Clarence, pero el ministro no pudo aguantarse.

—Como autoridad de la Iglesia y tu superior, ¡te ordeno que te sometas y aceptes lo que dicen las Escrituras, Clarence!

—Lo siento, pero usted no es mi superior. Soy oficial de la policía de Portland. Respondo ante Dios, y ante los miembros de mi comunidad.

—¡Entonces has decidido ponerte de parte de esta... esta... esta Jezabel!

Skor lamentó al momento haber perdido los estribos, y Maggie y Clarence se pusieron de pie. Él se aproximó al viejo, a quien excedía en estatura:

—¡Más le vale disculparse, señor! ¡Eso estuvo totalmente fuera de lugar!

—Tienes razón —admitió el ministro—, perdonen mi arrebato. Lo siento —dijo a Maggie, y se volvió hacia Clarence mientras un visible enojo le subía hasta el cuello de la camisa, almidonada y aprisionante—. Pero tú, muchacho, y esta mujer, ya no son bienvenidos en mi iglesia. Espero tu carta de renuncia al consejo lo más pronto posible.

—Haga lo que tenga que hacer, señor Skor, pero yo no le debo ninguna carta, y le sugeriría marcharse de esta casa ahora mismo.

Su tono fue mesurado y seguro, pero no había duda de la fuerza e intención en que se fundaba.

—¡Cómo quiero a este buen hombre! —exclamó Tony, al tiempo que Maggie se permitía dejar bailar en sus labios, que se mordía, la más ligera de las sonrisas.

Sin añadir palabra, el pastor Skor se retiró, cerró de golpe la puerta de su limusina y se marchó despacio, bajo el ojo vigilante del policía.

—¡Líbranos, Señor, de quienes todavía no comprenden! —suspiró Clarence para sí. Luego llamó en su radio a la central, antes de volverse hacia Maggie—. Ya me reporté, y en unos minutos mandarán una patrulla a recogerme. Siento mucho lo ocurrido, Maggie —se disculpó—, no creo que Horace sea una mala persona, solo es ignorancia. Yo no tenía idea de qué pretendía, y me avergüenza haber participado en esto.

—¿Lo dices en broma? —preguntó Tony, riendo—. Aparte de la de anoche, ¡ésta es la ocasión más divertida en que yo haya estado desde que tengo uso de razón!

—Ah… y en cuanto a lo de anoche… —repuso Maggie, pero Clarence no la dejó terminar.

—¡Se me olvidaba! —exclamó, sacando del bolsillo de su saco una bolsita con ziplock—. El verdadero motivo de que haya venido con Horace era devolverte esto, creo que es tuyo. No suelo encontrar aretes de mujer prendidos en mi ropa.

Maggie estaba más extasiada que avergonzada.

—¡Oh, Clarence, gracias! El juego al que pertenece este arete es lo único que me queda de mi mamá, y significa mucho para mí. ¡Me dejas muda!

Y antes de que Tony pudiera gritar *¡No lo beses!*, ella dio la vuelta, abrazó a su héroe y le plantó un beso en la mejilla.

—¡Caray! —gruñó Tony, mientras empezaba a resbalar.

⚜ ∘ 🐎 ∘ ⚜

Al emerger de la oscuridad, se vio mirando a Maggie. Si la bondad y el afecto fueran colores con emociones asociadas, eso fue lo que Tony experimentó justo antes de que la ya conocida oleada de adrenalina arremetiera en su contra.

Clarence retrocedió y buscó su arma.

—Maggie —susurró—, ¿hay un hombre aquí?

—¡Uy! —soltó Tony, y Clarence se dio la vuelta para mirar detrás de él.

Maggie supo al instante qué había pasado.

—¿Clarence?

Él volteó con la respiración entrecortada y observando el resto de la casa por encima de ella.

—Clarence, ¡mírame! —ordenó Maggie.

—¡Qué! —murmuró él, pero al ver que nada se movía fijó al fin sus ojos en ella.

—¡Tenemos que hablar, rápido!, porque tus amigos policías vienen para acá y hay cosas que debes saber antes de que lleguen. Ven, siéntate.

Clarence eligió una silla contra la pared y se sentó cauteloso, los sentidos aún en alerta. Solo entonces volvió a prestar atención a su anfitriona.

—Maggie, juro que oí decir a un hombre «¡caray!» —aseguró.

—Bueno, tal vez así fue… —Clarence la miró a los ojos, confundido—. Pero ese hombre no está en mi casa, sino en tu cabeza.

—¿Qué? ¡Eso es totalmente absurdo, Maggie! ¿Qué quieres decir con que está en mi cabeza?

Se quiso parar, pero ella le puso una mano en el hombro y lo miró fijamente a los ojos.

—¡Tony! Di algo. ¡No me dejes sola con esto! —pidió Maggie.

—¡Hola, Clarence! Bonito uniforme.

Los ojos de Clarence amenazaron con salírsele de las órbitas, y Maggie vio un filo de temor danzar en los rabillos, algo que quizá no le pasaba a menudo.

—Clarence, mírame —instruyó ella—, puedo explicarlo.

En realidad no tenía idea de cómo haría eso, pero supo que, para empezar, debía mantenerlo tranquilo.

—Maggie —susurró Clarence—, ¿se trata de tu demonio de anoche, ese tal Tony? ¿Dices que ahora está en mi cabeza?

—¡No soy un demonio! —protestó Tony.

—No es un demonio —dijo Maggie.

—¿Entonces cómo puedo oírlo?… ¡Ah! —exclamó el policía al comprender la verdad—. ¿Así que es cierto que te habló anoche? —Clarence no sabía si sentirse aliviado o trastornado.

—¿No me creíste? —Maggie disfrutaba el momento, pero estaba algo perturbada—. Tony, ¿por qué no me dijiste que cambiarías de sede si yo besaba a alguien?

—¿A quién besaste? —preguntó Clarence, inquieto.

—¡A Cabby! Ella besó a Cabby —respondió Tony.

—Besé a Cabby —confirmó Maggie.

—Tony dice que no creyó importante decírtelo en ese momento —informó Clarence—. Que temió que buscaras a su exesposa y la besaras... y lo lamenta. —El policía entornó los ojos—. ¡No puedo creer que yo esté haciendo esto! Maggie —exclamó, suplicante—, ¿qué está pasando?

—Escúchame —ella se acercó a él—, Tony es un hombre blanco ya maduro...

—Dice que no es tan viejo como crees —la interrumpió Clarence.

—Ignóralo... Tony, ¡a callar! Bueno, es un hombre de negocios de Portland que en realidad no cree en Dios, pero tuvo un accidente y fue a dar al OHSU, donde está en coma, y se encontró con Dios, quien lo envió a una especie de misión, la que al parecer nadie entiende, y Cabby se puso a jugar a las escondidas y Tony acabó dentro de Cabby; luego, anoche, le di un beso a Cabby y me contagié, y cuando me habló pensé que era un demonio, y hoy al darte el beso él se metió en ti, y ahora está en tu cabeza.

—¿Hablas en serio?

Ella contestó con una inclinación.

Clarence tomó asiento, asombrado. Esto era tan extraño que podía ser verdad. Pensó en la navaja de Occam, el principio de que, en igualdad de circunstancias, una explicación sencilla es mejor que una compleja. Y este hecho bien podía ser sencillo, pero ¿era posible?

—No sé si quiera compartirte con un blanco —fue lo único que se le ocurrió decir a Clarence.

Maggie se cruzó de brazos, subió los hombros y puso una mirada de pregunta.

—¿De veras? Te cuento esta historia increíble, ¿y lo único que te preocupa somos tú y yo? —lo cuestionó, comprendiendo entonces lo que él acababa de decir.

Ambos sonrieron y asintieron.

—Bueno, ¿cuál es su nombre completo? —preguntó Clarence al fin, mirando a Maggie.

—Aquí estoy, y puedo contestar por mí mismo, ¡muchas gracias! —reclamó Tony.

—Tony... Anthony Spencer —respondió Maggie.

—¿Tony? —preguntó Clarence en voz alta, como si aquél estuviera en otro cuarto—. Un momento, ¿eres Anthony Sebastian Spencer?

—Sí —contestó Tony—, y no hace falta que grites... habla normal. ¿Cómo sabes mi segundo nombre? Nadie lo conoce.

—Recuerda que soy policía. Nosotros llevamos tu caso. Parecía algo sospechoso, así que registramos tu condominio, que tenía sangre en el dintel. Tuya, supongo.

—¡Sí! Eso creo... Me sentía muy mal, y ahí fue donde me caí... Aunque no recuerdo gran cosa. Por cierto, ¿cómo entraste a mi condominio?

Clarence sonrió.

—Tuvimos que tirar la puerta, lo siento. No encontramos a nadie que tuviera el código clave, así que entramos a la manera antigua.

Justo en ese momento llegó una patrulla y el agente al volante tocó el claxon. Clarence salió a la puerta y alzó la mano, haciendo señas de que se le esperara cinco minutos. El policía en el auto sonrió y asintió, levantando el pulgar. ¡Bien!, dijo Clarence entre dientes. ¿Cómo iba a explicar todo esto?

Volviéndose para no dar la impresión de que hablaba solo, dijo:

—Tony, encontramos muchas cosas de vigilancia en tu casa, de muy alta tecnología... ¿Sabes algo de eso?

—Sí —admitió Tony—. Es mío. Me estaba volviendo algo paranoico, pero juro que no hay cámaras en el baño ni en los dormitorios.

De repente se sintió culpable. Quizá bastaba la presencia de un policía para provocar esto.

—Sí, eso vimos. Tratamos de rastrear la señal, pero no nos llevó a ninguna parte. Esto nos bloqueó por completo. ¿Recibes la imagen en algún lado?

Tony refunfuñó, aunque sin dejar escapar sonido alguno. Aquello quería decir que todos los códigos se reiniciarían en forma automática, lo cual era un problema.

—En mi oficina del centro —respondió. Era mentira, pero no estaba dispuesto a divulgar su lugar secreto.

—Hmmm —rumoreó Clarence, y dirigiéndose a Maggie, cuestionó—: ¿Qué hacemos entonces?

—Tengo una idea —intervino Tony, tratando de ayudar, aunque en realidad cambiando el curso de la conversación.

—Tony dice que tiene una idea, Maggie. Dice... —Clarence sonrió antes de agregar— que debo volver a besarte.

—¿De veras? ¿Él dijo eso? ¿Cómo sé que es cierto, y no que estás inventándolo para robarte un poco de dulce?

—No me creas —aceptó Clarence—, pero en lo personal considero su plan muy sensato y razonable. Al menos deberíamos intentarlo. En este momento lo mejor sería que recuperaras a Tony.

—¿Lo mejor? —preguntó Maggie, ladeando la cabeza y alzando las cejas.

—Bueno, aparte del beso —dijo él, riéndose.

Así que volvieron a besarse, esta vez no un ligero roce en la mejilla, sino el beso de verdad que ella había esperado desde hacía mucho tiempo. Por fortuna, Tony sintió que se deslizaba de vuelta a un lugar conocido, mirando a los ojos al hombre que Maggie amaba.

—¡Basta! —clamó—. ¡Algo en esto está muy mal, y me pone los pelos de punta!

—Ya está conmigo, Clarence —dijo ella, sonriendo—. Pero no vuelvas a besarme. Ignoro si esto funcionará otra vez, y no creo que quieras que Tony te ayude a resolver casos.

—Bueno —replicó el oficial, dándole un afectuoso abrazo—, debo decir que eres la mujer más interesante y extraña que he conocido. ¿Está él... ya sabes... Tony... está contigo todo el tiempo?

—Nop. Va y viene. Y al parecer yo no tengo el control. Esto es una cosa del cielo rara y misteriosa. Te llamaré en cuanto pueda... cuando él se haya ido —susurró.

—¡Ya te oí! —dijo Tony.

De repente, una idea se le ocurrió a Maggie, quien tomó del brazo al oficial cuando éste se volvía para retirarse.

—Oye, Clarence, cuando hiciste tu investigación, con antecedentes y todo, sobre nuestro amigo Sebastian...

—¡Tony, por favor!, deja el Sebastian fuera de esto —rogó el aludido.

Ella continuó:

—...¿Encontraste algo semejante a un pariente?

—Sí, localizamos a su hermano, Jeffrey o Jerald...

—¿Jacob? —dijo Tony, azorado, y Maggie repitió la pregunta:

—¿Jacob?

—Sí, Jacob, vive aquí en la ciudad. ¿Por qué?

—Debo hablar con él. ¿Podrías hacerme el favor de ponernos en contacto?

Clarence titubeó antes de contestar:

—Déjame ver qué puedo hacer. No es algo muy normal que digamos —y sacudió la cabeza.

Maggie estuvo a punto de darle un beso de despedida, pero lo cambió por un abrazo, y observó a Clarence encaminarse al auto muy serio, sin mirar atrás. No pudo verlo suprimir la sonrisa que amenazaba con interponerse en su conducta profesional.

Tony se quedó sin habla, hundido en recuerdos y emociones que parecían ser capaces de asfixiarlo.

13

LA GUERRA INTERIOR

El apóstol nos dice que Dios es amor; por lo tanto,
siendo un ser infinito, es una fuente infinita de amor.
Como es un ser autosuficiente, es una fuente de amor plena
y desbordante, inagotable. Y por tratarse de un ser
inmutable y eterno, es una fuente eterna
e inmutable de amor.
— JONATHAN EDWARDS

—¿Hola?

La voz en el teléfono sorprendió a Maggie; no era muy distinta a la de Tony, pero sí más suave, y con una cortesía que rayaba en mansedumbre. Ella titubeó.

—¿Diga? ¿Quién habla? —insistió la voz.

—Perdón, ¿hablo con el señor Jacob Spencer?

—Sí, ¿quién es usted?

—Me llamo Maggie, señor Spencer; Maggie Saunders, y... soy amiga de su hermano, Tony.

—¿Ya somos amigos? —terció Tony—. Con amistades como tú, no necesito enemigos.

Maggie levantó la mano para hacerlo callar.

—No sabía que mi hermano tuviera amigas. ¿Lo conoce usted bien?

—Íntimamente —no era la palabra más indicada, y ella lo supo en cuanto la soltó—. Bueno, no tan íntimamente... —entornó los ojos—, nunca salimos ni nada, solo somos buenos amigos. Pero parece que basta andar un tiempo con Tony para sentir que se te mete a la cabeza.

Oyó una risa cortés en el auricular.

—Sí, ése es el Tony que yo recuerdo. ¿En qué puedo servirle, señorita Saunders?

—Llámeme Maggie, por favor... Como seguramente ya sabrá usted, Tony está en coma en el OHSU... ¿Ya fue a visitarlo?

Otra pausa.

—No, me enteré apenas ayer, cuando me llamaron de la policía. Y pienso ir a verlo. No sé por qué; él ya no se interesaba en mí. Pero... nuestra relación es complicada, y nos peleamos. Quizá vaya a visitarlo un día de éstos... tal vez.

—Debo pedirle un gran favor, señor Spencer...

—Dígame Jake. ¿Un gran favor, a mí?

—Soy enfermera y trabajo en ese mismo hospital, aunque en otro departamento. Me gustaría estar al tanto de Tony de vez en cuando, y cerciorarme de que lo atienden bien; pero como no soy pariente, no tengo acceso a su habitación. Me preguntaba si...

—Me disculpo de antemano por lo que voy a preguntarle —la interrumpió Jake—, pero debo estar seguro de que lo conoce; hoy ninguna precaución está de más. ¿Puede decirme cómo se llama la exesposa de Tony? ¿Y cómo se llaman sus padres?

Tony le dio a Maggie las respuestas apropiadas, lo cual pareció satisfacer a Jake.

—¿Puedo hacerle otra pregunta, Maggie?

—Claro, Jake, ¿cuál?

—¿Alguna vez Tony...? Es decir... —la voz se le quebró un poco, y entonces Maggie oyó al hermano menor indagar, casi rogar—: ¿Tony le habló de mí alguna vez? ¿Me mencionó?

Tony guardó silencio, y por un momento Maggie no supo qué decir.

—Me encantaría poder contestarle otra cosa, Jake, pero la verdad es que Tony no hablaba mucho de su familia, guardaba el tema para sí.

—Ah, sí... entiendo —Jake parecía decepcionado—, solo preguntaba, eso es todo. —Se aclaró la garganta—. Bueno, Maggie, tan pronto como colguemos llamaré al hospital para que la incluyan en la lista, ¡y gracias! No sé qué significa usted para Tony, pero me da gusto saber que hay alguien que cuida de él... ¡Gracias!

—De nada, Jake. —A Maggie se le ocurrió una idea en ese momento—. ¿Dónde vive usted, Jake? Quizá... —pero ya no había nadie en la línea—. ¿Tony? —Maggie dirigió su atención a su interior, escondiendo un reclamo en su pregunta.

—No quiero hablar de eso —fue la cortante respuesta.

—Bueno, cuando quieras hacerlo, cuenta con que yo estaré ahí —añadió ella.

Tony no respondió, y Maggie sintió un vacío.

—¿Tony? —nada aún; ella supo que él se había marchado, a cualquier parte—. ¡Señor! —pidió en voz baja—. No sé cuáles sean tus propósitos, pero te ruego que hagas sanar los destrozados corazones de estos hermanos.

🍁 ∘ ୨୧ ∘ 🍁

Tony se quedó solo, y vio que las dos figuras se acercaban por la pendiente, con lentitud y cautela. Parecía que mientras estuvo con Maggie, Clarence y Horace Skor, aquí no había transcurrido un segundo. *¿Tiempo de lo intermedio?*, se preguntó, haciendo un esfuerzo por reubicarse. Jack se había ido, en efecto, y ese par de figuras de gran tamaño se encontraba ya a menos de cien metros de distancia.

Tony no estaba de humor para ver a nadie, y menos aún a vecinos. Se hallaba atrapado en la agitación y trastorno inmediatos de su mundo interno. La conversación de Maggie con Jake lo había devastado, llenándolo de más desprecio por sí mismo y perforando un torrente de recuerdos desagradables que había ocultado en compartimientos sólidamente construidos. No entendía por qué, pero sentía que sus protecciones se venían abajo. Ya no podría guardar sus sentimientos en bóvedas privadas y sepultarlos. Se paró y esperó, renuente a ser amable.

Mientras aquellas figuras se aproximaban, Tony sintió una segregación y soledad profundas y en ascenso, como si la inminente presencia de esos individuos lo acorralara. Curiosamente, el dúo, que se veía enorme a la distancia, parecía disminuir en estatura conforme avanzaba. Los sujetos se detuvieron, disputándose el primer sitio, y lo miraron a menos de tres metros de donde él estaba, mientras un aroma pútrido impregnaba el espacio entre ellos. Ninguno de los dos tenía más de metro y veinte de altura.

Aunque parecían desconocidos, su conducta era vagamente familiar. El más alto y delgado llevaba puesto un traje de seda italiana de tres piezas que había perdido gran parte de su lustre, atuendo apenas apropiado para una comida de negocios. El otro casi ni cabía en un traje caóticamente compuesto por materiales diversos de colores contrastantes. Ambos estaban totalmente fuera de lugar en estos lares desolados. De no haber sido por la persistente sensación de temor y ansiedad que acompañaba a ambos, su yuxtaposición habría resultado prácticamente risible.

—¿Quiénes son ustedes? —preguntó Tony, sin dar paso alguno hacia ellos.

El más bajo y rechoncho contestó de inmediato, con voz aguda y jadeante:

—Yo me llamo…

Pero el otro lo golpeó en la nuca, y se agachó y gruñó con voz grave, como si Tony estuviera ausente:

—No le digas cómo nos llamamos, idiota. ¿Quieres meternos en más problemas? —luego dirigió a Tony una sonrisa, mueca radiante y casi repulsiva, agitando la mano como si fuera una varita mágica—. Mil disculpas, señor, por mi amigo, que no parece conocer este sitio. Puede llamarnos Bill —dijo, apuntando el pulgar hacia su compañero— y Sam —remató, haciendo una ligera reverencia para indicar que él era este último.

—¿Bill y Sam? —exclamó el bajito y rechoncho—. ¿Eso fue lo mejor que se te ocurrió? ¿Bill y Sam? —chilló Bill, encogiéndose mientras Sam alzaba la mano para zarandearlo por segunda ocasión.

Pero, habiéndolo pensado bien, se abstuvo de hacerlo, y se volvió hacia Tony con aire de gente adulta y responsable.

—Dígame, *Sam* —enfatizó Tony—, ¿qué hacen ustedes aquí?

—Bueno, señor... —contestó aquél, entornando los ojos como para indicar que esa pregunta apenas si merecía una respuesta— somos los vigilantes de las murallas, ¡nada menos!

Lo dijo como si fuera un anuncio de la mayor importancia, y sacudiendo algo invisible en su solapa.

—Sí —intervino Bill—, nada menos que los vigilantes de las murallas. De todas las murallas, y muy hábiles vigilantes también, cada uno de nosotros vigilando con esmero las murallas y muy buenos en lo que hacemos, ya que somos... —su voz se apagó como buscando la manera de acabar la frase.

—Y también somos jardineros —terció Sam—, desbrozamos todo por aquí.

—¿Ustedes desbrozan todo? ¡Pero si no he visto más que maleza!

—No, no es así... Perdone usted, señor, pero somos buenos en lo que hacemos... vigilar murallas y desbrozar —Sam miró el entorno mientras hablaba, y vio algo que lo hizo resplandecer—. ¿Ve allá, señor?

Señalando con un dedo regordete, se alejó unos pasos del camino y tiró de algo bajo la saliente de una roca. Satisfecho, sostuvo en el aire una hermosa rosa silvestre, que pareció marchitarse por su mero tacto, si no es que a causa de haber sido desprendida de su raíz.

—¡Eso es una flor! —exclamó Tony.

Sam la observó con atención antes de voltear.

—¡No, no lo es! Es maleza. Vea usted, tiene color, así que es maleza. Y está cubierta de todas estas horribles e hirientes... ¿cómo se llaman?...

—Espinas —propuso Bill.

—¡Sí, eso es, espinas! ¿Por qué una flor tendría espinas? ¡Esto es maleza! Y nosotros la arrancamos y quemamos para que no se extienda. Eso es lo que hacemos, y somos muy hábiles en esto, ¡claro que sí!

—Bueno —dijo Tony, indignado—, este terreno es mío, y a partir de este momento ustedes dejan de tener permiso para arrancar y quemar flo... maleza, aun maleza con espinas. ¿Está claro?

Aquellos dos parecían haber sido atrapados con las manos en la masa.

—¿Está usted seguro? —preguntó Sam—. ¿Y si esa maleza empieza a apoderarse del terreno, con todos sus horribles colores y espinas...?

—¡Estoy seguro! No más desbrozo. ¿Está claro?

—Sí, señor —farfulló Bill—. Pero no se lo diré a los demás; no, no lo haré.

—¿A los demás? —inquirió Tony—. ¿Pues cuántos son ustedes?

—¡Cientos! —respondió Bill al instante, volviéndose hacia Sam como en busca de autorización o apoyo; no obteniendo ninguno de los cuales continuó—: En realidad, miles; nos contamos en miles. —Hizo una pausa como para pensar—. Para serle franco, somos millones de desbrozadores y vigilantes de murallas, porque eso es lo que hacemos... vigilar murallas, millones y millones de nosotros, desbrozadores, vigilantes de murallas.

—Me gustaría conocerlos a todos —afirmó Tony.

—Pues eso sí que no se va a poder —respondió Sam, con su sonrisa superficial y melosa.

—¿Por qué no?

—Por-que... —comenzó a decir Bill, buscando una respuesta satisfactoria—. Porque somos invisibles, por eso. ¡Invisibles! Millones de desbrozadores y vigilantes de murallas invisibles.

—¡Pero si yo los veo a ustedes! —observó Tony.

—¡Ah, bueno! —soltó Bill—. No tuvimos otra opción.

Cuando nos mandan a hacer un trabajo, más vale que hagamos lo que nos dicen, o de lo contrario...

Sam le dio otro sopapo en la nuca, y a Tony otra sonrisa falsa.

—¿Quiénes los mandan? —preguntó este último.

—Bueno —expuso Sam—, en toda organización exitosa hay una cadena de mando que establece y alienta el orden. Esos... —miró a Bill, como si se tratara ahora de un ejercicio de capacitación.

—Benefactores —insertó Bill.

—¡Exactamente! —continuó Sam—, esos *benefactores* nos pidieron ejecutar el papel asignado por nuestra organización, para cumplir... —volvió a mirar a su compañero, quien asentía con la cabeza como siguiendo un libreto.

—...Las demandas del deber y la responsabilidad —sugirió Bill.

—¡Exacto! —dijo Sam, asintiendo—, para cumplir las demandas del deber y la responsabilidad viniendo a recibirlo a usted, y a explicarle la importancia de que se aleje de nosotros, por su propio bien, desde luego.

—¿Que me aleje de ustedes? —repuso Tony—. ¡Quiero conocer a sus benefactores!

—¡Oh, eso va a ser imposible! —espetó Bill, sacudiendo la cabeza.

—¿Por qué?

—Porque... usted explotaría en millones y millones de fragmentos, y por eso no. Pequeños y diminutos pedazos de hueso y carne y porquería volando en un millón de direcciones... nada grato, aunque, bueno, quizá medianamente grato en un sentido repugnante.

Bill se animó demasiado mientras Sam asentía en forma cómplice, con ojos casi lastimeros y el labio inferior levemente trémulo.

—¿Explotaré? —preguntó Tony—. ¿Esperan de verdad que crea esas tonterías? ¡Es hora de que me digan su auténtico nombre!

El bajito volteó a ver al otro.

—¿Debemos hacerlo, Fanfarrón? Digo, ¿revelar nuestro verdadero nombre?

Aquél respondió, con mirada de asco:

—Acabas de hacerlo, ¡idiota! Nunca aprendes, ¿verdad? —y volviéndose a Tony con actitud de superioridad altanera, continuó—: Así que, ahora que lo sabe, yo soy Fanfarrón. —Hizo de nuevo una ligera reverencia, sin perder su aire arrogante—. Y este tonto —dijo, ladeando la cabeza hacia su compañero— es Bravucón. Antes se llamaba Pretencioso, pero acaban de degradarlo, y... —se inclinó hacia Tony como para hacerlo partícipe de un secreto—: y usted sin duda entiende por qué.

—¿Se llaman Bravucón y Fanfarrón? —repitió Tony, incrédulo—. Esto es lo más absurdo que he oído. ¿Quién les puso esos nombres tan ridículos?

—Usted, por supuesto —soltó Bravucón, recibiendo al momento otro manotazo.

—¡Cállate, bruto! —gruñó Fanfarrón—. No puedes dejar de ladrar, ¿verdad? Ego te comerá de almuerzo, y ése será el fin de...

—¡Silencio! —ordenó Tony y, para su sorpresa, ambos obedecieron, volviéndose hacia él.

Tony vio que una pizca de temor había reemplazado parte de su actitud engreída. Evitaban el contacto visual directo y miraban al suelo, o de un lado a otro.

—¿Qué quieres decir con que yo les puse esos nombres, Bravucón?

Éste cambió nerviosamente su peso de un pie a otro, como si se le acumulara presión adentro. Finalmente pareció que le era imposible contenerse.

—No nos reconoce, ¿verdad?

—¿Por qué habría de hacerlo? ¡Son un par de lo más ridículo!

—Pero usted nos puso nuestros nombres o, más bien, los

recibimos de sus decisiones y conductas. Le pertenecemos. ¡Nosotros, mire usted, somos *su* Bravucón y *su* Fanfarrón!

—Es cierto, Tony —se oyó la voz de la Abuela, quien apareció de pronto junto a él—, ellos están aquí porque tú les diste voz y un lugar en tu alma. Creíste necesitarlos para tener éxito.

El dueto se mostró totalmente ajeno a la presencia de la Abuela, y parecía no oírla hablar, aunque su agitación iba en aumento.

—¡Invasores! —acusó Tony, aunque ante la Abuela debía admitir que ahora empezaba a entender los hechos.

—¿Invasores? —graznó Fanfarrón—. ¡No, no somos ningunos invasores! Aquí vivimos. ¡Tenemos derecho a estar aquí!

—Éste es mi terreno, mi propiedad —aseguró Tony—, y yo no...

—¿Qué? —aulló Bravucón, intentando parecer más grande y feroz de lo que era—. ¿Quién le dijo que este terreno es suyo? ¡Ya estoy harto de su insolencia! Vine de buena gana hasta acá para...

—¿Para hacer qué, exactamente? —escudriñó Tony.

—Bueno... nada en realidad, solo pensé que... —Bravucón pareció encogerse más al ser cuestionado.

—¡Eso fue lo que supuse! Ustedes son solo el mal aliento, desperdicio de espacio, una fantasía de algo que creí necesitar para tener éxito.

—Pero dio resultado, ¿no? ¿Acaso no tuvo éxito? —señaló Fanfarrón, volteando por una vez—. Es decir, ganamos, usted y nosotros. ¡Usted se debe a nosotros! —gimió, desvaneciéndose rápidamente bajo la mirada de Tony.

—¿Me debo a ustedes? —preguntó éste, consternado por lo que ahora comprendía—. ¿Qué salí ganando, sobre todo si tuve que usar a Bravucón y Fanfarrón para triunfar? Si ustedes existen porque creí necesitarlos, yo soy más tonto que los dos juntos. Y no me hacían ninguna falta; lo que yo necesitaba era honestidad, integridad y...

—¡Maleza! —sugirió Fanfarrón.

—¿Qué?

—Maleza. La honestidad y la integridad son maleza, todas llenas de colores y espinas, cosas malas.

—Ve a conocer a los demás… —lo animó la Abuela, aún a su lado.

—Exijo que me lleven con los demás —ordenó Tony al dueto—, ¡y no me salgan con que explotaré!

—Solo una pequeña petición —imploró el menos bajo de los dos, a quien ya le quedaba muy poca fanfarronería—: ¿Le dirá a Ego que nos obligó a llevarlo hasta él? ¿Que no fue decisión nuestra?

—¿Ego? ¿Él es su *benefactor*? —Tony esperó hasta que asintieron con la cabeza—. ¿Ego es su jefe, entonces?

—Sí —admitió Bravucón—. Es más fuerte que nosotros y nos dice qué hacer. No va a hacerle ninguna gracia que le llevemos a conocerlo. Él cumple órdenes del jefe mayor y… ¡Ay!

Hizo una mueca esperando otro golpe, pero Fanfarrón se había alejado ya, en resignada prevención.

—¿Y quién es el jefe mayor? —preguntó Tony.

Una sonrisa taimada cruzó el rostro de Bravucón.

—¡Pues usted! Señor Anthony Spencer, dueño lastimoso de este remedo de propiedad, ¡usted es el jefe mayor aquí! Yo me cuidaría de acercármele, ¡claro que sí! Es desalmado y calculador.

Tony no sabía si estas criaturas lo insultaban en su cara o no, pero esto ya no tenía importancia. Había puesto punto final a esa conversación, y les hizo señas de que se fueran por donde habían llegado, siguiéndolas en compañía de la Abuela.

Al bajar por la vereda, ésta se hacía cada vez más pedregosa y descuidada, obstruido el paso por árboles caídos y rocas que parecían sembradas al azar por una mano gigantesca. El camino se dividió en dos, y al mirar a la derecha, sendero que el par no había tomado, Tony vio una edificación distante y aislada. Era un bloque macizo y sin ventanas, casi invisible, contra la pared de roca donde parecía incrustarse.

—¡Ey!, ¿y eso qué es? —preguntó, haciendo alto y señalando en aquella dirección.

—¡Ay, señor Spencer! ¡No le conviene tener nada que ver con ese sitio! —proclamó Fanfarrón, sin detener el paso—. Más vale que no se acerque allí. Ya es suficiente con que le llevemos a conocer al jefe.

—Solo díganme qué es —exigió Tony.

—Un templo —dijo Bravucón por encima del hombro, y con risa entrecortada—. Usted debería saberlo, ¡claro que sí! Lo hizo levantar usted mismo. Y rinde culto ahí.

—¡Basta! —bramó Fanfarrón, acelerando la marcha por el sendero que los dos habían elegido.

—¿Qué extraño... un templo? —caviló Tony.

Fuera lo que fuese, eso tendría que esperar, y Tony alcanzó pronto al paticorto dúo. El olor que antes le había hecho arrugar la nariz era ya un hedor a huevo podrido, y mejor respiró por la boca para no vomitar. Junto con aquella fetidez, a cada paso aumentaba su sensación de desolación y aislamiento, y agradeció la presencia de la Abuela. Ella caminaba en silencio a su lado, sin inmutarse al parecer por ninguno de esos extraños acontecimientos.

Al dar la vuelta en un recodo, Tony se paró, asombrado. A menos de cincuenta metros de ahí se amontonaba un conjunto de construcciones de variada calidad y mal calculadas dimensiones. Un par de centenares de metros más adelante se alzaba la base de las imponentes murallas de piedra que marcaban la frontera más remota del terreno, que él había visto hasta ahora solo a la distancia. Cuando llegó había prestado poca atención a esta edificación de piedra, pero ahora estaba tan cerca que pudo apreciar su factura: parecía estar formada por rocas gigantes, superpuestas con precisión y cuidado, impenetrables y elevándose a decenas de metros de altura, donde desaparecían por fin en una acumulación de nubes bajas.

Un sujeto alto y delgado emergió de una de esas estructuras. De extraño aspecto, parecía cargar con un cuerpo desproporcionado. Algo era anormal en él, y Tony casi quiso mirarlo de soslayo para poder verlo mejor. Era su cabeza mucho más grande de lo que debía en relación con el resto del cuerpo, así como ojos demasiado pequeños y boca excesivamente amplia. Llevaba aplicada en el rostro una gruesa capa de maquillaje, como de pasta color carne.

—Señor Spencer, ¡qué honor tenerlo en mis humildes aposentos! Estoy a sus pies.

El sujeto sonrió obsequiosamente, con voz tersa y declinante como jarabe de chocolate. Al hablar, el maquillaje se le desprendía, colgándole de la tez, sin caer del todo. En los espacios así descubiertos, Tony pudo ver lo que parecían moretones atroces. Percibió en ese tipo un alud de arrogancia nauseabunda, sintiéndose en presencia de alguien totalmente absorto en sí mismo.

—Usted debe ser Ego —le dijo.

—¿Sabe mi nombre? Así es, soy Ego, para servirle —hizo una reverencia profunda—. Me sorprende verlo aquí —agregó, lanzando una mirada de mal simulado desprecio al dúo que lo había escoltado—. Más tarde los *recompensaré* a ambos —dijo entre dientes.

Aquellos dos se acobardaron, y parecieron encogerse más todavía. No eran ya ni un fanfarrón ni un bravucón en presencia de su jefe. Entre tanto, casi una docena de criaturas de rara apariencia se reunió en grupos compactos cerca de las construcciones, observando a Tony.

—¿Por qué existes? —preguntó este último, más un reclamo que una interrogante.

—Bueno, para ayudarle a tomar decisiones —respondió Ego, dejando resbalar en su cara agrietada una mirada de astucia—. Le recuerdo lo importante que es usted, lo necesario que resulta para el éxito de quienes dependen de su persona y lo mucho que ellos le deben. Le ayudo a llevar la cuenta de las ofensas que le han hecho, y de los errores que han cometido, con costo para usted. Es mi trabajo murmurar a su oído que usted es quien cuenta en el mundo. Señor Spencer, ¡usted es un hombre muy importante, y todos lo quieren, admiran y respetan!

—¡No es cierto! —lo cortó Tony—, ni merezco su respeto y admiración.

—¡Ay, señor Spencer, qué pena me da oírle decir esas insensateces! ¡Desde luego que merece todo eso, y más! ¡Mire todo lo que ha hecho por esas personas! Lo menos que ellas pueden hacer es reconocer sus esfuerzos. Le deben mucho, por decir lo menos. Usted no pide el mundo a cambio; solo un poco de reconocimiento, eso es todo. De no ser por usted, sus trabajadores estarían en el desempleo. De no ser por sus habilidades superiores, sus socios harían labores manuales. ¡Y aun así murmuran a sus espaldas y traman cómo quitarle autoridad! No lo comprenden. No ven el don del cielo que es usted. ¡Solo pensar en esto causa en mí enorme dolor!

Se llevó la mano a una frente inmensa como si acabase de ser mortalmente herido, y puso una mirada triste y lastimera.

Tony no había confiado a nadie aquellas sensaciones. Contenían una lógica que se alimentaba por sí sola, explotando amarguras y resentimientos que ahora él reconocía detrás de muchos de sus actos. El enfrentamiento con su ego averiado estaba resultando horrible y exasperante.

—¡Ya no quiero ser así!

—Señor Spencer, ¡*éste* es un perfecto ejemplo de por qué es usted este gran hombre! ¡Oiga nada más la sinceridad de su confesión! ¡Bien hecho! Dios debe estar muy complacido con un adepto tan humilde y contrito como usted, tan dispuesto a rebajarse y elegir otra senda. ¡Me siento honrado de ser su amigo, de llamarlo hermano!

—¡Tú no eres mi hermano! —exclamó Tony secamente, sin saber qué añadir.

¿Ego no tenía razón acaso? ¿No quería Dios que él cambiara? ¿Que se arrepintiera? Pero las palabras de Ego tenían un matiz feo y equivocado, casi como si a la antigua agenda de Tony la reemplazara una nueva, tal vez más brillante, bonita y santurrona. Sin embargo, en el fondo persistía una expectativa, a veces obvia, a menudo oculta, pero siempre una agenda: la misma agenda basada en resultados.

—¡Sé qué eres! —declaró Tony—. ¡Solo una forma más fea, y tal vez más honesta, de mí mismo!

—Tiene razón, señor Spencer, ¡como siempre! Usted debe morir para sí mismo, poner a los demás, y sus preocupaciones y problemas, en lugar de sus necesidades, anhelos y deseos. Amor desinteresado, que es el sacrificio supremo y más bello, con el cual Dios tendría que darse por satisfecho. Usted debe crucificar su yo, morir para sí y colocar a Dios en el trono de su existencia. Tiene que disminuir para que él —y apuntó al cielo con dedo flaco— se engrandezca.

»Creo que sonó bien, ¿verdad?

La duda nubló entonces el pensamiento de Tony, y su corazón se perturbó; volteó hacia la Abuela, que no le quitaba la vista de encima, pero permanecía impasible y callada. Y aunque esta mirada era afectuosa y le aseguraba que ella no lo abandonaría, su actitud hacía ver que esa pelea era de Tony. A él le irritó su desapego. ¿Cómo podía quedarse ahí sin hacer nada? Él no estaba preparado para lidiar con esto.

—Tiene usted razón, señor Spencer, ¡como de costumbre! Vea el ejemplo de Jesús, para no ir más lejos. Él se entregó para salvarnos a todos. Se convirtió en nada para que usted pudiera ser todo. ¿No se da cuenta? Eso es lo que él quiere, que usted sea como él: ¡libre! —Ego gritó al decir esta palabra, que retumbó en las rocas sobre su cabeza, y luego se puso a bailar en un pequeño círculo, levantando poco a poco los brazos y dejándolos caer al tiempo que declaraba, como canturreando—: ¡Libre! Libre para elegir. Libre para amar y vivir y dejar vivir, libre para buscar la felicidad, libre de lazos sociales y familiares, ¡libre para hacer lo que le venga en gana, porque usted es libre!

—¡Alto! —clamó Tony.

Ego se quedó inmóvil, parado en un solo pie, los brazos en jarra.

—¡Eso es justamente lo que he hecho hasta ahora, lo que me viene en gana, y no me ha dado libertad en absoluto! —Tony estaba cada vez más enojado—. Lo único que mi «libertad» hizo fue lastimar a los demás, y amurallar mi corazón hasta hacerlo completamente insensible. ¿Es eso lo que tú entiendes por libertad?

—Bueno —contestó Ego, bajando los brazos y plantando ambos pies en el suelo—, la libertad siempre tiene su precio. —Alargó esta última sílaba, y la dejó resonar en las estructuras antes de proseguir—: Mire la historia, señor Spencer, siempre ha sido preciso que algunos mueran para que otros puedan ser libres. Ningún gobierno ni Estado en su planeta podría existir sin el indispensable derramamiento de sangre. Cuando la guerra es justa y necesaria, el pecado es la paz; y si esto es cierto para el gobierno, también debe serlo para usted como individuo.

Tony no sabía por qué, pero sentía que la lógica de Ego era enfermiza y retorcida. Éste advirtió su vacilación y rápidamente continuó:

—Vea el caso de Jesús, señor Spencer. ¡La libertad de usted le costó todo! Él dio su vida para hacerlo libre. Este hombre acudió a Dios e imploró… —Ego se puso teatral otra vez, con los ojos cerrados dirigiéndose hacia arriba como si suplicara la intercesión celestial—: *¡Desata en mí, Señor, tu ira, toda tu cólera, por esta mala y vil creación y la infinidad de actos impíos de la humanidad miserable! ¡Desata en mí tu furia justa y santa, doblado el arco de tu ira, la flecha ya en la cuerda y la justicia apuntando a su corazón! ¡Desata en mí tu justificada ira! Déjame soportar tu crueldad, los merecidos desiertos de su malevolencia. ¡Quémame con tu fuego eterno en vez de ella! ¡Que la espada de tu divina justicia, aún ahora empuñada sobre sus cabezas, caiga únicamente sobre la mía!*

Y habiendo dicho esto, bajó la mirada, como si un filo poderoso partiera en dos su ser.

Sus palabras resonaron a la distancia. Y entonces se impuso el silencio.

—Dime —comenzó Tony, con voz fuerte pero acento suave—, ¿y eso sirvió de algo?

Ego prestó atención de golpe. No había previsto esa pregunta:

—¿A qué se refiere?

—¿Sirvió de algo eso? ¿Jesús soportó con buena fortuna la ira de Dios? ¿Sirvió de algo?

—¡Claro que sirvió! Hablamos de Jesús —afirmó él, aunque no parecía del todo seguro.

Tony insistió:

—¿Así que Dios desató *su* cólera e ira sobre Jesús en vez de hacerlo sobre los seres humanos, y su furia y cólera quedaron satisfechas para siempre? ¿Es eso lo que quieres decir?

—Exactamente… bueno, no *exactamente*. Muy buena pregunta, señor Spencer; ¡excelente! Debería enorgullecerle ser capaz de pensar una pregunta tan ingeniosa.

Se embrollaba, y Tony lo supo.

—¿Y bien?

Ego se puso nervioso, alternando su peso entre un pie y otro.

—Permítame decirle cómo ver esto, señor Spencer, y es algo que yo no explicaría a cualquiera; se trata de un misterio, ¿sabe?, pertenece a la categoría de suposiciones de las cuales es mejor no hablar, aunque puede ser nuestro pequeño secreto. Mire usted: la verdad es que llevarse bien con Dios es un poco difícil. Su creación —y levantó la palma, señalando hacia él— lo ha desobedecido vilmente. Así, su ira es ahora parte constante de su ser, como un fuego que arde siempre, un mal necesario si usted quiere; y que sigue ardiendo con llama eterna, consumiendo a todos y todo lo que no acepta ni se apropia de lo que Jesús hizo. ¿Comprende? —Alzó una ceja, que sobresalió en su cara pastosa, y miró a Tony en busca de aprobación—. Bueno, pero basta con que recuerde que lo constante en Dios es la ira y su justa cólera, las cuales se desahogaron por entero sobre Jesús. Así que si usted quiere escapar a la ira divina, debe ser como Jesús, y dar su vida, y vivir como él lo hizo, santo y puro. *Sed perfectos como yo soy perfecto...* Esto está en la Biblia.

—De ser así —repuso Tony, mirando la tierra seca y desolada a sus pies—, no hay esperanza para alguien como yo. Eso es lo que tú estás diciendo, porque yo no puedo vivir como Jesús, santo y puro.

—¡No, no, eso no es cierto, señor Spencer! ¡Siempre hay esperanza, sobre todo para alguien que se esfuerza tanto como usted, tan especial como usted! Simplemente no hay certeza, eso es todo.

—¿Eso significa que la relación con Dios es ilusión, nada con lo que se pueda contar, una posibilidad apenas?

—No le reste importancia a la ilusión, por favor. Casi todo lo que existe en su mundo fue inventado por ella, señor Spencer. Además, dese su lugar. En su ilusión, su esperar, usted termina por asemejarse a Dios.

—Porque Dios amó tanto al *mundo*... —lo retó Tony. Era parte de un versículo que, de algún lado, él recordaba.

Ego bajó los ojos, con gesto dramático.

—¡Qué triste!, ¿verdad? —dijo, sacudiendo la cabeza.

—¿Triste? —preguntó Tony, escéptico—. No, no es triste. Si eso es cierto, ¡es lo más bello que yo haya oído nunca! ¡Dios ama al mundo! Esto quiere decir que ama a quienes estamos en el mundo. ¡Dios me ama a mí! —comprender esto avivó su enojo, que refulgió intensamente y él lo aceptó, arrojándolo contra Ego—. ¿Sabes qué? No me importa lo que pretendan todos ustedes. Son unos mentirosos, y sus mentiras son diabólicas...

—¡No diga eso! —chilló Ego, recuperando rápidamente el control y exhibiendo una sonrisa amplia—. Aquí no se dice esa palabra, señor Spencer. Es mera mitología de la vieja escuela. ¡Nosotros no somos esas... esas criaturas detestables, horrendas y desdichadas! Fuimos enviados aquí para ayudar. Somos mensajeros espirituales de Dios, guías de luz y gracia, encargados de abrirle camino a usted y conducirlo a la verdad.

—Una cáfila de mentirosos, ¡eso es lo que son! ¿Qué derecho tienen a estar aquí? Exijo saberlo: ¿con base en qué autoridad reclaman el derecho a estar aquí?

—¡Con base en la autoridad de usted! —resonó una voz tronante en otra edificación, la más suntuosa del conjunto.

Asustado, Tony dio un paso atrás mientras una puerta se abría lentamente, dando paso a un hombre enorme. Un punzante olor a descomposición y azufre emergió con él. Tony se quedó estupefacto frente a... sí mismo, aunque mucho más corpulento. Aquel hombre descollaba sobre él, con quizá cerca de tres metros de altura, pese a lo cual era como si se viera al espejo. Al observarlo atentamente, reparó sin embargo en que muchos detalles estaban fuera de lugar: las manos y oídos de ese monstruo eran demasiado grandes, y sus ojos muy pequeños y disparejos. La boca era demasiado ancha, y la sonrisa sesgada. Pero se conducía con aplomo y autoridad.

—¡Tente! —masculló la Abuela, junto a Tony, en dirección al gigante—. ¡Wakipajan!

Por el tono de esas extrañas palabras, saltaba a la vista que no eran cumplidos. Tony agradeció la presencia de la Abuela, satisfecho de que ella disminuyera parte de su intimidación.

—¿Y tú quién eres? —interrogó Tony.

—¡Vamos, vamos, señor Spencer! —contestó riendo aquél, cruzando los brazos sobre su extenso pecho—. ¡No me diga que no me conoce! Soy su ser superior, todo lo que usted esperó y quiso ser. Gracias al auxilio de algunos de *sus* benefactores, usted tuvo fuerza suficiente para crearme. Me alimentó y vistió, y con el tiempo acabé siendo más fuerte y poderoso de lo que usted imaginó algún día, y ahora soy yo quien lo crea a usted. Como nací en los más hondos confines de su necesidad, usted fue primero mi creador, y yo estaba en deuda con su nobleza; pero fui diligente, y pagué con creces. Ahora ya no lo necesito para existir. ¡Soy más fuerte que usted!

—¡Vete pues! Si ya no me necesitas para existir, ¡empaca tus cosas y márchate...! Y llévate contigo a tus camaradas.

Esto divirtió a Tony-grande.

—No puedo hacer eso, señor Spencer. Éstos son mis lares; ésta, la obra de mi vida. Usted pudo haber puesto los cimientos, pero nosotros construimos sobre ellos. Hace mucho que usted nos concedió el derecho a estar aquí, y que me vendió su primogenitura a cambio de seguridad y certidumbre. Usted es ahora el que necesita de nosotros.

—¿Seguridad y certidumbre? —cuestionó Tony—. ¿Qué clase de broma perversa es ésa? ¡Nunca conocí ninguna de las dos!

—¡Ése es otro cantar, señor Spencer! —replicó aquél, con voz casi hipnótica y monótona—. No importaba si usted tenía o no verdadera seguridad y certidumbre; solo que creía tenerlas. Posee usted un poder magnífico para crear realidad a partir de sueños y sufrimientos, desconsuelos y esperanzas; para invocar por dentro al dios que es usted mismo. Nosotros no hicimos más que guiarlo, murmurándole al oído lo que debía escuchar para desarrollar su potencial y crear una ilusión con la que pudiera controlar su mundo. Usted sobrevivió a ese mundo despiadado y cruel gracias a mí.

—Pero... —empezó a decir Tony.

—¡Si no fuera por mí, Anthony —lo interrumpió Tony-grande, dando un paso hacia él—, estarías muerto! ¡Yo salvé tu miserable vida! Cuando quisiste acabar con tu existencia, fui yo quien te convenció de que continuaras viviendo. ¡Te debes a mí! Sin mí no puedes nada.

Tony sintió que perdía el equilibrio, como tambaleándose al borde de un risco invisible. Volteó hacia la Abuela, pero ella era apenas una mera silueta y se desvanecía. Una cortina se cerró ante los ojos de Tony, y todo lo límpido y tangible de los últimos días perdió claridad y color. Del suelo escapaba un veneno oscuro, que subía como hilos de títeres a su alrededor, restringiendo su capacidad de ver con claridad y pensar con lucidez. Una desesperación voraz consumió los brotes delicados de su corazón, que comenzaban a surgir a la vida, y los escupió al pozo de la soledad profunda que siempre había marcado sus entrañas. La Abuela desapareció. Tony estaba solo y ciego.

Sintió entonces el soplo en su cara, que lo besuqueaba con el dulzor de la embriaguez. Esa fragancia desplazó al hedor infecto que hasta ese instante había imperado. Y luego oyó el susurro:

—Estás completamente solo, Tony, como lo mereces. Habría sido mejor que no nacieras.

Era cierto, pensó él. Estaba solo, y se lo merecía. Había matado el amor de todos aquellos que se lo habían ofrecido, y ahora no era nada más que un muerto en vida. Admitir esto arrasó con él, como con los últimos muros de un fuerte. Dedos de helado temor resbalaron como cintas en su pecho, penetraron su carne y llegaron a su corazón, para estrujarlo hasta que dejase de latir. Él se paralizó, ensombrecido desde dentro hacia afuera, y nada de lo que pudiera hacer impediría que esto prosiguiera.

De pronto oyó a lo lejos, aunque acercándose, el reír y cantar de una niña. No se podía mover, y apenas si podía respirar. Ella no lo encontraría nunca en esta oscuridad densa. No llegaría a saber siquiera que estaba ahí.

—¡Dios! —pidió—. ¡Que ella me encuentre, por favor!

Vio a la distancia un destello de luz y actividad que, lo mismo que un canto, crecían, hasta que llegó frente a él la niña, como de seis años, de una piel aceitunada y suave, cabello negro azabache recogido por una corona de florecillas blancas, y un trilio blanco adornándole una oreja; tenía unos ojos cafés impresionantes, y era toda sonrisas.

Así que no estaba solo. Ella lo veía. Una evidente sensación de alivio soltó parte de la tensión en su pecho, y respiró un poco más hondo. *No puedo hablar*, pensó.

Eso provocó una sonrisa radiante.

—Ya lo sé, señor Tony —dijo ella, riendo—, pero a veces lo que cuenta es pensar.

Él se sintió sonreír. *¿Dónde estoy?*, pensó.

—¿Dónde estamos, señor Tony? No estamos solos, señor Tony.

Ella giró entonces en su vestido de azules y verdes florales como en un escenario, y remató haciendo una profunda reverencia en cámara lenta. Su presencia era inocencia y calidez, y él sintió que sus heladas cargas se aligeraban un poco. Si hubiera podido echar a reír, lo habría hecho.

¿Dónde estamos, pues?, volvió a pensar la pregunta.

Ella lo ignoró.

—¿Quién eres, señor Tony?—preguntó la chiquilla, ladeando la cabeza en inquisición ingenua, a la espera de respuesta.

Un fracaso irremediable, pensó él, y sintió que su pecho se tensaba de desesperanza.

—¿Eso eres, señor Tony? ¿Un fracaso irremediable?

Una lista interminable de imágenes se precipitó en la mente de él, en apoyo a su autoacusación, confirmaciones del juicio en su contra.

—¡Ay, señor Tony! —exclamó ella, sin traza alguna de incriminación—. ¡Eres mucho más que eso!

Fue una observación, no un juicio de valor.

¿Qué más puedo ser yo, sino solo un fracaso irremediable? —pensó él.

La niña se puso a saltar a su alrededor, entrando y saliendo de su vista mientras se tocaba los dedos sin ningún orden en particular, como llevando una cuenta. Declaró al fin con voz cantarina:

—Señor Tony, también eres un guerrero fuerte, no estás solo, eres alguien que aprende, eres un universo de asombro, eres el chico de la Abuela, eres el hijo adoptivo de Papá Dios, no puedes cambiar eso, eres un hermoso caos, eres la melodía…

Y a cada una de estas frases, las cadenas de hielo que parecían aprisionarlo se aflojaban, y su respiración se hacía más profunda. Emergentes ideas querían discutir y negar cada afirmación; pero a medida que Tony se tranquilizaba, decidía limitarse a ver bailar a la pequeña y escuchar su canto.

¿Qué podía saber ella? ¡Solamente era una niña! Aun así, sus palabras tenían poder, de eso estaba seguro, y parecían hallar eco en su alma glacial. Esa presencia era como una primavera en curso, el deshielo que calentaba e invitaba cosas nuevas. Ella se paró frente a él, se inclinó y besó suavemente su mejilla.

—¿Cómo te llamas?

Tony había pronunciado un susurro al fin.

Ella resplandeció.

—¡Esperanza! ¡Me llamo Esperanza!

Cualquier reserva que persistiera cedió entonces, y lágrimas rociaron el suelo. Esperanza lo tomó del mentón hasta que él pudo mirar sus ojos increíbles.

—Pelea, señor Tony —murmuró a su oído—. No luchas solo.

—¿Con quién?

—Tus figuraciones sin sentido que te impiden conocer el carácter de Dios. Pelea con ellas.

—¿Cómo?

—¡Enójate y diles la verdad!

—Creí que no era bueno enojarse…

—¿Malo? Yo me enojo a cada rato, con todo lo que está mal.

—¿Quién eres? —preguntó por fin.

—Soy quien no cesa de amarte… —contestó ella, radiante, y retrocedió un paso—. Señor Tony, cuando estés en lo oscuro, no enciendas hogueras, ni te encierres en la fogarada que tú mismo creaste. La oscuridad no puede cambiar el carácter de Dios.

—Creí que la Abuela me había abandonado… justo en lo más álgido de la batalla.

—Jamás te abandonó. Tu imaginación la ocultó a tu vista. Encendiste tus hogueras.

—No sé cómo dejar de hacerlo —confesó Tony.

—Confía, señor Tony; confía. Digan lo que digan tus razones, emociones o ilusiones, confía.

—Pero no soy bueno para eso.

—Lo sabemos. Confía en que no estás solo, en que no eres irremediable. —Ella sonrió y volvió a besarlo en la mejilla—.

Señor Tony, simplemente confía en las palabras de tu madre. ¿Puedes hacerlo?

—Haré cuanto pueda por lograrlo —admitió él, más para sí que para la niña.

—Basta el más mínimo deseo, señor Tony. Jesús es muy bueno para confiar; él proveerá lo que haga falta. Como casi todo lo que dura, confiar lleva un proceso.

—¿Cómo sabes tanto? —preguntó Tony.

Ella sonrió.

—Soy más vieja de lo que parezco. —Por una tercera vez ella valseó en torno a él sus danzas impulsadas por la brisa, y por tercera vez se acercó a besarlo, ahora en su otra mejilla—. Recuerda esto, señor Tony: *Talitha cumi.* —Dio un paso atrás, se inclinó hasta tocar con su frente la de él, y respiró hondo—. Ahora ve —susurró— y enójate.

Él lo sintió llegar, como el sobrevenir de un terremoto, tremores que cuajaran en estruendo mientras su enojo abría un orificio en las tinieblas y las dispersaba como a cuervos espantados.

Tony había caído de rodillas, y con un rugido se puso trabajosamente de pie. La Abuela estaba donde la había visto antes, impasible salvo por la sonrisa que iluminaba las comisuras de su boca.

—¡Mientes! —bramó Tony, apuntando con un dedo la imagen grotesca de sí—. ¡Ya no te necesito, y revoco todo derecho que yo te haya dado a tener voz o autoridad sobre mi vida! ¡Lo revoco justo en este instante!

Por vez primera vio menguar la seguridad del otro, el Tony-grande, quien trastabilló y dio marcha atrás.

—¡No puedes hacer eso! —contraatacó éste—. ¡Soy más fuerte que tú!

—Tal vez así sea —admitió Tony—, pero puedes irte a ser más fuerte a otra parte. ¡Ésta es mi propiedad, ésta es mi casa y éste es mi corazón, y ya no quiero que estés aquí!

—¡Me niego! —dijo resueltamente el otro, zapateando—. No puedes echarme.

—Yo… —Tony titubeó, pero luego se lanzó de cuerpo entero— no estoy solo.

—¡Tú! —gritó el otro, alzando el puño—. ¡Siempre has estado solo… completamente solo! No veo a nadie por aquí, ¿tú sí? ¿Quién querría estar contigo? En este momento estás solo, y eres digno únicamente de que te abandonen. ¡Yo soy todo lo que tienes!

—¡Mientes! —clamó Tony, furioso—. Me has dicho mentiras toda la vida, y esto solo ha producido pesar y dolor. ¡Hemos terminado!

—Estás solo —siseó el otro—. ¿Quién se rebajaría a estar contigo?

—¡Jesús! —Tony se sorprendió al oírse decirlo en voz alta—. ¡Jesús! —dijo de nuevo, y añadió—: Y también el Espíritu Santo, y el Padre de Jesús.

—El Padre de Jesús… —la descomunal criatura escupió estas palabras—. Odias al Padre de Jesús… Él mató a tus padres; acabó con tu madre. —Dio un paso al frente, deleitándose—. Él mató a tu único hijo, tomándolo contra su voluntad y lanzándolo al olvido. Ignoró cada una de tus plegarias. ¿Cómo puedes confiar en un malvado ser que mató a tu hijo inocente como hizo con el suyo?

—¡No confío! —gimió Tony, y al decirlo supo que era cierto.

Una mirada de triunfo atravesó la cara del monstruo.

Tony bajó los ojos, echando un nuevo vistazo a la Abuela, quien seguía quieta como estatua, inmóvil.

—No lo conozco lo suficiente para confiar en él, pero Jesús confía en su Padre, y con eso me basta.

El falso Tony, inmenso y formidable, comenzó a encogerse en ese momento. Sus facciones se desencajaron, y su ropa quedó pendiendo holgadamente de su cuerpo, hasta ser éste una mera sombra de lo que fue. Él se había convertido en una caricatura de sí mismo.

Tony sintió paz, como cuando estuvo en presencia de la niña.

—¿Así que todos los vigilantes de las murallas responden a tus órdenes? —preguntó al hombre lastimosamente encogido.

Por un segundo pareció que el Tony apocado se pondría a discutir, pero solo se alzó de hombros, en aceptación pasiva.

—¡Bien! —declaró Tony—. Hazme entonces el favor de retirarte, y de llevarte contigo a tus embusteros seguidores.

La docena de criaturas de raro aspecto que se habían sumado durante la confrontación a aquellas otras con las que antes se topó, miraron nerviosamente en dirección a Tony. La mayoría veía con odio y desprecio a su desdeñado líder, ya reducido a bulto gimiente. Y así como su jefe, también cada una de ellas había perdido su autoridad y poder. Aun Bravucón y Fanfarrón eran endebles representaciones de su antiguo ser, lo que no le hacía mucha gracia a nadie.

Aquella diversidad de engendros se encaminó a la brecha más próxima en la fachada de piedra, grupo de murmurantes y descontentos que se aborrecían entre sí. Mientras la Abuela y él los seguían, Tony pudo ver en sus espaldas un contorno de oscura luz que los unía. A lo largo de la corta marcha, uno jalaba ocasionalmente un brazo, haciendo que otro tropezara, para regocijo enorme de la horda.

Tony advirtió que la serpenteante vereda continuaba por un laberinto de rocas caídas y se metía al oscuro bosque más allá de las murallas aún en pie.

—¿Adónde van? —preguntó a la Abuela, murmurando.

—A ningún lugar que sea de tu incumbencia, Tony. Los escoltan.

—¿Los escoltan? —trató de averiguar, sorprendido—. Pero si no veo a nadie.

—Que no veas nada no quiere decir que no esté ahí.

La Abuela rio.

—¡*Touché*! —repuso Tony, sonriendo a su vez.

Ambos se detuvieron cerca de las murallas, viendo al apagado batallón desaparecer en el sendero, tras la primera hilera de pinos.

La Abuela posó una mano en el hombro de Tony.

—Peleaste bien, hijo. Pero aunque éstos hayan sido derrotados, no bajes la guardia; su eco permanece paredes adentro de tu corazón y tu mente. Vendrán a atormentarte si se lo permites.

Tony sintió que su contacto con ella le transmitía energía, y entendió la advertencia.

—¿Por qué las murallas siguen ahí? Si los vigilantes se fueron, ¿no deberían desaparecer también éstas? ¿Por qué no las derrumbas?

Echaron a andar de vuelta hacia el descuidado conjunto de construcciones abandonadas.

—Tú las construiste —empezó a decir la Abuela—, así que no las derribaremos sin tu participación. En la prisa por echar abajo paredes, uno puede hacer que caigan sobre quienes ama. La libertad podría tornarse así en una nueva justificación de indiferencia e impiedad por la esclavitud de otros. Las rosas tienen espinas.

—No entiendo. ¿Por qué las tienen?

—Para que las toques con cuidado y delicadeza.

Él comprendió.

—¿Algún día caerán las murallas?

—Por supuesto, pero la Creación no se hizo en un día, Anthony. Y tampoco esas murallas se erigieron de la noche a la mañana. Construirlas fue cuestión de tiempo, y derribarlas supondrá también tiempo y diligencia. Lo bueno es que sin la ayuda de todos esos «amigos» que acabas de expulsar de tu propiedad, te será más difícil mantenerlas en pie.

—¿Me será? —preguntó él, intrigado—. ¿Por qué querría yo mantenerlas en pie?

—Las construiste para estar a salvo, o al menos para tener una ilusión de seguridad. Éstas sustituyeron tu confianza. Ahora empiezas a comprender que la confianza es una ardua jornada.

—¿Entonces yo necesitaba esos muros?

—Cuando crees ser el único en quien se puede confiar, sí, necesitas esos muros. Las medidas de protección, destinadas a alejar el mal, a menudo nos cercan. Lo que al principio te mantuvo a salvo, al final te puede destruir.

—Pero, ¿acaso no necesito murallas? ¿No son buenas?

Sintió que alguien lo abrazaba desde atrás.

—Necesitas límites —dijo Jesús—, no murallas. Las murallas dividen, los límites honran.

Tony se permitió relajarse en ese cálido abrazo en tanto sus lágrimas reaparecían de modo inesperado, derramándose en el suelo.

—Aun en nuestra creación material —continuó Jesús—, los límites marcan los lugares más hermosos, entre el mar y la playa, las montañas y los valles, donde el cañón se encuentra con el río. Te enseñaremos a disfrutar con nosotros de los límites mientras aprendes a confiarnos tu seguridad y protección. Un día ya no necesitarás murallas.

Mientras Jesús hablaba, Tony sintió que más paredes interiores se desmoronaban. No desaparecían, pero sufrían el tangible impacto de la certeza interior de que a él se le aceptaba por completo, con todos sus defectos y derrotas, todo su condicionamiento y orgullo. ¿Era esto el amor? ¿Esto era ser amado?

La Abuela habló:

—Bueno, *El que Llora Demasiado*, aún tienes muchas cosas que hacer, y se acerca de nuevo el momento de tu partida.

Jesús sacó un pañuelo rojo para la nariz y lágrimas de Tony, y después se puso a sacudirle la ropa.

Llegaron al agregado de estructuras sueltas, tan reciente habitación de impostores. Con curiosidad por su hechura, Tony tocó el edificio más cercano. Parecía sólido y resistente, pero bastó un golpe suave para que el edificio se desplomara, convertido en una pila de escombros y polvo.

—Solo fachadas —dijo él en voz alta, para sí—. Mentiras sin sustancia.

La Abuela se apartó, radiante.

—Es bueno oír cambios en tu voz —le dijo.

—¿Qué quieres decir? —preguntó Tony.

—Conforme el alma de una persona se cura, su voz cambia, y cualquiera con oídos para oír puede notarlo.

—Mmm... —musitó Tony. Nunca se le había ocurrido eso, pero era lógico.

—Tengo algo para ti, Tony —dijo Jesús, interrumpiendo sus pensamientos—. Pronto te hará falta.

Le extendió un llavero enorme, con docenas de piezas de diferentes formas, tamaños y texturas.

—¿Qué son? —averiguó Tony.

—Llaves —gruñó la Abuela.

Tony sonrió.

—Sí, ya sé que son llaves, pero ¿para qué son?

—Para abrir cerrojos —rezongó ella.

Él entendió que esto la divertía.

—¿Qué cerrojos?

—De puertas.

—¿Cuáles puertas?

—De todo tipo. Tantas llaves cuantas puertas.

—Me rindo —dijo Tony, riendo y volviéndose a Jesús—. ¿Qué quieres que haga?

—Escoge una. La que elijas será importante en algún momento.

Tony vaciló.

—¿Quieres que elija solo una? ¿Y si escojo la equivocada?

—La que escojas será la correcta, Tony —lo alentó Jesús.

—Pero... —Tony se ofuscó—. ¿Por qué no decides por mí? Eres divino y todo, así que sabrás hacerlo mejor que yo.

Jesús sonrió, y las arrugas de sus ojos añadieron fulgor a su mirada.

—Esto es cosa de participación, Tony, no de mover títeres.

—¿Me confías entonces esta decisión?

—¡Por supuesto que sí!

Ambos asintieron con la cabeza.

Tony se tomó tiempo para revisar el llavero, considerando atentamente cada pieza hasta decidirse por una llave maestra.

Parecía antigua, de una época remota, como perteneciente a una vieja puerta de roble de un castillo medieval europeo.

—Buena decisión —aseguró la Abuela—. Bien hecho.

De una bolsa sacó una cuerda de luz azul y deslizó la llave en ella. Después la colgó del cuello de Tony, la metió bajo su camisa, lo miró a los ojos y dijo:

—¡Ahora vete!

14

Frente a frente

*Lo que está atrás nuestro y lo que está frente a nosotros
son minucias en comparación con lo que está
dentro de nosotros.*
— Ralph Waldo Emerson

—¿Maggie?

—¡Vaya!, qué bueno que andas por acá. ¿Dónde has estado, por cierto? No importa, sigo sin quererlo saber.

—No me creerías si tratara de explicártelo. En este momento nada en mi vida tiene mucho sentido; y sin embargo, misteriosamente, lo tiene. —Tony hizo una pausa para asomarse por los ojos de ella—. Veo que vamos al hospital.

Estaban en Terwilliger, junto a los miradores que dan al río Willamette. Tras tomar a la derecha por Southwest Canyon, subieron hacia lo que Tony siempre había considerado una Legolandia para chicos listos, una vasta serie de edificios donde vivían algunas de las mentes más brillantes de la medicina y aspirantes a serlo.

Mientras se acercaban al estacionamiento de Canyon, Maggie preguntó al fin:

—¿Por qué estamos haciendo esto, Tony? ¿Por qué vienes a verte en coma?

—No lo sé —evadió—, es solo una de esas cosas que debo hacer.

—Hmmm —reprochó Maggie—. No me hace falta leer el lenguaje corporal para saber que alguien no me está diciendo la verdad, al menos no toda la verdad, del tipo *Que Dios te castigue si no dices la verdad*. Bueno, de todas formas espero que valga la pena.

Tony no dijo nada y ella lo dejó pasar. Fue él quien rompió el silencio:

—¿Puedo hacerte una pregunta de orden médico, Maggie?

—¡Claro! A ver si te la puedo contestar...

—¿Los muertos sangran?

—Pregunta fácil, y la respuesta es no. Para sangrar, debes tener un corazón palpitante. ¿Por qué lo preguntas?

—Por mera curiosidad —contestó Tony—. Fue algo que alguien me dijo hace tiempo. Parece obvio ahora que lo respondiste.

—Nada es obvio si no lo sabes —replicó Maggie al tiempo que acomodaba su auto en un cajón del estacionamiento. Sacó una credencial de la guantera y la metió en su bolsa.

—¿Qué, no tienes tu propio lugar para estacionarte? —preguntó Tony en son de broma.

—No, existe una lista de espera para eso. Hay quienes tardan años en recibirlo, así que no me hago ilusiones.

—¡Y yo que creí que las enfermeras estaban para protegernos de los médicos...! —dijo él, riendo para sí.

Maggie bajó del auto y se encaminó a la construcción más próxima, una inmensa estructura blanca parecida a un edificio de departamentos y que a través de un paso a desnivel comunicaba con el hospital principal, de color oscuro.

Al pasar por el monumento de la Llama Eterna y una señal que apuntaba a Doernbecher, Tony preguntó:

—¿Por qué seguimos este camino?

—Porque voy a hacer una escala para visitar a Lindsay —respondió ella entre dientes.

Él no era tan tonto como para ponerse a discutir. Maggie era su protectora.

Dos estatuas custodiaban la puerta principal del Hospital Infantil Doernbecher, una de un perro en el acto de balancear unas piedras y otra que parecía constar de un gato y un mono posados en la cabeza de una cabra, un toque de humor en el acceso del que bien podía ser un lugar sombrío.

—Lo creas o no, Tony —murmuró Maggie—, y por terribles que sean las experiencias que se viven aquí, éste es uno de los lugares más estimulantes y maravillosos donde yo haya trabajado nunca. El mejor trabajo que he tenido.

—Te lo creo —comentó Tony.

Le sorprendió ver lo aireado y espacioso que era el vestíbulo del hospital, limpio y bien iluminado, con casas de juguete para niños a la izquierda, y hasta con un Starbucks y su obligada fila de adictos sedientos.

Luego de subir a un elevador repleto, Maggie apretó el botón del décimo piso.

—Diez sur, Oncología Pediátrica —anunció a Tony antes de reparar en la impresión que esto causaría.

Miradas y sonrisas en su dirección y un silencio incómodo predominaron en el ascenso, con ocupantes deseosos de bajar lo más pronto posible.

Ellos descendieron en Caballito de Mar, así llamado porque todos los pisos y áreas tenían nombres de animales y otras criaturas. Habiendo pasado por terapia intermedia, sección no perteneciente a Oncología, entraron a Erizo de Mar, el área clínica, y luego a Hematología/Oncología, Estrella de Mar. Justo antes de acceder a esta última, Maggie susurró:

—Esta gente es amiga. Pórtate bien.

—¡A la orden, mi capitán! —replicó Tony, y añadió, con otro acento—: ¡Gracias, Maggie!

—De nada —gruñó ella, abriendo la puerta de un empujón.

—¡Maggie!

—¡Hola, Misty!

Maggie caminó hasta la esquina de la recepción para echarse en brazos de una morena más alta que ella. Tuvo el cuidado de no besarla, como solía hacerlo. Las cosas eran ya bastante complicadas...

—¿Tienes guardia hoy?

—Nop, solo vine a ver cómo sigue Lindsay.

Otras empleadas, enfrascadas en conversaciones, ocupadas en el teléfono o haciendo algo más, también saludaron a Maggie, agitando la mano, sonriendo o inclinando la cabeza.

—Heidi te lo puede decir; acaba de estar con ella hace unos minutos. Yo he estado muy atareada con los ires y venires de siempre. ¡Ahí viene ella, por cierto!

Al volverse, Maggie recibió el abrazo de una rubia vivaz, de sonrisa fácil.

—Hola, Maggs, ¿viniste a ver a Lindsay?

Maggie asintió con la cabeza y Heidi continuó:

—Acaba de jugar un par de horas y se cansó mucho. No te sorprenda hallarla dormida en su cuarto. ¡Qué niña más adorable!, y muy valiente. Yo la enviaría a su casa si me dejaran.

—¡A mí me encantaría hacer lo mismo! —lanzó Maggie, y Tony pudo sentir el vuelco en su corazón—. Solo pasaré a verla un momento. En realidad voy a Neuro.

—¿Te pasa algo? —preguntó Heidi, alzando las cejas.

—¿Enferma, tú? —investigó Misty, un poco más allá.

—Na', solo tengo otro... amigo ahí. Es mi ronda de hoy.

—¡Pues te pillé en ella! —dijo Heidi—. Yo también debo volver a la mía —y le dio otro abrazo—. Muchas de nosotras estamos pidiendo por Lindsay, Maggie, solo para que lo sepas.

—¡Gracias, amiga! —exclamó Maggie—. Ése es el mejor regalo que pueden darnos ahora.

Tony no había dicho nada, absorto en las emociones y el cariñoso flujo de la conversación. Maggie sabía el camino, y poco después avanzaban por el corredor en dirección al cuarto número 9.

—Tus amigas son muy simpáticas —sugirió Tony—, ¡y guapas!

—¡Ja! —Maggie rio para sí—. Aquí hay gente de primera, pero no te confundas con esas dos. La Princesa Caramelo, o sea, Misty, es el perro guardián de este piso, y si intentas pasar resfriado por su eficiente filtro de aire, te cortará la cabeza y hará que la dejes en la recepción, para que no contamines a nadie. Tampoco juegues con la Camarera; en su caso, el énfasis de «rubia explosiva» está en «explosiva». —Rio entre dientes de nuevo antes de añadir—: Y cuando te recuperes, Tony, ¡ni se te ocurra querer andar con mis amigas! Ya te *googleé*. Tu reputación con las mujeres no es muy halagadora que digamos.

Maggie abrió la puerta al llegar, sin hacer ruido, y entró sigilosa. Una niña frágil dormía profundamente en una cama elevada en su parte superior, y su cabeza calva no hacía sino acentuar un aura de belleza e inocencia infantil. Rodeaba con su brazo un dinosaurio de peluche, un estegosaurio a juzgar por las puntiagudas protuberancias del lomo. Parcialmente cubierta por una cobija, una larguirucha pierna adolescente colgaba de la orilla más próxima. Su respiración suave y delicada, aunque trabajosa, dotaba de ritmo a la habitación.

Esto fue casi demasiado para Tony. No se había acercado a un cuarto de hospital infantil desde… hacía muchos años. Sintió ganas de huir, pero se contuvo. A sus emociones se sumó entonces el cariño hondo y apasionado de Maggie por esta adolescente, el cual se unió a la batalla en su interior. Maggie se impuso a la larga. Como si su compasión lo hubiera tomado del brazo para que no se marchara, él se volvió. Escuchó. Aspiró. Todo era espantosamente familiar.

—No es justo —dijo en un murmullo, aunque solo Maggie podía oírlo.

—Cierto —susurró ella a su vez, como para no despertar a la niña que dormía.

Aunque Tony dudaba en hacer más preguntas (a sabiendas de que, entre más información, más personal es el vínculo, lo cual podía producir un conflicto de interés), de todas maneras indagó:

—¿Qué me dijiste que le diagnosticaron?

—LMA, leucemia mielógena aguda.

—Eso es tratable, ¿no? —preguntó esperanzado.

—Casi todo lo es; el problema es que ella dio positivo en el cromosoma de Filadelfia, y eso vuelve todo mucho más incierto.

—¿Cromosoma de Filadelfia? ¿Qué es eso?

—Es cuando una parte de un cromosoma se vuelve parte de otro. A ver si te lo puedo explicar de esta manera: Lindsay está durmiendo aquí, en el cuarto 9, y el cromosoma de Filadelfia implica al cromosoma 9. Entonces, es como si un montón de muebles sacados del cuarto 22 se apretaran en el 9 y solo algunas cosas del cromosoma 9 se pusieran en el cuarto 22, y nada de esto termina en el lugar que le corresponde. Y he aquí una ironía: si Lindsay tuviera síndrome de Down, como Cabby, tendría más posibilidades de sanar. Hay cosas en la vida que sencillamente no tienen sentido. Entre más las observas, menos sentido tienen.

—¿Pronóstico? —preguntó él al fin, sin saber si de veras quería oír la respuesta. El conocimiento tiene su carga propia, pero quizá compartirla puede hacerla más ligera para todos.

—Con trasplante de médula ósea, quimio y esas cosas, cerca del 50 por ciento, aunque el asunto de Filadelfia reduce mucho las probabilidades de recuperación. Además, el padre de Lindsay era mestizo, lo que dificulta más todavía una compatibilidad, y no lo encuentran por ningún lado. Piensan buscar un trasplante de sangre del cordón umbilical, pero esto conlleva otros riesgos. En conclusión, se necesita un milagro.

Permanecieron en silencio, Maggie contemplando a la niña como si fuera suya y rezando, Tony luchando con su dilema. En este hospital había muchas Lindsays, cada cual el eje de la vida de alguien. ¿Cómo podía él curar a solo una de ellas? ¿No era mejor que se curara a sí mismo? Tenía contactos y acceso a recursos que podían influir en muchas vidas, no solo en una. ¡Cuántas cosas habían cambiado ya para él, en él! ¿La Abuela se enojaría si él decidía a su favor? Entendería…

Pero esto era un estira y afloja. Tony estaba a punto de contener su decadente resolución cuando miró a esta personita humana, una vida de experiencias futuras truncadas por una reyerta dentro de su cuerpo. Es indudable que Tony lo habría hecho por su hijo, pero… ella no era su hija.

—¿Podemos irnos? —preguntó, en voz baja.

—Sí.

La voz de Maggie dejó ver cansancio y resignación. Se paró, se acercó a la niña y le puso delicadamente las manos sobre la cabeza.

—Señor Jesús, no puedo poner remedio a mi amor, así que te pido un milagro otra vez. ¡Cúrala, te lo ruego! Pero aun si decides curarla llevándotela, confío en ti.

Se inclinó para besarla.

—¡No! —la alertó Tony, y Maggie se detuvo.

Viró entonces, y acarició con su mejilla, ligera como pluma, la hermosa cabeza calva de Lindsay.

❦ ∘ ⳩ ∘ ❦

Al salir de Hematología/Oncología enfilaron hacia el elevador que los bajaría al noveno piso, el cual comunicaba entre sí los diferentes complejos del OHSU, Doernbecher y Centro Médico de Portland para veteranos de guerra. Desde el paso a desnivel, vieron la estructura de telaraña del tranvía que diariamente transportaba a empleados, pacientes y visitantes por Macadam Avenue, junto al río.

Al entrar al complejo del OHSU, Maggie se encaminó directamente a los elevadores y apretó el botón de descenso.

—Gracias, Tony —masculló, con voz apenas audible, pero clara y nítida para él—. Tenía que verla hoy.

—No hay nada que agradecer —repuso él—. Ella es preciosa.

—¡Como no tienes una idea! —dijo Maggie. Y estaba en lo cierto, pese a que, la verdad, él sí la tenía.

Bajaron en el séptimo piso, pasaron por terapia intensiva de Traumatología, atravesaron la sala de espera, recorrieron otro pasillo y tomaron a la izquierda, hacia terapia intensiva de

Neurociencias, pasando por terapia intermedia. Maggie tomó el teléfono para informar a la recepcionista, al otro lado de la puerta, que deseaba visitar a Anthony Spencer. La puerta se abrió y ella se acercó a la empleada.

—Me llamo Maggie Saunders y vengo a visitar a Anthony Spencer.

—¿No nos hemos visto en otra parte? —preguntó la joven, sonriendo—. Usted me parece conocida.

—Tal vez me hayas visto en otro edificio. Trabajo en Hematología/Oncología de Doernbecher.

—Sí, eso ha de ser —dijo ella, asintiendo con la cabeza y revisando la pantalla de su computadora—. Veamos, Maggie Saunders; síp, aquí está. Usted no es de la familia, ¿verdad?

—¿Cómo lo adivinaste? —ambas sonrieron—. Pero conozco muy bien al paciente —y estuvo a punto de añadir: *Desde que está en coma*, pero no lo hizo—. Su hermano me incluyó en la lista.

—¿Jacob Spencer?

Maggie asintió, de manera que la recepcionista continuó:

—Sabe que solo pueden pasar dos personas, ¿verdad?

—¡Claro! —respondió Maggie—. Pero parece que no hay fila para entrar… —le salió un poquito lo sarcástica, pero es que estaba demasiado nerviosa.

La empleada volvió a consultar la pantalla.

—Usted es la cuarta en la lista —dijo, sonriendo de nuevo.

—¿La cuarta? —interpuso Tony, asombrado—. ¿Quiénes son las demás?

—Las demás sí han de ser de la familia —sugirió Maggie.

—Sí: Jacob Spencer, Loree Spencer, Angela Spencer y usted, aunque en este momento el paciente está solo. Está en el cuarto 17, si gusta usted pasar.

—Gracias —dijo Maggie, serenada, y se dio la vuelta para marcharse.

—¡Qué caray! —exclamó Tony, sus pensamientos en torbellino.

—¡Silencio! —dijo Maggie para sí—. Hablaremos de esto en un minuto.

Entraron a un cuarto bien iluminado en cuyo centro un hombre en una cama estaba conectado a un sinfín de aparatos. El zumbido de un ventilador marcaba rítmicamente su respiración. Maggie se acomodó en un punto en que Tony pudiera verse claramente.

—¡Me veo terrible! —soltó él.

—Bueno, estás casi muerto —replicó Maggie, examinando los aparatos—. Y por lo que se puede ver, tampoco hay mucha actividad en la azotea.

Tony la ignoró, sus pensamientos todavía en remolino.

—¡No puedo creer que mi ex y Angela estén aquí!

—¿La Loree de la lista es tu exesposa? ¿Cuánto tiempo estuvieron casados? ¿Y quién es Angela?

—Sí, Loree es mi exesposa. Vive en la costa este, y nuestra hija, Angela, vive cerca, sobre todo para estar lejos de mí, creo; y cuánto tiempo estuvimos casados... bueno, ¿cuál vez?

—¿Cómo que «cuál vez»? ¿Estuviste casado con ella más de una? —Maggie no podía creerlo, y se llevó una mano a la boca para contener la risa—. ¿Por qué nunca me habías contado nada de esto? —preguntó, sin descubrir la boca.

—Bueno... —comenzó diciendo Tony, pero vaciló, sin saber cómo contestar para no producir una nueva ráfaga de interrogaciones—. Es cierto. Me casé dos veces, ambas con la misma mujer, y me avergüenza el modo en que la traté... Esto no es precisamente algo de lo que me agrade hablar.

—¿Y Angela? ¿Tu hija?

—Fui un padre terrible. La presencia física de un hombre en la casa no contradice su ausencia. Yo huí, en un sentido u otro, de su vida.

—¿Ella lo sabe?

—¿Qué cosa?

—Tu ex. ¿Sabe que te sientes mal?

—Lo dudo. Jamás se lo dije. Yo no comprendía todo lo

que había hecho y el absoluto imbécil que… Ya sabes… Y además, había que soportar un poco mi menos que admirable carácter… Perdón por eso, a propósito…

—Tony —repuso ella—, nunca he conocido a alguien *totalmente* malo. Muy malo, sí, pero nunca por completo. Todos fuimos niños una vez, y eso me hace tener esperanzas en la gente. Las personas terminan llevando a la mesa lo que tienen, y hacen lo que hacen por alguna razón, aun si ni siquiera ellas mismas la saben. A veces descubrirlo es muy tardado, pero siempre existe una razón.

—Sí, yo estoy descubriendo algo de eso ahora —dijo Tony.

Maggie tuvo la gentileza de no insistir, y cada quien dedicó unos instantes a observar y escuchar, perdido en sus propios pensamientos.

Maggie rompió el silencio:

—Entonces… ¿la visita de ellas es una sorpresa?

—¡Todo es una sorpresa! —expresó él—. Me imagino que a ti también te gustan las sorpresas…

—¡Oye, no invoques a las sorpresas! Te recuerdan que no eres Dios.

—¡Eso sí que es gracioso! —replicó Tony—. Recuérdame que alguna vez te cuente de una conversación que tuve… No importa.

Ella esperó.

—Sí, hasta que Clarence nos lo dijo, yo no tenía idea de que Jake estuviera en esta parte del país. Lo último que supe de él fue que estaba en algún lugar de Colorado. Loree y Angela me odian a muerte, así que el hecho de que estén aquí no tiene sentido, a menos que —hizo una pausa, pensando en otra opción— crean que me estoy muriendo y estén aquí para ver qué les toca en el testamento.

—Eso es bastante rudo y algo paranoico, ¿no crees? ¿No puede ser que estén aquí simple y sencillamente porque les importas?

Silencio. Él no había considerado esta posibilidad.

—¿Tony? ¡No me dejes aquí!

La conversación había llevado a Tony por un camino mental completamente oscurecido por los acontecimientos de los últimos días, y estaba aturdido.

—¡Oh, no! —exclamó, casi con pánico en la voz.

—¡Cállate! —había hablado tan fuerte que Maggie temió que otros lo hubieran oído—. ¿Qué pasa?

—¡Mi testamento! —si Tony hubiera podido ponerse a dar de vueltas por el cuarto, lo habría hecho—. Cambié mi testamento justo antes de todo este asunto del coma, y hasta ahora se me había olvidado por completo. ¡No puedo creerlo! ¿Qué hice?

Maggie percibió alarma en su acento.

—¡Cállate, Tony, tranquilízate! Cambiaste tu testamento y ya, ¿cuál es el problema? A fin de cuentas es tuyo.

—¡No entiendes, Maggie! Para entonces me había convertido ya en un absoluto idiota; estaba paranoico, creía que todos estaban en mi contra, había bebido demasiado y yo...

—¿Tú qué?

—¡Entiende, Maggie! No estaba en mi sano juicio.

—¿Y ahora sí lo estás? —preguntó ella, casi riendo por la ironía, aunque se controló en bien de Tony—. ¿Qué hiciste que te ha puesto a girar como torbellino?

—¡Se lo dejé todo a unos gatos!

—¡¿Que qué?!

Maggie no podía creer lo que acababa de oír.

—¡A unos gatos! —confesó Tony—. Hice un nuevo testamento, y se lo dejé todo a una institución de beneficencia para gatos. Me metí a Google, y ésa fue la primera que apareció.

—¿A unos gatos? —repitió Maggie, sacudiendo la cabeza—. ¿Pero por qué a unos gatos?

—Por razones absurdas. Siempre he sentido afinidad con los gatos; ya sabes, son expertos en manipular, y yo me identificaba con ellos. Pero la verdadera razón fue maldad pura. Loree los odia. Ésa iba a ser mi manera de mandar a todos al diablo desde mi tumba. Claro que no pensé que podría verlo jamás, pero creí que eso me permitiría morir satisfecho.

—A mí también me gustan los gatos, Tony, pero eso es lo más ridículo que haya oído, ¡y una de las cosas más mezquinas y crueles que pueda imaginar siquiera!

—Sí, ahora lo sé, créeme. Ya no soy como antes, pero... —lanzó un gemido—. ¡No lo puedo creer! ¿En qué desastre volví todo?

—Entonces, Tony... —empezó a decir Maggie, reduciendo su instinto a mera rabia contra este individuo—. ¿En realidad por qué estamos aquí hoy? ¿Por qué querías venir? No es solo para que vieras tu linda cara, ¿verdad?

Tony ya no sabía si quería curarse o no. No sabía si quería tener la capacidad de decidir que un enfermo viviera. ¿Quién era él para tomar una decisión de esa magnitud, aun en beneficio propio? Ahora que en verdad estaba ahí, se dio cuenta de que no había pensado en esto. Jesús y la Abuela le dijeron que podría sanar a quien quisiera, pero este don era complicado, y empezaba a parecer una maldición. Frente a frente con la decisión, se sintió perdido. Imágenes de televangelistas sanadores y charlatanes de feria en películas le vinieron a la mente. ¿Cómo se cura a alguien? No se le había ocurrido indagar.

—¡Tony! —reclamó Maggie.

—Perdón, Maggie, estoy tratando de entender algo. ¿Podrías ponerme una mano en la frente?

—¿En la frente? ¿Y qué tal si te beso y te mando de vuelta por donde llegaste? —lo amenazó ella.

—Tal vez me lo merezca, pero ¿harías eso, por favor?

Maggie alargó la mano sin titubear, la depositó en la frente de Tony y esperó.

—¡Jesús! —clamó él, sin saber qué hacer.

La decisión parecía obvia: tenía que vivir. Debía resolver algunas cosas, entre ellas, no la menor, su testamento.

—¿Eso fue una plegaria o una exclamación? —preguntó ella.

—Tal vez un poco de ambas cosas —admitió Tony. Decidió seguir el camino difícil y soltárselo todo a ella—. Estoy en un dilema, Maggie. He estado tratando de tomar una decisión, y no sé qué hacer.

—Mmm-hmm, cuéntame.

—Dios me dijo que podía curar a una persona, y vine aquí para curarme a mí. Pero ya no estoy seguro de que ésa sea la decisión co...

—¡¿Que qué?!

Maggie quitó la mano de su frente como si hubiera sufrido una picadura.

—Lo sé, lo sé —dijo Tony, intentando hallar palabras para explicarse.

En ese momento tocaron a la puerta, y una mujer con uniforme de hospital la abrió en silencio para asomarse. Revisó el entorno, como si hubiera supuesto encontrar más de un visitante. Aún impactada, Maggie mantenía la mano arriba de la cabeza de Tony, posición que no disipó precisamente la inquietud de la mujer.

—¿Está todo... —la enfermera hizo una pausa, alzando una ceja en señal de pregunta— bien?

Maggic bajó la mano lo más tranquila y naturalmente que pudo.

—¡Sí, claro! Todo está muy bien; todos estamos bien aquí. —Ofreció su mejor sonrisa a la enfermera y se alejó de la cama, lo que pareció aliviar un tanto la zozobra—. Nosotros... —hizo una pausa para carraspear—. Yo estoy aquí de visita con un buen amigo, y quizá usted me escuchó... este... rezando por él.

—¿Ahora somos *buenos* amigos? —inquirió Tony, sin poder evitarlo.

La enfermera examinó el cuarto por segunda ocasión, cerciorándose de que todo estuviera en su sitio; sonrió como diciendo *Lo siento por usted*, y asintió.

—Bueno, ¿va a tardar mucho todavía? Hay personas esperando, y quisiera decirles en cuánto tiempo pueden pasar.

—¡Ah! —proclamó Maggie—, ¡ya terminé!

—¡No, todavía no! —repuso Tony.

—Sí, ya terminamos —confirmó ella, y procedió a explicarse con la empleada—. Quiero decir, nosotros... Dios y yo, ya terminamos con lo que él me mandó a hacer aquí. ¡Pero se puede rezar en cualquier parte!, así que, si hay gente esperando, ¿por qué no salgo de aquí con usted para que los demás visitantes puedan pasar? Volveré en otra ocasión.

La empleada sostuvo la puerta un momento como para decidir qué hacer, pero al final consintió, abriéndola para dejar salir a Maggie.

Una vez afuera, ésta susurró:

—¡Perdóname, Señor, por usar el rezo para mentir!

—¿Señora?

Era la Enfermera Oídos de Águila, que caminaba en silencio a sus espaldas, aparentemente para mantener a todos a salvo de mujer tan extraña.

Maggie entornó los ojos y volteó para sonreírle otra vez a la enfermera.

—Rezaba... solo rezaba —señaló en un murmullo— es un hábito. Gracias por su ayuda, ya me marcho.

Se volvió y echó a andar en dirección a la entrada, donde la recepcionista platicaba con una pareja, una atractiva mujer de traje ajustado y un hombre con aspecto clásico del noroeste: pantalones vaqueros, camisa de lana y rompevientos. Maggie era el tema de conversación, pues señalaban hacia ella.

—¡No puedo creerlo! —exclamó Tony entonces, con nerviosismo evidente—. ¡Ésa es Loree, y Jake está junto a ella! Hace años que no veía a ninguno de los dos. ¿Qué vamos a hacer?

—¿Maggie? ¿Es usted Maggie? —era Jake, quien avanzó hasta ella para envolverla en un abrazo caluroso—. ¡Me da mucho gusto conocerla! —dijo, dando un paso atrás y sonriendo.

Era una sonrisa auténtica y cordial, y Maggie reaccionó de inmediato.

—¡Jake, qué placer conocerle! —volteó hacia la despampanante mujer que acababa de unirse a ellos—. Y usted debe ser Loree… Si Tony supiera que vino a visitarlo, ¡estoy segura de que se llevaría una enorme… y maravillosa sorpresa!

—Basta —rezongó Tony.

Loree tomó la mano de Maggie entre las suyas y la sacudió suavemente, como para transmitirle gratitud.

Tony percibió el instantáneo aprecio de Maggie por aquellos dos.

—¡Estoy condenado! —se quejó.

Maggie no le hizo caso.

—Bueno, ¡tal vez tenga razón en eso! En lo de la sorpresa… —Loree echó a reír, con cara brillante y vivaz—. En los últimos años, nuestras únicas conversaciones han sido a través de abogados, lo que al menos nos permitió mantener un diálogo cortés. Estoy segura de que Tony le ha contado a usted algunas historias de terror sobre mí.

—Fíjese que no —reveló Maggie—, él no es muy dado a hablar de su familia, ni de cosas personales. —Maggie se percató de que Jake miraba al suelo, y añadió rápidamente—: Sé que a últimas fechas intentaba cambiar. Me contó que ha sido una persona horrible, ahuyentando a todos, lo mal que ha tratado a la gente…

—¡Hasta ahí! —se entrometió Tony—, creo que ya captaron la idea.

Maggie continuó:

—Ahora que lo pienso, quizá el tumor cerebral fue responsable en parte de que él se comportara de forma tan absurda. Yo soy enfermera, y sé un poco de eso. Algo como lo que Tony tiene puede hacer cosas extrañas en el concepto de sí y los demás de una persona.

—Si eso fuera cierto —dijo Loree, con algo de tristeza en los rabillos de sus ojos—, entonces él sufrió ese tumor mucho tiempo. Pero creo que en realidad tuvo que ver con la pérdida de Gabriel.

—¿Gabriel? —preguntó Maggie.

Una mirada de alarma cruzó el rostro de Loree, seguida por una sombra de resignación.

—¿Tony no le contó de Gabe? Bueno, no debería sorprenderme. Ése era un tema que *nunca* se podía tocar.

—Lo siento —dijo Maggie, tomando a Loree del brazo—. No, no sé nada de Gabe; y si se trata de algo personal, por favor no se sienta obligada a contármelo.

—No, usted debe saberlo. Fue el periodo más difícil de mi vida, de nuestras vidas. Con el tiempo se ha convertido para mí en algo precioso, pero creo que para Tony fue un abismo del que jamás pudo salir.

Una lágrima rodó por su mejilla, que ella enjugó de inmediato.

—Gabe fue nuestro primer hijo, y era la luz de la vida de Tony. Empezó a quejarse de que le dolía el estómago, y a vomitar, así que un día después de que cumplió cinco años lo llevamos al doctor, quien decidió hacer una resonancia magnética, y le encontraron tumores en el hígado. Resultó ser un raro cáncer hepático, hepatoblastoma. Los tumores ya habían hecho metástasis, así que lo único que podíamos hacer era esperar y ver cómo iba consumiéndose nuestro hijo. Fue horrible, de veras; pero usted es enfermera, y sabe cómo son estas cosas.

—Lo sé, cariño —dijo Maggie, y la tomó en sus brazos—. Trabajo en oncología pediátrica, así que lo sé a la perfección. ¡Qué pena me da por usted!

Loree permaneció un momento así antes de retroceder y sacar de su bolsa un paquete de pañuelos desechables para secar sus ojos. Entonces prosiguió:

—Pero, bueno, creo que Tony se culpó de lo ocurrido, por absurdo que esto pueda parecer ahora. Y luego me culpó a mí. Gabriel nació pesando poco, lo cual creen que puede influir en esto, y resultó que era culpa mía; y después culpó a los doctores y a Dios, por supuesto. Yo también lo hice un tiempo, culpar a Dios. Pero más tarde descubrí que cuando culpas a Dios de todo lo malo, no te queda nada en qué confiar, y yo no podía vivir así.

—Sí —asintió Maggie, comprensivamente—. Yo también descubrí eso. No puedes confiar en alguien que no crees que te ame.

—Y luego —dijo Loree, respirando hondo—, nuestro divorcio fue espantoso, ¡dos en realidad!, pero, pese a todo, yo sigo recordando al hombre del que me enamoré, así que Angela y yo tomamos el primer vuelo para acá. Ha sido muy difícil para ella, como es de imaginar.

—¿Para Angela?

—Sí, su última conversación con su papá fue un duelo de gritos, y ella le dijo que ojalá se muriera. Fue una llamada telefónica en el último viaje de él al este, justo antes de su colapso nervioso. Ella está allá afuera, en la sala de espera; pero cuando llegamos, decidió que no quería ver a su papá todavía. Quizá después.

—¡Cuánto lo siento! —exclamó Maggie—. Si hay algo que pueda hacer por ustedes, no dude en avisarme. —Se volvió hacia Jake, quien escuchaba en silencio, un exterior rudo, por una vida difícil, cubriendo un corazón de oro—. Jake, usted tiene mi número, ¿no?

—No, pero me encantaría tenerlo. —Intercambiaron información rápidamente—. Yo vivo ahora en una casa a medio hacer hasta que pueda establecerme por completo. Llevo unos meses ahí, pero ya tengo un trabajo estable, y espero tener pronto mi propia casa. Loree me paga un teléfono para que se me pueda localizar fácilmente.

—Gracias, Jake. No sé mucho de su relación con su hermano, pero sí lo suficiente para saber que usted le importa.

Él mostró una amplia sonrisa.

—Gracias, Maggie; eso significa mucho para mí. Tony era el ganador, yo el perdedor, y por un tiempo la distancia entre nosotros no hizo más que aumentar. Volver ha sido un largo camino para mí, y no sabe usted las ganas que yo tenía… —lágrimas emergieron trabajosamente a la superficie, de donde pendieron un segundo para derramarse después a manos llenas— de que él supiera los grandes esfuerzos que yo hacía. ¡Creí que hasta podría sentirse orgulloso! —se secó los ojos al instante—. Perdón —dijo sonriendo—, esto me sucede mucho últimamente. Creo que es una señal de curación.

Maggie volvió a abrazarlo, aspirando un distante aroma a nicotina y colonia barata. No importaba. Este hombre tenía fortaleza.

—¿Maggie? —dijo Jake—. Debo preguntarle algo. Hemos hablado del asunto con los médicos y otras personas de aquí, ¿sabe usted si acaso Tony firmó un documento de no reanimación? Nos dijeron que no está en el archivo, así que no sabemos si él habrá dejado el formato en su oficina o algún otro lado.

—¿Una ONR? No sé —contestó Maggie, y añadió rápidamente—: Pero podría indagar si hay algo. Quizá haya un poder médico legal en alguna parte. A ver qué logro encontrar y le aviso, ¿le parece?

—Sí, perfecto. Nos dicen que él no se ve muy bien…

—Bueno, entren y véanlo ustedes mismos. Todos podemos seguir pidiendo un milagro hasta que deba tomarse una decisión.

Loree y Jake le dieron las gracias y marcharon en dirección al cuarto de Tony en la unidad de terapia intensiva.

—¿Tienes algo qué decir? —preguntó Maggie para sí.

—No.

La voz era ronca y quebrada, y Maggie prefirió no insistir.

Al llegar a la sala de espera, ella se detuvo a examinar a la gente, ocupada en conversaciones o leyendo revistas.

—Ahí está —dijo Tony, muy apagado todavía—, la morena guapa de la esquina, la que está texteando. Yo quería hacer bien las cosas, pero por lo general estaba borracho al llegar el momento, y nunca cumplí. Ahora no sé qué decirles —se le volvió a quebrar la voz—, ni a ella ni a nadie.

—Entonces estate quieto y escucha, Tony.

Maggie se acercó a la esquina donde una joven impresionante, pese a sus ojos enrojecidos, movía velozmente los dedos sobre un teléfono. La chica alzó la mirada, ladeó la cabeza y preguntó:

—¿Sí?

—Hola, me llamo Maggie Saunders y soy enfermera aquí en el OHSU. Usted es Angela Spencer, ¿verdad?

La joven asintió con la cabeza.

—Bueno, señorita Spencer, no solo trabajo aquí, sino que además conozco personalmente a su padre.

—¿De veras? —Angela se incorporó y metió el teléfono en su bolsa—. ¿Cómo es que conoce a mi papá?

Maggie no estaba preparada para esto.

—Bueno, nos conocimos en una iglesia.

—¿Cómo? —Angela lanzó hacia atrás la cabeza de la sorpresa—. ¿Mi papá? ¿Conoció a mi papá en una iglesia? ¿Está segura de que hablamos de la misma persona?

—Sí, su papá es Anthony Spencer, ¿no?

—Sí, pero… —dijo, echando un vistazo a Maggie—. Usted no me parece de su tipo.

Maggie soltó una carcajada.

—¿Se refiere a que sea esbelta y menuda y sepa cuál es mi lugar?

Angela sonrió.

—No, perdón, solo quise decir… que usted me tomó por sorpresa.

Maggie rio entre dientes y se sentó junto a ella.

—Debe saber que su padre y yo no somos pareja, solo amigos que, hace un tiempo, toparon uno con otro en una iglesia.

—¡Sigo sin poder creer que mi papá haya ido alguna vez a una iglesia! Él tiene una historia más bien irresuelta con los lugares religiosos.

—Bueno, quizá por eso simpatizamos, yo también tengo un poco de lo mismo. Eso no significa que ahí no haya vida y valor verdaderos, pero esto a veces se pierde un poco detrás de todo el orden y la política y la seguridad en el empleo y esas cosas.

—Sé a qué se refiere —dijo Angela.

—Señorita Spencer… —comenzó Maggie.

—Llámeme Angela, por favor —repuso la otra, sonriendo.

—Y yo soy Maggie, mucho gusto en conocerte. —Se estrecharon la mano como si acabaran de ser formalmente presentadas—. Platicando con tu mamá, me dijo que tu papá y tú están algo distanciados.

Angela bajó la mirada, haciendo un esfuerzo por controlar sus emociones. Volteó y vio a Maggie a los ojos.

—¿Te contó lo que le dije la última vez que hablamos? ¡Le grité! Le dije que ojalá se muriera, y días después supimos que estaba en coma y podía morir, y ya no puedo decirle cuánto lo siento y…

Maggie le puso una mano en el hombro y le tendió un pañuelo desechable extraído de su bolsa, que Angela aceptó agradecida.

—Escúchame, Angela. Esto no fue culpa tuya. Tal vez no haga falta que te lo diga, pero quería que lo oyeras. Todo depende de las circunstancias, y no tenemos ningún control sobre ellas. Aun así, todavía puedes hablar con tu papá.

Angela alzó la mirada de nuevo.

—¿Qué quieres decir?

—Soy enfermera y he visto infinidad de cosas, entre ellas personas en coma que sé que estaban al tanto de lo que pasaba. Aún puedes decirle a tu papá lo que quieras, y creo que él te va a oír.

—¿De veras lo crees?

Había un brillo de esperanza en sus ojos.

—¡Claro! —contestó Maggie enfáticamente—. Y si quieres que alguien te acompañe, acabo de darle a Jake mis datos. Llámame, y vendré a la hora que sea, de día o de noche.

—¡Gracias, Maggie! —las lágrimas de Angela fluyeron libremente—. Ni siquiera te conozco, pero te agradezco mucho que hayas estado aquí en este momento. Necesitaba oír eso. Temía que…

Maggie la envolvió en sus brazos y, dentro de ella, Tony lloró, apretando la cara contra la ventana de luz por la que veía sin ser visto, tratando de alcanzar a su hija ahogada en llanto, tan cerca pero tan lejos. Lloró por todas las pérdidas de las que ni siquiera podía hablar, por todo el daño que había hecho. El remordimiento era agobiante, pero él lo aceptó.

—Perdóname.

Sus palabras hallaron voz apenas, y se fue.

15

NAOS

Nuestros corazones de piedra se vuelven de carne
cuando sabemos dónde llora el desterrado.
— BRENNAN MANNING

Tony volvió a hallarse en el campamento junto al muro remoto donde acababa de librarse la batalla. Estaba de nuevo en el punto donde el camino se abría en dos direcciones: una a la izquierda, hacia el grupo de edificaciones que habían alojado sus mentiras internas; el otro a la derecha, en dirección a la construcción en forma de bloque que había sido llamado *templo*.

Se sentía exhausto, como si los sucesos y emociones que aún se agitaban en su derredor extrajeran de su cuerpo sus últimas energías. La palabra *perdóname* todavía permanecía en sus labios y resonaba en su corazón. Una sensación de soledad sopló como un viento caprichoso en su cara. Aquellos embusteros bien podían haber sido malas compañías, pero eran compañía al menos. Tal vez el verdadero cambio volvía más espacioso el corazón, generando una apertura que hacía posible una comunidad auténtica. En medio de todo ese vacío y pesar alentaba un suspiro de expectativa, una anticipación de algo por venir.

Pero ese lugar seguía ahí, por el camino de la derecha. Él podía distinguirlo a la distancia, como un bloque de granito empotrado en la pared. De no ser por sus aristas visiblemente talladas y trabajadas, habría podido tomársele por una roca inmensa caída de la edificación en lo alto.

¿Un templo? ¿Qué tenía él que ver con un templo? ¿Por qué este lugar tendría importancia? Sabía que se sentía atraído por él; casi podía oír el llamado de una promesa. Pero eso no era todo. En el tejido de la expectación había una hebra de miedo, de algo incorrecto, un desasosiego que parecía fijar sus pies en su sitio, sin soltarlos.

¿Podría ser ése el templo de Dios? ¿Del Padre Dios? Quizá no, supuso. La Abuela había dicho que Dios estaba fuera de las murallas, y esta estructura estaba paredes adentro. No podía imaginar que Dios quisiera vivir en un lugar así, sin siquiera ventanas ni puertas visibles por fuera.

Sabía que se enredaba, como si seguir haciendo preguntas supliera de modo razonable el experimentar lo que le aguardaba. Como diría la Abuela: *Ya era el momento.* Jesús y ella estaban ahí, sin duda, pero ahora él sabía que sus propias limitaciones le impedían verlos.

—Tengo algunas preguntas que hacerte —dijo, y sonrió para sí. Al parecer, orar era sencillamente como conversar en una relación.

Mientras tomaba el camino de la derecha, una pequeña lagartija se escabulló entre las rocas. Pronto resultó evidente que atravesaba el seco y antiguo lecho de un río. Alguna vez aguas profundas habían fluido por este sitio, y varias partes seguían siendo muy lodosas a causa de la humedad persistente bajo sus pies. El río habría pasado directamente por el templo, y chocado al fondo con las murallas. Cada paso era un poco más difícil que el anterior, pues la suave arena se prendía de sus botas. Los últimos cien metros fueron los más penosos, y respiraba con tanta dificultad que tuvo que hacer alto y agacharse para recuperar el aliento.

Pero el esfuerzo físico no era lo peor, sino la agitación emocional que acompañaba a cada paso. Todo en él clamaba por regresar. La expectación que había marcado el inicio de su marcha se disipó como vapor en el torbellino de polvo que se elevaba ahora sobre el lecho del río, para nublar su visión.

La tormenta ululaba cuando llegó por fin a la más cercana pared del templo. En su superficie buscó, desesperado, de dónde agarrarse contra esa imponente furia en ascenso, pero era lisa y resbalosa como el cristal, así que tuvo que dar la vuelta y pegarse al muro en busca de cobijo. Hasta donde alcanzaban la vista y la percepción, no había puerta ni entrada alguna. Estaba atrapado.

Solo estaba seguro de una cosa: debía estar ahí. Uno de los demonios había dicho que él rendía culto en ese lugar, que él mismo lo había construido. Si eso era cierto, entonces debía saber cómo entrar. Afirmándose contra la borrasca, se cubrió la cara con el brazo e intentó concentrarse, pese a la arena que punzaba. ¿En qué parte de su mundo interior podía haber un sitio como éste? ¡Un lugar de culto! ¿Qué era un lugar de culto? Debía ser algo que él había puesto en el centro de su vida. ¿Éxito? No, demasiado intangible. ¿Poder? Tampoco, ni satisfactorio ni esencial.

—¡Ayúdame, Jesús, por favor! —exhaló.

Como respuesta o no a su rezo, en ese instante tuvo una idea, como la quietud de la mañana al romper a lo lejos e irse extendiendo poco a poco; pero con esa claridad llegó también una desesperación cada vez más honda. En un momento supo qué era ese lugar, el peso voraz en el centro mismo de su existencia: un sepulcro, una sepultura, una tumba en honor a los muertos.

Alzó la cara y la apretó contra la pared, donde su dolor se derramó como un río desde su fuente más preciada y profunda. Acercó los labios a la piedra suave y fría, la besó y murmuró:

—¡Gabriel!

El rayo que cayó a su vera hizo añicos el muro como vidrio quebradizo, y dio con él en el suelo, pero la sacudida exhumó la entrada a un corredor, por cuya oscuridad se arrastró.

Dentro, la tempestad se evaporó más pronto que como había llegado. Tras pararse fácilmente, avanzó tentaleando una pared, y deslizando los pies con cautela por temor a un paso en falso y una caída. Un par de vueltas y una corta distancia después, se halló frente a una puerta. Tenía un pasador semejante al que había sentido días atrás, al llegar a la reja de entrada de su alma.

También esta puerta se abrió sin hacer ruido, y al entrar tuvo que desviar la mirada, hasta que sus ojos se adaptaron a la luz que inundaba el espacio.

Estaba en el pórtico de lo que aparentaba ser una pequeña catedral, de suntuosa construcción, adornada pero simple. Los rayos que alcanzaban a filtrarse hasta ahí atrapaban polvo y partículas a su paso, prendiéndoles fuego y dispersándoles como por efecto de una expiración. El aroma, sin embargo, chocaba con la magnificencia del lugar, un olor antiséptico y estéril.

No había sillas ni bancas, solo espacio vacío y un altar a lo lejos, bañado en tan brillante luz que no pudo distinguir sus detalles. Dio un paso y susurró:

—No estoy solo.

Estas palabras retumbaron en el piso y paredes de mármol.

—No estoy solo —dijo en voz alta esta vez, y echó a andar hacia el resplandor.

De pronto vio movimiento dentro de la luz y se paralizó, preso en el terror de la expectación.

—¿Gabriel?

No podía creer a sus ojos. Lo que más había temido y anhelado en el mundo apareció en ese momento frente a él: no un altar, sino una cama de hospital, rodeada de luces y equipo, y ante sí estaba Gabriel, su hijo, de cinco años de edad. Corrió hacia la figura.

—¡Alto! —ordenó el niño, con una nota de súplica que resonó en el templo—. Papá, tienes que detenerte.

Tony lo hizo, a tres metros de su hijo, que lucía justo como él lo recordaba. Su memoria se había congelado en un hijo sano y vigoroso, en el amanecer de la aventura de la vida, ahora a unos pasos de él y atado con tubos a una cama y máquinas de cuidados infantiles.

—¿Eres tú? ¿De veras eres tú, Gabriel? —preguntó, implorando casi.

—Sí, papá, soy yo; pero me ves como me recuerdas. Tienes que detenerte.

Tony estaba confundido. Tuvo que hacer un esfuerzo enorme para no apresurarse a envolver a su hijo entre sus brazos. Estaba a apenas unos metros de distancia, ¿y Gabe le decía que se detuviera? No tenía sentido. El pánico comenzó a aumentar, como una crecida en ascenso.

—Gabriel, no puedo perderte otra vez. ¡No puedo!

—No estoy perdido, papá. El que está perdido eres tú, no yo.

—¡No! —gimió Tony—. ¡Eso no puede ser verdad! Yo te tenía. Te tenía en mis brazos, y te cargué, y tú te desvaneciste sin que yo pudiera hacer nada, ¡y no sabes cuánto lo siento! —cayó de rodillas, sepultando la cara en sus manos—. Tal vez —comenzó, elevando la mirada— te pueda curar. Tal vez Dios pueda hacerme retroceder en el tiempo y yo pueda curarte…

—No, papá.

—¿Es que no lo ves, Gabriel? ¡Gabe, si Dios puede sacarme del tiempo y hacer que vuelva a ti, y yo pudiera curarte, mi vida no sería una desgracia…!

—Papá.

El tono de Gabriel era afable pero firme.

—Y no habría lastimado tanto a tu mamá, ni habría sido tan duro con tu hermana, si tú…

—Papi.

La voz era más fuerte.

—Si tú no hubieras… muerto. ¿Por qué tenías que morir? ¡Eras tan pequeño y tan débil, y yo traté de hacer cuanto podía! Le dije a Dios que me llevara en tu lugar, Gabriel, ¡pero no lo hizo! Yo no valía tanto para él. ¡Cuánto lo siento, hijo!

—¡Papá, alto! —ordenó Gabriel.

Tony volteó, y vio lágrimas rodar en el rostro de su hijo, una mirada de amor pleno por él claramente grabada en sus facciones.

—Papá, por favor, tienes que detenerte —murmuró su hijo—. Debes dejar de culparte, de culpar a mamá, de culpar a Dios, de culpar al mundo. Tienes que dejarme ir, por favor. Durante años me has mantenido contigo dentro de estas paredes, y ya es momento de que nos marchemos.

—Pero Gabriel, ¡no sé cómo! —el lamento provino de lo más hondo, y fue el grito más sincero de su corazón—. ¿Cómo puedo hacer eso? ¿Cómo puedo dejarte ir? No quiero, no...

—Escucha, papá. —Ahora Gabriel cayó de rodillas, para poder ver a su padre a la cara—. Escucha, yo no existo aquí. Tú eres el que está aferrado a este lugar, y eso destroza mi corazón. Ya es hora de que te vayas, de que seas libre, de que te permitas sentir otra vez. Es bueno, ¿sabes?, que rías y disfrutes de la vida. Es bueno.

—¿Pero cómo puedo hacerlo sin ti, Gabriel? ¡No sé cómo soltarte!

—No te lo puedo explicar, papá, pero ya estás conmigo; estamos juntos. No estamos separados en la vida nueva. Tú estás aferrado a la parte fracturada del mundo, y es hora de que te liberes.

—Entonces, Gabriel —dijo Tony, suplicante—, ¿por qué estás aquí? ¿Cómo es que puedo verte?

—Porque le pedí a Papá Dios este don, papá. Le pedí que me concediera el don de venir a ayudarte a reunir tus piezas. Estoy aquí, papá, porque te quiero de todo corazón, y quiero que seas íntegro y libre.

—Ay, Gabriel, cuánto lamento causarte más dolor...

—Detente, papá, ¿no entiendes? Yo no lo lamento. Yo quería estar aquí. No se trata de mí, sino de ti.

—¿Qué debo hacer entonces?

Tony apenas si pudo pronunciar estas palabras.

—Salir de aquí, atravesar las paredes que tú mismo hiciste y no mirar atrás. Soltarte, papá. No te preocupes por mí. Estoy mejor de lo que te imaginas. Soy una melodía, también.

Oyendo esto, Tony rio y lloró a un tiempo.

—¿Te puedo decir —preguntó, luchando con las palabras— que realmente me da mucho gusto verte? ¿Está bien si te lo digo?

—Está bien, papi.

—¿Y también te puedo decir que te quiero y que te extraño tremendamente y que hay veces en las que lo único que puedo hacer es pensar en ti?

—Sí, eso también está bien, pero ahora es momento de que te despidas de mí. Es bueno que te despidas de mí, también. Es hora de que te vayas.

Tony se puso de pie, sin poder dejar de llorar.

—Hablas como la Abuela —dijo, riendo en espasmos.

Gabriel sonrió y replicó:

—Lo tomaré como un cumplido. —Sacudió la cabeza—. ¡Si supieras…! Todo está bien, papá. Yo estoy bien.

Tony se quedó viendo un minuto a su hijo de cinco años. Por fin respiró hondo y dijo:

—¡Adiós, hijo! ¡Te amo! ¡Adiós, mi Gabriel!

—¡Adiós, papá! ¡Nos veremos pronto!

Tony se alejó, aspiró profundamente y echó a andar hacia la pared, cerca de donde había entrado. A cada paso, el suelo se rajaba como piedra estrellando un cristal. No se atrevió a mirar atrás, seguro de que perdería su resolución. La barrera frente a él brilló, luego se hizo traslúcida y por último desapareció. Oyó un estruendo a sus espaldas y supo que era el templo que se venía abajo, que su alma se convulsionaba en transformación. Sus pasos eran ya firmes y seguros.

Alzó la mirada y vio una monstruosa pared de agua abalanzarse sobre él. Descollaba sobre su figura, y lo único que pudo fue enfrentarla y esperar a que lo llevara consigo. Hizo alto y abrió los brazos por entero. El río había regresado.

16

Una rebanada de pastel

Dios entra en cada individuo por una puerta privada.
— Ralph Waldo Emerson

——¿Maggie?

—¡Ay! —gritó ella, soltando una taza de harina junto al mueble de la cocina—. ¡No te me aparezcas así! ¿Sabes que llevas casi dos días de ausencia desde que me dejaste en el hospital con tu hija? ¡Y mira el tiradero que hiciste, casi matándome de un susto!

—¿Maggie?

—¿Qué?

—Me da una alegría enorme verte, de veras. ¿Te he dicho últimamente lo mucho que te aprecio? ¡Te estoy tan agradecido…!

—¿Te sientes bien, Tony? No sé de dónde vengas, pero pareces enfermo, ¿sabes?, fuera de tus cabales.

Él echó a reír de buena gana.

—Puede ser, puede ser; pero nunca había estado tan bien como ahora.

—Bueno, y solo para que lo sepas, los doctores podrían no estar de acuerdo contigo. No te encuentras nada bien. Tenemos que hablar… Voy a hacer este pay de manzana mientras resolvemos algunos problemitas. Han pasado muchas cosas en los dos días desde que te ausentaste sin permiso, y debemos hacer planes.

—¿Pay de manzana? ¡Me encanta el pay de manzana casero! ¿Qué celebramos?

Tony notó que Maggie hacía un esfuerzo por no sonreír a causa de las encontradas emociones en su interior.

—¡Ah, no me lo digas…! Es para tu policía, ¿no?

Ella agitó la mano y echó a reír.

—Síp, vendrá saliendo de trabajar, a comer un postrecito. Hemos hablado mucho por teléfono en tu ausencia. Le parezco —hizo ondular sus manos como una quinceañera— un tanto misteriosa. Así que si acabo besándolo, será por accidente, y al instante me habré olvidado de ti… ¡Es nada más un decir, hombre! Lo voy a evitar a toda costa, pero ya sabes cómo es esto.

—¡Fantástico! —dijo Tony, suspirando y preguntándose qué se sentiría ser una pelota de ping-pong rebotando de un alma a otra.

Maggie siguió hablando mientras desechaba la harina en el fregadero y reunía de todas partes los ingredientes de la receta de pay de manzana de su madre:

—Supe más de ti en veinte minutos en el hospital que durante todo el tiempo que estuviste en mi cabeza. Me enojé mucho contigo un largo rato, ¡mira que lastimar a tu familia de esa manera! Tu esposa, tu exesposa, es un encanto; y esa hija de los dos es fabulosa, y te sigue queriendo pese a todo, con tanta furia. Ay, Tony, ¡siento mucho lo de Gabriel, de veras…! —hizo una pausa—. ¿Y qué pasa con Jake y contigo? Ésta es una parte que aún sigo sin entender.

—¡Calma, Maggie! —la interrumpió Tony—. Responderé todas tus preguntas en algún momento, pero antes tenemos que hablar de otras cosas.

Maggie dejó lo que hacía y miró por la ventana.

—¿Te refieres a poder curar a alguien? Me dolió en el alma que me hayas hecho ir allá, Tony, viendo lo mucho que quiero a mi Lindsay, solo para que vaciaras después tus penas en mí…

—Perdóname, Maggie, por favor —rogó él—. Pero no sabía qué hacer, y pensé que, si yo sanaba, podría ayudar a mucha gente, y hasta reparar parte del daño que he causado. Sé que fue muy egoísta...

—¡Alto, Tony! —exclamó ella, levantando la mano—. La egoísta fui yo al pensar solo en mi aflicción, en lo que yo quería resolver. No hace mucho perdí a personas muy valiosas para mí, y no quisiera perder una más. Pero no tengo derecho a esperar que uses tu don curando a Lindsay. Me equivoqué, Tony, así que perdóname, por favor.

—¿Qué?, ¿que te perdone? —preguntó él, sorprendido y, curiosamente, también confortado por la disculpa.

—Sí, debemos ir al hospital y rezar por ti la oración de sanación antes de que esos aparatos se queden sin combustible, y hemos de hacerlo tarde o temprano. Como ya te dije, en los últimos días no te has dejado de hundir, y los médicos no creen que haya marcha atrás.

—He estado pensando mucho en este don de curación, Maggie...

—No lo dudo ni tantito, ¡pero no puedes dejar tu herencia a unos gatos! —cesó de batir con tenedor la pasta de su pay y tomó una cuchara de madera—. ¡A unos gatos! Ésa es una de las peores locuras que yo haya oído jamás. Una cebra todavía, o una ballena, o esas foquitas preciosas, pero ¿gatos? —sacudió la cabeza—. ¡Piedad, Señor, piedad! Andar regalando a unos gatos un dinero ganado con tanto esfuerzo...

—Sí, una verdadera tontería —aceptó Tony.

—Así que vamos a curarte para que puedas poner remedio a esa pequeña estupidez —dijo ella, sacudiendo su cuchara en dirección a la cortina.

—He estado pensando, Maggie...

—Tony, estás en todo tu derecho de curarte a ti mismo. Dios te dio ese don, y eso quiere decir que te lo confió por entero; y si tú decides que lo mejor es curarte, yo te apoyaré al cien por ciento. No es mi función andarle diciendo a la gente cómo vivir. Ya gasto demasiada energía en juzgarla... lo cual —continuó, volviendo a agitar su cuchara, cubierta esta vez de harina y mantequilla— trato de no hacer demasiado, pero es un proceso, lo sé, y confieso que a veces lo disfruto más de lo que debería. Me siento sublime, y como hay gente a la que no le vendría mal una crítica…, pero sucede que yo soy una de las que podrían mejorar. ¿Lo ves, Tony? ¡Todos somos un desastre, de una forma u otra! Pero ya acabó mi prédica. ¿Tú qué piensas?

—Que me haces sonreír, Maggie; eso es lo que pienso —respondió él.

—Bueno, esto me vuelve la mujer más dichosa del mundo —dijo ella, entre risas—. No, hablando en serio, tal vez sería la mujer más feliz del universo si Clarence me diera el anillo de compromiso… sin ofender a los presentes.

—Para nada. —Tony echó a reír—. Maggie, tengo una idea de cómo remediar esa tontería de los gatos, pero vamos a necesitar un poco de ayuda. Entre menos seamos, mejor; y estoy pensando en Jake porque no creo que tengamos otra alternativa, y en Clarence porque es policía y confirmará que hagamos todo bien.

—Tony, ¡me asustas! ¿Vamos a dar un golpe o algo así? Esas cosas nunca salen bien. Veo las películas.

—No es un golpe precisamente.

—¿No precisamente? ¡Eso no me hace sentir mejor! ¿Es algo ilegal?

—Buena pregunta. No lo sé, podría ser. Si todavía no estoy muerto, no creo que sea ilegal.

—¿Y quieres involucrar a mi Clarence en todo esto?

—Es la única forma de hacerlo, Maggie.

—¡No quiero mezclar a Clarence en nada que tenga que ver con este asunto! Preferiría que salieran ganando los gatos.

—Tenemos que hacerlo, Maggie.

—¡Bien sabes que sería capaz de ir a besar a un perro callejero, o hasta un gato, ya que estás tan atontado por ellos!

—Esto nunca ha sido por los gatos, Maggie, sino por mí. Confía en mí esta vez, por favor. Necesitamos la ayuda de Clarence.

—¡Ay, Señor!

Ella alzó los ojos al techo.

—¡Gracias! —dijo Tony, y continuó—: Hay un par de cuestiones todavía por resolver. El lugar adonde debemos entrar es mío, pero nadie sabe que existe. Lo instalé para llevar todos mis asuntos privados, y la seguridad es casi de lo mejor. El problema es que cuando la policía intentó el retrorrastreo de las cámaras en mi condominio, mi sistema de seguridad canceló todo y reinició los códigos de acceso, y yo no puedo entrar sin ellos.

—¿Y por qué supones que algo de esto tiene algún sentido para mí? —sondeó Maggie.

—Perdón, solo estaba pensando en voz alta.

—Bueno, no olvides que si tú piensas en voz alta, yo lo hago también, y justo en este momento estoy pensando que estoy confundida.

—De acuerdo. Tengo un escondite junto al río frente a Macadam Avenue, pero todos los códigos se reiniciaron, y solo hay tres lugares donde puedo conseguir los nuevos.

—Así que vas a ir a tomarlos a uno de ellos… —sugirió Maggie.

—Es un poco más complicado que eso. Una carta con el nuevo código va a dar a un banco, para su depósito automático en una cuenta especial. Esta cuenta solo puede abrirse con una autorización que está en una caja de seguridad. Y esta caja solo puede abrirse con un certificado de defunción.

—¡Válgame! —soltó ella—, no parece exactamente una buena opción.

—La opción dos —prosiguió él— no es mucho mejor. Al reiniciarse así los códigos, automáticamente se genera una carta de correo exprés dirigida a Loree. Ella no tiene la menor idea de qué es eso ni de por qué lo recibe; solo aparece, sin explicación alguna. Es una especie de respaldo de un respaldo. A nadie se le ocurriría pensar que mi exesposa tiene algo de importancia para mí.

—¡Un momento! —intervino Maggie—. ¿Cómo es este código?

—Una serie de seis números de uno o dos dígitos, entre el uno y el noventa y nueve, que se generan en forma aleatoria —explicó él.

—¿Como los números de la lotería? —preguntó Maggie, lavándose rápidamente las manos en el fregadero.

—Sí, supongo.

—¿Como éstos?

Maggie fue por su bolsa al gancho del pasillo y hurgó en ella, sacando triunfalmente un sobre de correo exprés y extrayendo su contenido. Era una hoja de papel que contenía seis números, cada uno de ellos de diferente color.

—¡Maggie —exclamó Tony—, son ésos! ¿Cómo diablos...?

—Loree me lo dio. Regresé al hospital para ayudarles a ella y a Jake en los preparativos, que Dios no lo quiera, y me dio este sobre. Me dijo que lo había recibido justo antes de venirte a ver, y lo metió en su bolsa ya estando en la puerta. La dirección del remitente es tu oficina del centro, dijo, pero creyó que esto podía significar algo para mí. Yo le dije que no tenía idea de qué pudiera ser, pero insistió en que lo guardara. Yo iba a preguntarte por el sobre, pero se me olvidó por completo hasta ahora que lo mencionaste.

—¡Podría darte un beso, Maggie! —estalló Tony.

—Eso sí que sería un poco raro —dijo ella—. Me pregunto qué pasaría... ¿Es esto lo que necesitabas?

—¡Sí! Ése es el código de acceso. Déjame ver la fecha del frente. Síp, sí es. ¡Vaya!, esto nos ahorrará mucho tiempo.

—¿Dijiste que había una tercera forma de conseguir los códigos?

—Ya no la necesitamos: el código se envía electrónicamente a un teclado especial en mi oficina del centro. Solo yo conozco el código de acceso a ese teclado, y pensé que, con algún pretexto, tendríamos que ir a visitar a la gente con la que trabajo, para poderme sentar en mi escritorio. Como Jake es mi hermano, creí que podrían permitirle estar solo ahí.

—Sí, pero eso habría implicado...

—…que tú lo besaras, y todo esto es ya demasiado complicado. Ahora ni siquiera tendremos que involucrar a Jake. —Sintió un gran alivio—. Lo cual me conduce a mi segundo asunto. —Hizo una pausa antes de preguntar—: ¿Qué opinas de Jake?

—¿Te refieres a Jacob Aden Xavier Spencer, tu hermano?

Tony se volvió a sorprender.

—¿Cómo supiste su nombre completo?

—Clarence obtuvo información sobre él. Jake tiene sus antecedentes, ¿sabes? Nada de importancia, principalmente robos para sostener una afición a las drogas hace un montón de años. Cumplió una condena de a quinto* en Texas…

—¿De a quinto? ¿Quién se atreve hoy a decir «de a cinco centavos»?

—No conoces mi historia ni mi herencia familiar, cariñito, así que vete con cuidado.

—Discúlpame. Sigue, por favor —pidió Tony, sonriendo otra vez.

—Ayer pasé un par de horas con Jake en el hospital. Habló mucho de ti. No sé si lo sabes, pero adora el suelo que pisas. Me dijo que eres la razón de que él siga vivo. Lo protegiste de chico cuando todo se volvió una locura. Luego te alejaste y él se juntó con gente mala, se enganchó y tenía pena de buscarte porque no estaba limpio. Tú eres para él lo más parecido a un padre, y él es el hermano perdedor, el fracasado, el adicto.

Tony escuchó en silencio mientras, de nueva cuenta, a la superficie salían emociones para las que no estaba preparado.

—Él ya está limpio, Tony. Logró reponerse con Narcóticos Anónimos, rehabilitación y Jesús. Lleva limpio casi seis años. Retomó sus estudios entre empleos de medio tiempo, y se graduó en el Warner Pacific College aquí en la ciudad. Trabaja en la Fundación para el Liderazgo de Portland, y está ahorrando dinero. Esperaba a tener su casa, y valor suficiente para buscarte, cuando la policía le llamó. Lloró, Tony. Quería que te sintieras orgulloso de él, quizá más que nada en el mundo, y siente que

---

* N. del traductor: Condena de cinco años.

ya perdió la oportunidad de decírtelo. ¡Pero te vamos a curar, y él podrá hablar contigo! De veras necesita escuchar que te importa.

Tony guardó silencio mientras trataba de recuperar la calma.

—Bueno, Maggie —dijo por fin—, lo que debo saber es si confías en él. ¿Confías de veras en Jake? ¿Crees que sus cambios sean auténticos?

Ella sintió el peso de sus preguntas, la importancia que él les concedía, y pensó bien antes de contestar.

—Sí, Tony. Todo me dice que tu hermano es inteligente y formal, y que está haciendo un gran esfuerzo. Yo le confiaría a Cabby y a Lindsay, lo que, viniendo de mí, lo dice todo.

—¡Eso es lo que necesitaba saber, Maggie! Porque confío en ti; y si tú confías en Jake, para mí es más que suficiente. ¡Gracias!

Maggie percibió en su voz que se guardaba algo, pero no insistió. Tony se lo contaría cuando estuviera preparado.

—Es un honor que confíen en uno, Tony.

—Pues tú eres una de las primeras en mi lista —dijo él—. Esto significa más de lo que te imaginas.

—La fe asume riesgos, Tony, y siempre hay peligro en las relaciones, pero ¿sabes qué? Un mundo sin relaciones no vale nada. Algunas son más caóticas que otras, las hay estacionales, otras difíciles y unas cuantas fáciles, pero cada cual es importante.

Metió el pay al horno, checó dos veces la temperatura y se dio la vuelta para hacer una taza de té.

—Solo para que lo sepas, Tony, todos han conocido a todos, de tu lado y el mío. Creí que podría darte gusto saberlo.

—Gracias, Maggie. Gracias por hacerlo posible.

—De nada, señor Tony.

—¿Por qué me dijiste así, señor Tony? —preguntó él, asombrado.

—No sé —contestó ella—, me pareció bien hacerlo. ¿Por qué?

—Por nada… Conocí a una niña que me llamaba así, y me hiciste recordarla.

—¡Niños! —exclamó Maggie, riendo—. Pueden escabullirse en lugares a los que nunca permitiríamos que otros se acercaran.

—Es cierto —coincidió Tony.

Mientras el pay estaba listo, siguieron bromeando de todo y de nada, como una antigua pareja de casados sumergida en una conversación ligera pero significativa.

Momentos después de que saliera del horno un pay de manzana de apariencia perfecta, Molly y Cabby irrumpieron en casa, de excelente humor. Cabby corrió hasta su Maggie-buddy, le dio un abrazo del oso, se inclinó a su corazón y murmuró: ¡Tah-Ny… 'guna vez!, soltando risillas ahogadas antes de salir corriendo por el pasillo hacia su recámara.

—Este chico es algo especial —comentó Tony.

—¡Vaya que lo es! —aceptó Maggie—. ¿Qué fue lo que te dijo?

—Es de una conversación que tuvimos hace tiempo. Él reconoce cuando estoy aquí, ¿lo sabías?

—Ese chico sabe muchas cosas.

Molly salió del baño con una hermosa sonrisa asemejando los mejores colores del atardecer, y abrazó fuerte a Maggie.

—¿Buenas noticias? —preguntó esta última.

—¿Sobre Lindsay? No. Más de lo mismo. —Bajó la voz—. ¿Tony está aquí?

Maggie asintió con la cabeza.

—¡Ey, Tony! Hoy pasé un montón de tiempo con tu familia, en especial con Angela. Nos llevamos muy bien, sobre todo Cabby y ella. ¡Angela, tu hija, es un verdadero regalo del cielo!

—Dice que gracias —respondió Maggie antes siquiera de que Tony dijese nada.

—Y… —sonrió Molly— estoy encantada de conocer a Jake, tu hermano. Hoy me llevó a visitarte, y debo decir que él es el mejor parecido de los dos.

—Dice que se debe a que él está enfermo —tradujo Maggie.

—Eso ha de ser —apuntó Molly riendo, mientras abría el refri en busca de sobras para Cabby y ella.

—¡Hay pay más que suficiente para Cabby y para ti!

—¡Qué rico! Va a ser nuestro postre. Pero ahorita regreso… Le prometí a Cabby que cenaría en el jardín, y debo acomodar las cosas.

Justo en ese momento sonó el timbre, seguido por tres golpes enfáticos. Solo Tony dio importancia a tal hecho, que le hizo sonreír; supuso que no eran Jack ni Jesús.

Era Clarence, esperando a su novia con una sonrisa y un abrazo cordiales. La dicha que envolvió a Maggie fue suficiente para que Tony cerrara los ojos un momento y respirara hondo. ¡Se había perdido de tantas cosas a causa de sus murallas!

—No puedo besarte —susurró Maggie—. Está aquí ya sabes quién…

Clarence echó a reír.

—Bueno, nada más avísame cuando se vaya, para compensar.

—¡Te tengo en mi marcado rápido, mi amor! —repuso ella, riendo para sí.

—¡Vaya!, ¿a qué huele? —preguntó Clarence—. A pay de manzana recién horneado, ¡como el que hacía mi mamá! ¿Tienes helado?

—Claro. ¿'Nilla de Tillamook está bien?

—¡Perfecto! —Se sentó a la mesa mientras Maggie aderezaba una orden de pay de manzana à la mode—. Si sigo contigo, voy a tener que hacer el doble de ejercicio; pero si esto sabe como huele, ¡valdrá la pena!

Maggie le tendió un plato con raciones más que generosas y una cuchara grande, y esperó a que lo probara. Clarence aceptó el reto y respondió con deleite infantil.

—¡Esto es espectacular, Maggie! Tengo que admitir que es incluso mejor que el de mi mamá.

Ella exhibió una sonrisa radiante.

—¡Me están mareando ustedes dos! —terció Tony—. Cuánto caramelo… ¡qué empalagoso!

Maggie sonrió.

—Tony pregunta que cómo estás.

—¡Hola, Tony!

Clarence sonrió al responder, mirando a Maggie, y tomó otro bocado, que mordió con más detenimiento para disfrutar mejor de los sabores.

—Hola, Clarence —dijo Molly, de vuelta del picnic de Cabby y, tras darle un abrazo al policía, recuperó su plato en el mostrador y se sentó con los demás—. ¿Qué ocurre?

—¡Llegas justo a tiempo! —dijo Maggie, sirviéndose su propio plato de pay y helado—. Estábamos a punto de entrar en materia.

Clarence volteó hacia Maggie y habló con tono más serio:

—Tony, tengo un gran favor que pedirte.

—Dice que está bien, porque él también tiene un gran favor que pedirte a ti.

—¿Sabes qué, Maggie? —preguntó Tony—. Tal vez sería mejor que besaras a Clarence, para que yo le explique lo que necesito sin tanta interpretación. Las cosas serían más fáciles así.

—¡No me digas! —replicó Maggie—. ¿Y dejarme a mí fuera de la jugada? ¡Fíjate que no, amiguito! La idea de besar a Clarence no deja de atraerme, pero prefiero esperar, gracias. Si van a tramar algo ustedes dos, yo voy a estar ahí. ¡Adelante, Clarence!

Éste comenzó entonces:

—La verdad, Tony, no tengo derecho a pedirte lo que te voy a preguntar, y ni siquiera sé si sea posible llevarlo a cabo o no; así que, antes de todo, debes saber que no doy por supuesto que tengas que hacerlo. El favor que tú quieres pedirme no depende para nada de que hagas algo por mí. ¿Está claro?

—Dice Tony que como el agua, pero que quizá deberías esperar a saber cuál es el favor que él te quiere pedir.

—No importa cuál sea —repuso Clarence, y continuó—: Si Maggie está de acuerdo, yo también. —Hizo una nueva pausa—. ¿Es algo ilegal?

—Tony no cree que lo sea.

—¿No *cree* que lo sea? —terció Molly.

—¡Qué alivio! —suspiró el policía—. Pero, bueno, esto es lo que te quiero pedir, Tony, e insisto en que puedes decir que no y no pasa nada.

Los tres vieron cómo ese hombre vigoroso batallaba a todas luces con sus emociones, a las que no parecía estar acostumbrado. Maggie lo tomó de la mano, y eso estuvo a punto de hacerlo naufragar, pero él sacó fuerzas de flaqueza y, tras aclararse la garganta, dijo con voz ronca:

—Mi madre tiene Alzheimer. Hace unos años tuvimos que trasladarla finalmente a una casa que brinda atención todo el día, algo que nosotros no podíamos hacer. Esto avanzó mucho más rápido de lo que previmos, de lo que cualquiera previó, y yo estaba tomando un curso de capacitación al otro lado del país cuando ella perdió todo contacto con nosotros.

—¡Cuánto lo siento, Clarence! —dijo Molly, acercándose a él y tomándolo de la otra mano.

Él alzó la mirada, con ojos centellantes.

—Nunca he podido tener una última conversación con ella, ni nada que se le parezca. Un día mi mamá me reconoció, pero la siguiente vez que la vi no hubo nada en absoluto, solo ese vacío en sus ojos que yo quería llenar.

»Tony —prosiguió él—, no puedo dejar de pensar que, si Maggie besara a mi madre, tú podrías introducirte en ella, buscarla por mí y darle un mensaje o algo para que sepa que la extrañamos, que yo la extraño. Sé que esto parece una locura, y no sé siquiera si dará resultado o…

—Tony lo hará —anunció Maggie.

—¿Lo hará?

Clarence la miró a los ojos, liberando su cara del esfuerzo de la emoción contenida.

—¡Desde luego que lo hará! —soltó Molly—. ¿Verdad que sí, Tony? —preguntó, mirando a Maggie.

—Sí, lo hará —repitió esta última—. Pero no sabe si dará resultado. No es precisamente un experto en la materia…

—¡Gracias por considerarlo, Tony! Te debo todo solo por eso.

—Dice que no le debes nada, y que su petición tampoco tiene condiciones. Tú también puedes decir que no.

—Entendido —dijo Clarence.

—Bueno —comenzó diciendo Maggie—, déjame tratar de poner en palabras lo que Tony necesita. Él tiene una oficina súper secreta en un lugar junto al río, frente a Macadam Avenue. Tony no es espía ni nada, pero tiene esa oficina de la que nadie sabe, y parte de sus cosas muy importantes están ahí. Quiere saber si tú conoces a alguien que haga trituración industrial de documentos.

Maggie alzó las cejas como diciendo: A *mí ni me preguntes, soy nada más la mensajera.*

—Sí —respondió Clarence—, tengo un buen amigo, Kevin, que trabaja en una conocida compañía de trituración de documentos. Creo que incluso ellos le dan ese servicio al gobierno de la ciudad. ¿Por qué?

—Hay cosas que se deben destruir, no contables ni legales, solo personales —contestó Maggie por Tony, girando ligeramente después como para hablar consigo misma—. Tony, ¿por qué no esperas mejor a recuperarte para ocuparte tú mismo de todo esto?

Cuando ella se volvió hacia Clarence, había preocupación en su rostro.

—Dice que no está seguro de recuperarse, y que no quiere correr ningún riesgo. —Maggie siguió con la traducción—. Tony necesita entrar a su oficina. Tiene los códigos y todo lo indispensable para tomar lo que quiere de ahí. Dice que te necesita, Clarence, para estar seguro de que no dejemos huella de nuestra presencia en el lugar. ¿Sabes cómo hacer esto?

Clarence asintió con la cabeza.

—Tony dice que en realidad será muy fácil, de entrada por salida. Tiene que abrir una caja fuerte que está en el piso, y revisar unos documentos. Hará una pila de papeles por eliminar, quizá tome un par de cosas más y eso será todo. Tal vez menos de media hora en total. Nadie nos verá ni sabrá nunca que estuvimos ahí.

—¿No es ilegal? —preguntó Clarence, escéptico.

—Dice que nop, no mientras él siga vivo. Ese lugar es suyo, y tiene todos los códigos necesarios, así que no es allanamiento ni nada semejante. Él estará con nosotros; y aunque nadie te lo creería, tú sabrás que lo está.

Clarence pensó un momento.

—¿Puedes ayudarnos?

El policía asintió.

—Tony quiere saber si podemos hacerlo esta noche. ¿Podríamos ir a ver a tu mamá ahora mismo?

Clarence volvió a asentir, y consultó el reloj de la cocina.

—Tenemos tiempo de sobra. Llamaré para avisar que vamos para allá y pedir que mi mamá esté lista cuando lleguemos. ¿Quiénes iríamos?

—Yo me tengo que quedar con Cabby, así que no puedo —contestó Molly—, pero quiero estar enterada de todo, y digo todo, lo que pase, ¿de acuerdo?

—¡Yo siempre te cuento todo, mi cielo! Cuida bien a Cabby mientras nosotros jugamos a James Bond.

Clarence ya estaba hablando en su teléfono cuando Maggie se acercó a Molly para darle un abrazo fuerte y cariñoso.

—Tony dice que tienes su aprobación —murmuró.

—¿Para qué? —preguntó Molly.

—Su hermano… Si algo saliera de esto, tienes su aprobación.

Molly esbozó una sonrisa traviesa.

—Uno nunca sabe… —dijo, y se inclinó—. ¡Gracias, Tony, te quiero!

Estas palabras tomaron a Tony por sorpresa, igual que las emociones que experimentó al oírlas.

—Este… —respondió, tratando de engrosar la voz—, ¡yo también!

Maggie sonrió.

—Dice que él también te quiere.

17

CUARTOS CERRADOS

En tu última conversación con ella, una persona
no es lo que en ese momento es, sino lo que ha sido
a todo lo largo de su relación.
— RAINER MARIA RILKE

——Su madre estará muy contenta de verlo —dijo la voluntaria, sonriendo mientras guiaba a Maggie y a Clarence por el pasillo en dirección a un cuarto privado.

Normalmente esa afirmación habría irritado a Clarence,
pero no esa noche. La ansiedad le revolvía el estómago; y
entre más real se volvía su satisfacción, más probable sería la
desilusión también. No sabía cómo manejaría esto. *Señor mío*,
rezó en silencio, *tú trabajas en formas misteriosas. Aquí hay una*
oportunidad perfecta para que lo hagas. Gracias por acompañarme
en esto, y por Maggie, y especialmente esta noche por Tony.

—Nunca me has contado de tu padre, Clarence —dijo
Maggie, en voz baja.

—Fue un buen hombre. Pasó a mejor vida hace diez años.
Era todo lo que debe ser un padre, pero en nuestro mundo la
fuerza era mi mamá. La partida de él no fue tan difícil como
esta, esta… lo que sea esta cosa. Él se marchó, pero ella está
atorada en medio, y no podemos llegar a ella.

Tony escuchaba. El uso por Clarence de *en medio* le hizo
sonreír, y estuvo a punto de inmiscuirse en la conversación,
pero lo pensó mejor y contuvo la lengua. No era el momento
adecuado.

Una luz suave llenaba el cuarto al que entraron, donde una negra, anciana y elegante, lucía vestida con acogedores rojos y oscuros delicados. Era una mujer guapa de pómulos salientes y ojos chispeantes que desdecían la ausencia de su presencia en el interior.

Una vez que la voluntaria se despidió, Maggie se paró de puntas y besó a Clarence de lleno en los labios, un roce tierno, largo y tendido. Cuando se dispone de un único beso, hay que hacerlo contar. Tony se deslizó entonces a un sitio ordenado y espacioso donde ya había estado brevemente, desde el que veía, íntimos y próximos, los ojos de Maggie.

—¡Suficiente! —exclamó.

Aquellos dos sonrieron al separar sus labios.

Clarence se acercó a su madre y se inclinó.

—Hola, mamá; soy Clarence, tu hijo.

—¿Cómo? —ella desvió la mirada, sin reaccionar—. ¿Quién es usted?

—Clarence, tu hijo —repitió él, y se inclinó para besarla en la frente.

Ella sonrió, y Tony se deslizó por segunda vez en casi igual número de minutos.

Este lugar era distinto a cualquier otro en que hubiera estado hasta entonces, con luz mortecina y escasa visibilidad. Vio entonces el rostro de Clarence, que parecía tallado en una esperanza optimista.

—¿Señora Walker? —la voz de Tony retumbó en las paredes invisibles, como si estuviera encerrado en un cilindro de metal—. ¿Señora Walker? —intentó de nuevo, pero nada: únicamente la reverberación de su voz.

Por los ojos de la señora Walker vio que Clarence había tomado asiento junto a Maggie, y que ambos esperaban. Él había ensayado cuidadosamente el mensaje que aquél le había pedido transmitir, pero no había nadie en casa para recibirlo.

Se aterró cuando una pregunta le vino a la mente: ¿cómo iba a salir de ahí? No había pensado en eso; nadie lo había hecho.

Tal vez se quedaría encerrado en ese sitio, ¿cuánto tiempo? ¿El resto de su vida? O bien, cuando su cuerpo se cansara de luchar en el OHSU, ¿su alma se uniría a él? Ninguna de ambas posibilidades era particularmente agradable. Y Tony forcejeaba además con una sensación creciente de claustrofobia. Tal vez si Clarence besaba a su madre, él regresaría. No estaba seguro, y la incertidumbre lo puso incómodo.

Pero era bueno estar ahí. Lo sentía. Cuando Clarence se lo pidió, él supo que sería lo correcto, y seguía sintiendo que ésta había sido una buena decisión. Se calmó pensando en ello. ¿Cuándo fue la última vez que había hecho algo por alguien sin condiciones previas, sin agenda? No se acordaba. Quizá estaba atrapado ahí, pero lo aceptó con una sensación de satisfacción, e incluso de alegría.

Recordó entonces el salto del baile en fila que la Abuela le había enseñado, e hizo la prueba. Se halló así frente a una pared oscura. Cuando sus ojos se adaptaron a la tiniebla, distinguió lo que parecían ser puertas a lo largo de un muro desdibujado. Sin poder verse a sí mismo, como en un cuarto iluminado apenas, se encaminó a la primera puerta, que abrió sin hallar resistencia. Una explosión de luz lo obligó a mirar para otro lado, hasta que su visión se adecuó. Cuando lo hizo, se vio a orillas de un trigal maduro que se extendía hasta donde alcanzaba la mirada, las crestas del grano danzando en la brisa a un ritmo que solo ellas conocían. Un sendero que cruzaba el campo se abría ante él, desdoblándose a la distancia y desapareciendo junto a un majestuoso robledal. Era atractivo y tentador, pero Tony cerró la puerta y quedó sumergido de nuevo en la densa negrura.

Oyó entonces una voz que zumbaba quedamente. Movió la cabeza a ambos lados, intentando determinar su origen. Venía de más adelante, y él echó a andar a tientas. Al voltear hacia la tenue y vaga luz a sus espaldas, alcanzó a ver todavía a Maggie y a Clarence, tomados de la mano y esperando.

La voz era claramente discernible detrás de la tercera de las múltiples puertas, que ostentaba un pasador que Tony reconoció por haberlo visto en su propia alma. Encontrarlo ahí le hizo sonreír. La puerta se abrió fácilmente, y él penetró en una habitación grande, espaciosa y oscura. Las paredes de caoba y cerezo estaban cubiertas de estantes repletos de libros. Objetos de interés de toda clase, entre ellos cuadros y fotografías, abarrotaban los espacios desocupados. El zumbido se oía más cerca, y Tony pasó junto a otro estante saliente para dar vuelta en una esquina, donde se detuvo. Ahí estaba ella, la mujer que había visto momentos antes, aunque más joven, y mucho más despierta y activa.

—¿Anthony? —preguntó ella, dando brillo al cuarto con su sonrisa.

—Este... ¿señora Walker?

Él no se movió, anonadado.

—Amelia, por favor —dijo ella, y echó a reír—. Ven, muchacho, y siéntate conmigo. Te estaba esperando.

Tony hizo lo que se le pidió, sorprendido de poder ver ahora sus manos y pies. Ella le ofreció una taza grande de humeante café negro, que él aceptó agradecido.

—¿Cómo dice?

—No estoy sola aquí, Anthony. Tengo mucha compañía. Todo es más bien temporal, y sin embargo permanente. En realidad es difícil explicar cómo una cosa se entreteje con otra de la que al mismo tiempo es extensión. —Su voz era tan tierna y pura que parecía que cantara al hablar—. El cuerpo quiere conservar sus lazos lo más posible. Los míos, parece, como mi personalidad, son más bien *tenaces*. *Tenaz*, me gusta esta palabra. Suena mejor que *terco*, ¿no crees?

Ambos rieron. Su intercambio era franco y suelto.

—No sé bien cómo preguntárselo, pero ¿puede usted salir de aquí, de este cuarto?

—Por el momento, no. Aun la puerta por donde entraste y cerraste detrás de ti, no tengo forma de abrirla por dentro. Pero estoy a gusto aquí. Todo lo que podría necesitar mientras espero está a mi disposición. Todo esto que ves —su brazo orquestó el vasto aire mientras ella miraba a su alrededor— son mis recuerdos, que estoy catalogando y guardando para cuando llegue el momento de hablar de ellos. Nada se pierde, ¿sabes?

—¿Nada?

—Bueno, hay cosas que no se recuerdan, pero nada se pierde en verdad. ¿Has presenciado alguna vez un atardecer sabiendo que en ese momento hay una intensidad que ninguna cámara podría captar nunca, y quisieras aferrarte a eso, grabarlo en tu memoria? ¿Sabes a qué me refiero?

Tony asintió con la cabeza.

—Claro. Es algo casi doloroso, la dicha momentánea, y después la sensación de su ausencia y pérdida.

—Pues ésa es la maravilla: que no se pierde. La eternidad será el hablar y celebrar del recuerdo, y recordar a su vez una experiencia viva. Las palabras —dijo ella, sonriendo— son una limitación cuando se intenta hablar de estas cosas.

Permanecieron callados unos minutos, y Tony sintió que podía quedarse contento ahí hasta que llegara el momento de algo más, lo que fuera. Amelia le tocó la mano.

—Gracias, Anthony, por venir a ver a esta vieja. ¿Sabes dónde estoy?

—En un centro de atención; bonito, por lo que vi. Al parecer, su familia no ha escatimado gasto alguno. No sé si se haya dado cuenta usted, pero vine con Clarence, su hijo.

—¿De veras? —exclamó ella, poniéndose de pie—. ¿Mi Clarence está aquí? ¿Crees que podría verlo?

—No estoy seguro, Amelia. Ni siquiera sé cómo podré salir de aquí, aunque no corre prisa, se lo juro. Clarence me pidió que le dijera…

—Vamos a ver entonces, ¿sí? —exclamó ella y, tomándolo de la mano, lo llevó hasta la puerta por donde él había llegado.

Como ella misma dijo, ahí no había nada que ofreciese un medio para salir, solo un pequeño cerrojo en lo alto. Era una vieja puerta de roble, sólida y segura, casi como para impedir el paso. Tony pudo distinguir apenas grandes figuras grabadas en su superficie.

—Querubines —Amelia contestó la pregunta que él se había hecho a sí mismo—, criaturas prodigiosas. Muy consoladoras. Les gusta proteger… puertas, senderos, portales y esas cosas.

Tony se acordó entonces. ¡Claro! Hurgando en su camisa, sacó la llave que había seleccionado del llavero. ¿Podía ser lo que necesitaba? Vacilante y conteniendo la respiración, la metió en el cerrojo y giró. Vibró la luz azul de la cuerda que la sostenía, y la puerta se abrió, derramando en la sala de los ojos de Amelia la luz del interior; en ese momento desapareció la llave, dejando boquiabiertos a Tony y su anfitriona.

—¡Gracias, Jesús! —murmuró ella, pasando rápido junto a él en dirección a la sala.

Su Clarence y una mujer a quien no reconoció eran claramente visibles por la ventana.

—¿Mamá?

Clarence miró a su madre directamente a los ojos.

—¿Dijiste algo, mamá?

—Amelia, los ojos son las ventanas del alma —susurró Tony—. Tal vez si usted habla, ellos puedan oírla.

Amelia se acercó hasta la barrera transparente, sumamente emocionada.

—¿Clarence? —preguntó.

—¿Mamá? ¿Eres tú? ¡Te oigo! ¿Sabes quién soy?

—¡Claro que sí, mi niño grande! ¡Mira nada más lo guapo que te has puesto!

Clarence estaba de pronto en brazos de su madre. Tony no sabía cómo operaba esto, pero funcionaba. Era como si Clarence estuviera dentro con ellos dos, aunque en realidad no era así. Cuando Amelia sonreía adentro, también lo hacía afuera. Cuando hacía el gesto de abrazar adentro, envolvía afuera a su hijo entre sus brazos. Ella se hacía plenamente presente de alguna forma, y Clarence rompió en sollozos, meses de vacío que en un momento salían a la superficie. Tony miró a Maggie, y vio lágrimas rodar por sus mejillas.

—¡Te he extrañado tanto, mamá! Disculpa que te hayamos traído aquí, pero ninguno de nosotros podía cuidarte, y yo no tuve oportunidad de decirte adiós ni nada…

—Calla, niño; calla ya, bebé.

Ella se sentó, una delgada y pequeña mujer estrechando a su hijo, que era todo un hombre, en un tierno abrazo, y acariciando su cabeza.

Tony lloró. La añoranza de su madre brotó en su memoria. Pero era un dolor grato, una nostalgia buena, un lazo verdadero, y él se dejó llevar por su sustancia.

—Bebé —susurró ella—, no podré quedarme mucho tiempo. Éste es un regalo de Dios, este momento, un tesoro inesperado, una probada de lo que no se puede imaginar siquiera. Dime rápido cómo están todos. Ponme al día.

Y él así lo hizo, contándole a su madre de los bebés nuevos, los empleos distintos, qué hacían sus hijos y nietos, las banales noticias de todos los días de la vida, que parecen triviales pero que tienen peso eterno. Apenas si hubo un respiro entre risas y lágrimas. Luego, Clarence presentó a Maggie con su madre, y de inmediato se hicieron amigas.

A Tony le sobrecogió la santidad de lo cotidiano, las piezas y trozos de luz que rodean y abrazan las rutinas y tareas simples de lo ordinario. Nada era ordinario ya.

Pasó una hora, y Amelia supo que se acercaba el momento de los adioses.

—¿Clarence?

—¿Sí, mamá?

—Tengo un favor que pedirte.

—Lo que quieras, mamá. ¿Qué puedo hacer por ti?

—Cuando vengas a visitarme, ¿traerías tu guitarra y tocarías para mí?

Él se recostó en su asiento, sorprendido.

—No he tocado la guitarra en años, mamá; pero si tú lo quieres, lo haré.

Amelia sonrió.

—¡Me gustaría mucho! Oírte tocar es algo que extraño horriblemente. A veces puedo oír música cuando no oigo nada más, y es un consuelo para mí.

—Me encantará tocar para ti entonces, mamá. Tal vez hasta me haga bien.

—Sé que así será —predijo ella—. No olvides que, esté donde esté yo en mi mundo interior, te oigo en la música.

Le dijo luego que ya era hora, y él asintió, dándole un último abrazo, largo y afectuoso. Dentro, Amelia tendió la mano a sus espaldas, hacia Tony, quien se la tomó. Ella apretó con fuerza, se retiró de la ventana hacia él y dijo, casi en un susurro:

—Nunca te agradeceré lo suficiente esto, Anthony. Es uno de los regalos más grandes que alguien me haya dado jamás.

—No tiene nada que agradecer, Amelia, porque en realidad fue idea de Dios. Para mí fue un honor participar en esto.

Amelia se volvió y dijo:

—Maggie, ven acá, pequeña. —Y tomándola de las manos, añadió con voz dulce—: Maggie, has hecho cantar el corazón de una madre. No estoy profetizando nada, no te preocupes. Vales por ti misma —remató, riendo.

Maggie bajó la cabeza.

—Gracias, señora Wal…

—Mamá, cariño; mamá.

—Gracias… mamá.

Maggie no terminaba aún de pronunciar esta palabra cuando Amelia se inclinó y la besó en lo alto de la cabeza. Entonces Tony se deslizó de nuevo.

❧ ∘ ❦ ∘ ❧

El trayecto en el auto a su destino siguiente transcurrió casi en silencio, cada quien sumido en sus ideas. Tony los guio al suroeste de Portland, junto al río, y hasta el estacionamiento que daba cabida a la conserjería abandonada; su puerta sin cerrar visible apenas, adscrita a la fachada del edificio. Les dijo dónde estacionarse, y que quitaran las baterías y tarjetas SIM de sus teléfonos celulares.

—¡Qué listo! —gruñó Clarence.

—Tony cree que deberíamos ponernos guantes.

—Hagámoslo —aceptó Clarence, sacando dos pares de la bolsa de su chamarra—. Solo traje dos pares, Tony, así que no toques nada, ¿eh?

—Dice que mejor no pierdas tu trabajo —explicó ella, riendo para sí—. Que en este sitio hay huellas digitales suyas por todas partes.

Atravesaron los quince metros hasta su destino, cuidando de pisar justo donde Tony les indicaba.

—Aquí huele mal. —Maggie dijo lo obvio mientras jalaba la puerta de la bodega. Tocando la pared, accionó el interruptor, y un único foco amarillo arrojó débil luz sobre aquel basurero—. ¿Así que éste es tu famoso escondite? Esperaba más de ti, Tony.

Él la ignoró, notando entonces que ella portaba una bolsa.

—¿Traes bolsa? ¿De veras? ¿Trajiste cargando una bolsa?

—Una mujer no va a ninguna parte sin su bolsa. ¿Y si cayéramos atrapados aquí o algo? Traigo provisiones de todo para una semana.

—¡Está bien, perdón, no dije nada! Bueno, Maggie, acércate a la esquina de allá. ¿Ves esa caja oxidada en la pared, a un metro del suelo? Sí, ésa. Abre la tapa y verás un teclado. —Esperó a que Maggie estuviera lista—. Ahora teclea los botones 9, 8, 5, 3, 5, 5... ¿Ya? Oprime ahora al mismo tiempo el botón Enter y el botón Power, y mantenlos seis segundos así.

Maggie hizo lo que se le pidió. Seis segundos son más largos cuando hay que esperar, y ella casi soltaba los botones antes de que se dejaran oír un zumbido y un clic y la pared del fondo empezara a correr, hasta revelar una puerta contra incendios de acero reluciente.

—¡Epa! —exclamó Maggie—. Esto ya está mejor. Dun, dun, dah, dah, dun, dun, dah, dah —canturreó los primeros compases del tema de *Misión: Imposible*.

—Ahora, Maggie —continuó Tony, sacudiendo la cabeza—, lee los números que Loree te dio para que Clarence los pulse en el teclado de veinte dígitos.

—Está bien: 8, 8, 1, 2, 12, 6... Bueno, Clarence, dice Tony que aprietes ahora el botón Enter y lo sostengas hasta oír un bip. ¡Bien! Ahora aprieta al mismo tiempo los números 1 y 3 y mantenlos hasta que oigas otro bip. ¡Perfecto!

Con el segundo bip llegó el traqueteo de algo que se movía mecánicamente en la pared.

—¡Funcionó! —Tony exhaló un suspiro de alivio—. Entren.

Al abrirse la puerta de acero, se encendieron luces que pusieron al descubierto el espacio antes oculto: un departamento moderno pero escasamente decorado, con recámara, baño, cocineta y mesa y una gran área de trabajo. Lo único faltante eran ventanas, pero los cuadros decoraban convenientemente las paredes. Una de ellas estaba cubierta de anaqueles llenos de libros y documentos, mientras que un colosal escritorio de roble con una computadora de pantalla grande ocupaba una esquina. La puerta se cerró automáticamente, y ellos oyeron que la pared de afuera corría de nuevo hasta su sitio. Tony sabía que un cronómetro apagaría el foco que aún brillaba en la bodega.

—¡Vaya! —silbó Clarence—. Esto es increíble.

—Sí —gruñó Tony—. Es la locura que un poco de paranoia puede crear.

—Te gusta leer, ¿eh? —Maggie se había detenido a ver los libros—. ¿Fan de Stephen King?

—Síp, esa *Rita Hayworth and Shawshank Redemption* (Rita Hayworth y la redención de Shawshank) es una novela corta en primera edición. Conseguí otras primeras ediciones en el centro, pero ésa es mi favorita.

—Vamos a ver... —continuó Maggie—, tienes algo de Orson Scott Card, ese libro de Emma Donoghue que quiero leer y... ¿Jodi Picoult? ¿Lees sus cosas?

—No, no acostumbro hacerlo. Alguien dejó ese libro en la bolsa de un asiento en un avión y yo lo tomé.

—¡Ey! Parece que también tienes un montón de clásicos. Éstos son más mi estilo, junto con Lewis, Williams, Parker y MacDonald, y novelas de misterio para entretenerse.

—He leído pocos de esos viejos libros, al menos últimamente —admitió Tony—. Son inversiones más que producto de un interés personal. De vez en cuando consigo uno en Powell's, del centro, ¿sabías que ahí tienen una sala increíble de libros raros?

—¡Oigan, ustedes dos! —interrumpió Clarence—. Este lugar es espantoso, sin ofender, Tony, así que tomemos lo que buscamos y vámonos.

Tony estuvo de acuerdo y los guio a la esquina del despacho opuesta al escritorio. La bóveda estaba sumergida en el piso, con el tradicional pestillo de perilla giratoria. Fue preciso un par de intentos de 9, 18, 10, 4 y 12, con las apropiadas vueltas tanto en el sentido de las manecillas del reloj como al contrario para que Maggie lograra accionarlo y una hidráulica interna abriera la tapa con un zumbido leve. Dentro había montones de papeles, documentos y efectivo, junto con otros objetos en cajitas de tamaños diversos.

Maggie extrajo del bolsillo de su saco una bolsa negra de basura.

—¿Qué debo tomar? —preguntó—. ¿El dinero?

Tony soltó una carcajada.

—No, por desgracia. Está contado, y los números de serie registrados. Un seguro secundario que nadie que husmeara por aquí notaría.

—¡Caray! Eres paranoico, pero me impresionas.

—Gracias —replicó Tony—. Pero podrías decirle a Clarence que quizá no quiera ver esto. *Negación plausible** y todo eso. Y dile también que no use el agua de la cocina ni del baño. Dejará huella.

Maggie hizo lo solicitado, y Clarence fue a explorar obedientemente otros rincones.

---

* N. del traductor: Medida para que el gobierno estadounidense evadiera la obligacion de informar cabalmente sobre asuntos relacionados con las actividades ilegales de la CIA, impuesta durante el gobierno de John F. Kennedy.

—Bueno, Maggie, ¿ves esa pila grande de documentos a la derecha? Sí, ésa. Toma un buen puñado de ellos, pero consérvalos en el mismo orden en que los tomaste. Tengo que encontrar el correcto.

Así lo hizo, poniendo en el suelo frente a ella un gran rimero de documentos de aspecto oficial. Maggie leyó el que estaba hasta arriba.

—¿Tu testamento? ¿Es ésta la tontería de los gatos?

—Sí, y como ya te dije, no estaba entonces en mi mejor momento. Quita ése de hasta arriba y échalo a la basura.

Exhaló aliviado, lo que redujo su fea sensación en la boca del estómago y relajó su tensión.

—Bueno, ahora toma unos diez documentos engrapados de hasta arriba y ponlos en el suelo, a tu derecha.

—¿Todos éstos son testamentos? —preguntó Maggie, confundida.

—¡Síp! ¿Qué te puedo decir? Yo era un tipo un poco veleidoso. Inestabilidad emocional.

—¡Qué bueno que no te conocí entonces! —dijo Maggie, murmurando—. No creo que nos hubiésemos llevado.

—Por desgracia es cierto, y eso habría sido una gran pérdida para mí, Maggie.

Ella se quedó sin habla un momento, y luego dijo en voz baja:

—¿Qué debo buscar?

—Nada. Solo necesito que des vuelta a las páginas hasta que te diga que pares.

Avanzaron laboriosamente por otra docena de testamentos, cada uno de los cuales, habiendo sido revisado, iba a dar a la pila por eliminar, a la derecha.

—¡Alto! —exclamó Tony. Por fin, algo que buscaba llamó su atención—. Tal vez sea esto, Maggie. Mira para otro lado (sin voltear, pero también sin leer, por favor) mientras yo lo reviso.

—Está bien. —Ella hizo un gran esfuerzo para vencer la tentación de ver qué era lo que Tony examinaba—. Tengo el ADN de la curiosidad, Tony —protestó—. ¡No me hagas esto!

—Toma la foto de la caja fuerte, a la izquierda de los documentos que sacaste, y vela —sugirió él—. Tal vez eso te distraiga.

Ella extendió la mano para tomarla, ya antigua y cubierta con una mica protectora. Se sorprendió al mirarla.

—Oye, Tony, ¡yo ya había visto esta foto!

—¿Cómo? —él se alteró—. No es posible.

—Sí —agregó ella—, Jake me la enseñó hace unos días. Su copia estaba en mucho peor estado que la tuya, toda arrugada y doblada, pero es la misma. Son él y tú, tu mamá y tu papá, ¿verdad?

—Sí.

Se quedó atónito. ¿Jake tenía una copia de esa fotografía?

—Jake me dijo que es la única foto que tiene de tus papás. Acostumbraba guardarla en un zapato para que no se la robaran. Dijo que ése fue uno de los últimos días felices que recuerda con tus padres… Lo siento, Tony, no fue mi intención…

Cuando él pudo hablar otra vez, lo hizo suavemente:

—Está bien, Maggie, parece que en este mundo hay muchas sorpresas todavía. —Entonces recordó algo—. Maggie, ¿de casualidad Jake te dijo de qué nos estamos riendo en la foto? He tratado de acordarme, pero no puedo.

—¡Ja! —rio ella—. ¡Claro que me lo dijo! Se reían porque… —se detuvo—. ¿Sabes qué, Tony? Creo que sería mejor que Jake te lo dijera. Pienso que sería algo especial.

—¡Maggie! —suplicó él—, no me hagas esto. Dímelo, por favor.

—¿Ya acabaron de hacerse tontos ahí? —preguntó Clarence desde el otro cuarto—. Debemos irnos pronto.

—¡A trabajar, Tony! —murmuró Maggie—. ¿Qué hago ahora?

—Gracias a Dios, ya encontré lo que buscaba, y está notariado y todo. Parece que mi estado de ánimo no era tan errático como parecía. Bueno, deja eso encima y vuélvelo a poner junto con el resto de la pila en el mismo lugar de donde lo sacaste. ¡Perfecto! Ahora tira a la basura la pila de la derecha y ve que Clarence le dé la bolsa a su amigo para que la destruya.

Maggie hizo lo indicado, y estaba a punto de apretar el botón de Cerrar en la puerta de la bóveda cuando Tony gritó:

—¡Espera! Todavía hay un par de cosas que quiero sacar de ahí. Revisa el extremo izquierdo del estante de arriba... ¿Ves ese sobre que dice TWIMC encima? Tómalo y... déjame pensar. Ah sí, en el estante abajo de donde encontraste esa carta hay otra pila, a la izquierda. Sí. En alguna parte debe estar una carta dirigida a Angela. ¿La encontraste? ¡Bien!

—¿A Angela? —inquirió Maggie.

—Tuve mis momentos, no te creas. A veces le escribía cosas que no le podía decir, ya sabes, pidiéndole perdón y esas locuras. Pero nunca se las mandé. Ésta fue la última, y si las cosas no salen bien, quiero que se la des a ella. ¿Me lo prometes?

Maggie titubeó antes de contestar:

—Sí, te lo prometo —y añadió en seguida—: Pero todo va a salir bien, y tú mismo podrás decirle todas esas locuras.

—Eso espero —dijo Tony, con voz entrecortada.

—¿Es todo? ¿Terminamos? —preguntó Clarence, muy serio.

Tony tomó una rápida decisión.

—¡Nop! Hay una cosa más. ¿Ves esa cajita azul de la esquina, abajo a la izquierda? ¿La tomarías también, por favor? No la abras. Es algo personal. Nadie sabrá que estaba aquí, pero de todas formas no quiero dejarla.

—Claro, Tony.

Y sin preguntar más, Maggie depositó en su bolsa aquella cajita, con cubierta de fieltro, y las dos cartas.

—¡Acabamos! —anunció a Clarence, y le tendió la bolsa de basura.

Él indicó con un movimiento de cabeza que sabía lo que debía hacer con ella, y ayudó a Maggie a asegurar la caja fuerte, confirmando que cerrara adecuadamente.

—No se preocupen por las luces —advirtió Tony—, operan con detector de movimientos y se apagarán en forma automática.

Salieron tal como habían llegado, volviendo cuidadosamente

sobre sus pasos para cerciorarse de que nada pareciera movido ni fuera de lugar.

De regreso en el auto, Maggie rompió el silencio:

—¿Y ahora qué, Tony?

—Ahora —dijo él, muy seguro—, de vuelta al hospital, a hacer una curación.

18

La encrucijada

Te conocí en el crucero
donde se encuentran caminos
Tu nombre no inquiero
eso es molestia de niños

Por andar viendo la broza
nunca te vi que cayeras
Y aunque dijese otra cosa
yo no te amaba siquiera

Me pudo mucho dejarte
ésa no era mi intención
Solo miré hacia otra parte
y callé mi corazón

No decidí este sendero
aunque quería transitarlo
Antes fingí que era ciego
y tú eras innecesario

Esta cadenita de oro
atada a mi corazón
vale más que tu tesoro
Mantiene separación

Una Voz que me conteste
Alguien que sea de verdad
nuevos ojos para verte
y que somos Unidad

Alguien me ayude a cruzar
este camino intermedio
y junte mi alma a lo real
que no se ve de comienzo.

19

El don

Perdón es la fragancia que la violeta despide al talón
que la ha aplastado.

— Mark Twain

Tony se sentía más vivo que nunca, pero aun así sabía que estaba cansado. Había dormido, o descansado, o algo intermedio, sin que recordara haber soñado, pero con la sensación persistente, al despertar, de que había sido abrazado. Dondequiera que hubiese estado, se había hallado a salvo, y así seguiría. Aun si esto tenía una explicación, no quería saberla. Estaba cansado. Se estaba muriendo. Aceptó esto con una paz avasalladora. Era momento de actuar.

—¿Maggie?

—¡Hola, tú! Me preguntaba cuándo ibas a aparecer. Este lugar no es el mismo cuando tú no estás.

—Gracias por decir eso.

—No digo lo que no siento —repuso ella con cariño, y añadió con risa burlona—: la gran mayoría de las veces...

—¿Cuál es el plan, entonces? —preguntó él—. ¿Cuándo podremos ir al hospital?

—¡Qué bueno que lo preguntas! Estuve en el teléfono mientras te fuiste, dondequiera que hayas estado, y todos iremos allá esta tarde.

—¿Todos? —preguntó Tony, con curiosidad.

—Síp, toda la tropa. ¡Hasta Clarence va a ir! —proclamó ella, y añadió rápidamente—: Pero no te preocupes, no le he dicho a nadie lo que nos traemos entre manos, solo que sería agradable que nos viéramos allá.

—¿Quiénes son esos *todos* de los que hablamos?

Tony seguía sin entender.

—¡Pues todos, ya sabes! —y empezó a contar con los dedos—: Clarence, yo, Molly, Cabby, Jake, Loree, Angela —hizo una pausa para más suspenso— y tú. Los ocho. Nueve si incluimos a Lindsay, bueno, pero ella ya está allá... Parece como si fuéramos a empezar una iglesia, aunque es preferible que nadie sepa para qué es esto.

—¿Crees que sea buena idea que nos juntemos todos allá?

—Jamás puede saberse si una idea es buena. Solo se toma una decisión, y se deja que las cosas sigan su curso a ver qué ocurre. Solo se recibe un día de gracia, ¿así que por qué no pasarlo pródigamente?

—Está bien, entonces —accedió él.

Ésa era una decisión que Tony podía tomar: permanecer en la gracia de un día. Todo lo demás era ilusión.

Maggie, que como de costumbre cocinaba, de pronto se detuvo y preguntó:

—Tony, no sabes qué día es hoy, ¿verdad?

—No —admitió él—, he terminado por perder la noción del tiempo. Ni siquiera sé cuánto ha durado todo esto del coma. ¿Qué tiene de especial el día de hoy?

—¡Es Domingo de Pascua! —anunció ella—. Hace dos días fue Viernes Santo, ya sabes: el día en que todos descargamos nuestra ira sobre Jesús colgado en la cruz. El día en que él entró por completo en nuestra experiencia, y se perdió tan profundamente en toda nuestra asquerosidad que solo su Padre pudo hallarlo... ¡nada menos, caray! El día de Dios en manos de pecadores furibundos.

—¿En serio? —preguntó Tony, sorprendido. No se le escapó la ironía, como tampoco a Maggie, quien siguió con su prédica.

—¿No entiendes, Tony? ¡Es el fin de semana de la Resurrección!... Y ahora vamos a ir a ese hospital a levantarte de entre los muertos. Por el poder de Dios, vamos a elevarte a una nueva vida. ¡Llegó el domingo! ¡Apenas si puedo soportar lo genial que es esto! —Maggie dejó ver sus raíces pentecostales agitando una cuchara de madera, embarrada de una pasta de apariencia deliciosa, y bailando una danza durante un corto tiempo—. ¡Bueno, di algo! ¿Qué piensas?

—¿Cuánto falta para que nos vayamos? —consultó él, tratando de estar a la altura de la emoción de Maggie, pero sin lograrlo.

—¿Cómo puedes ser tan frío ante algo tan increíble como esto, Tony? ¿Qué te pasa?

—Estoy lívido, casi ingrávido, ¿qué quieres que te diga? —él rio—. Doy gracias de estar en tu cabeza y no en otra parte, con alguien que quiere ponerme a bailar o algo así.

Maggie soltó una risotada que la sacudió de pies a cabeza, junto con Tony. Cuando se calmó, añadió:

—Ya no tardamos en irnos. Solo estoy esperando que esponje la masa dulce, y entonces nos marcharemos. Molly y Cabby ya están allá, y puede ser que los demás también, aunque no estoy segura.

—Suena bien —repuso Tony, pero Maggie ya estaba concentrada en sus labores, tarareando una melodía que él recordaba apenas de alguna parte. Todo era agitación.

Cuando Maggie llegó a la sala de espera de la unidad de terapia intensiva de Neurociencias, Molly, Loree y Angela la recibieron cordialmente. Jake y Cabby habían bajado al vestíbulo a explorar el Starbucks, en busca de un *latte* y un chocolate caliente. Clarence le dio un abrazo discreto pero prolongado que casi la hizo ruborizar. ¡Si los demás supieran lo que ellos hacían...!

Poco después, Maggie se disculpó para visitar sola a Tony en su cuarto, explicando que quería rezar por él sin avergonzar a nadie por su efusividad, en caso de que se entusiasmara un poco. Clarence le dirigió un guiño cómplice y murmuró:

—Yo estaré rezando también.

Se registró en la recepción, y de camino al cuarto de Tony vio salir de ahí a un médico de guardia, vestido de blanco.

—Maggie —dijo Tony—, ¿todavía tienes la carta que sacaste de la caja fuerte?

—¿La que le escribiste a Angela? —preguntó ella, sin mover los labios.

—No, ésa no, la otra. ¿La tienes?

—Sí.

—Dásela al doctor que acaba de salir de mi cuarto. ¡Rápido, antes de que se vaya!

—¡Disculpe! —llamó ella al médico, quien se detuvo y volteó—. Perdón que lo moleste, pero me pidieron darle —rebuscando en su bolsa sacó el sobre que decía TWIMC— esto.

—¿A mí?

Aunque parecía sorprendido, el doctor tomó el sobre y lo abrió. Tras echar un vistazo a su contenido, asintió con la cabeza.

—¡Bien! Es el documento de órdenes del señor Spencer que estábamos esperando.

—¿Qué? —exclamó Maggie, arrebatándoselo.

Aquél era, en efecto, un formato firmado y notariado de órdenes médicas de tratamiento para el mantenimiento de la vida. Tony había palomeado casi todas las casillas, aprobando preferencias específicas sobre tubos de alimentación, administración intravenosa de fluidos y ventilación mecánica. Este documento no solo permitía, sino que ordenaba al hospital quitarle a Tony el ventilador que le permitía respirar.

—Lo siento —dijo el médico, retirando cautelosamente la hoja de las manos de Maggie—, pero esto nos permitirá actuar según los deseos del paciente y…

—¡Sé para qué sirve! —lo cortó Maggie, dándose vuelta y alejándose antes de que perdiera el control.

Entró al cuarto de Tony y vio que, por fortuna, no había personal médico ni administrativo ahí.

—¿En qué estás pensando, Tony? —gritó ella con un murmullo grave, no queriendo ser echada esta vez—. ¡Eso es una locura! ¿Piensas que puedes entregar ese formato porque ya no importa? ¿Que no vas a necesitar el ventilador porque sanarás? ¡Dime que eso es en lo que estás pensando!

Al no obtener respuesta, se acercó a la cama y puso las manos sobre el cuerpo de Tony.

—¡Reza, Tony! —rogó, y empezó a temblar, como si la certeza de lo que ocurría cayera de pronto como el último telón en el escenario—. ¡Maldición, Tony, por Dios...! ¡Pide ser curado!

Él estaba llorando.

—¡No puedo! —dijo—. Maggie: toda mi vida he vivido para una sola persona, yo, y hoy al fin estoy listo para dejar de hacerlo.

—¡Pero Tony —suplicó ella—, esto es suicidio! Tienes un don. Puedes curarte. Puedes ayudar a la gente que no sabe lo que tú. ¡Te estás quitando la vida con tus propias manos!

—No, Maggie, ¡no! Eso es precisamente lo que no estoy haciendo; no me estoy quitando la vida con mis propias manos. Si Dios tiene un propósito para que yo siga viviendo, entonces él puede curarme; pero yo sencillamente no puedo.

—¡Pero Tony...! —Ella no cesaba de implorar, traspasada de dolor—. ¡Si no lo haces, morirás! ¿No entiendes? ¡Y yo no quiero que mueras!

—Maggie, dulce Maggie, claro que lo entiendo... Y no puedes imaginar lo que tus palabras significan para mí. Pero lo entiendo. Ya he estado muerto. La mayor parte de mi vida he estado muerto, y no lo sabía. Iba por la vida creyendo estar vivo y maltratando a todos con mi muerte. Pero ya no es así. Ahora estoy vivo. Por primera vez en mi vida estoy vivo, y soy libre y capaz de tomar una decisión realmente libre, por fin me he formado una opinión. Estoy optando por la vida... para mí... y para Lindsay.

Maggie se desplomó y cayó al suelo sollozando. En ese momento quiso huir, no estar ahí, jamás haber pedido que Dios le permitiera participar en sus propósitos. El peso de esto era aplastante, y a ella le resultó casi intolerable que una luz de alegría surgiera simultáneamente en su interior. La carga que soportaba por Lindsay se sumó a su pesar por Tony, y ambas cosas atinaron a ponerla de pie. Respiraba de manera intermitente mientras hacía cuanto podía por recuperar la calma. Al fin preguntó:

—¿Estás seguro, Tony?

Él tardó un momento en hallar su voz, atrapado como estaba tanto en sus emociones como en las de Maggie.

—Nunca había estado tan seguro de nada como de esto. Es lo correcto para mí, Maggie, lo sé.

Ella fue al lavabo a lavarse la cara, apenas atreviéndose a ver el espejo y mirar a Tony a los ojos. Por fin sonrió y asintió con la cabeza.

—Está bien; no tenemos mucho tiempo. ¿Estás seguro?

—Sí, Maggie. Estoy seguro.

—De acuerdo. Sabes que jamás probarás uno de mis rollos caramelizados, ¿verdad? —sacaba otra vez pañuelos desechables para secarse los ojos—. ¡Ay, qué tonta! Pero me hacía mucha ilusión que los probaras...

—Lo haré, Maggie, lo haré; no será pronto, pero lo haré.

Regresó a la sala de espera, donde todos sintieron al instante que algo había cambiado. Maggie explicó que los médicos ya tenían el formato que dirigiría sus acciones. Clarence levantó las cejas, pero sin decir palabra.

—No harán nada hasta que hayan hablado con el pariente más cercano —dijo ella, inclinándose hacia Jake, los ojos anegados en lágrimas de nueva cuenta—. Quiero ir a ver a Lindsay. No podría explicar por qué, pero debo hacerlo. ¿Pueden esperar todos a que regrese? Solo estaré unos minutos allá.

—Yo voy contigo.

Clarence no estaba pidiendo permiso.

—Yo también —dijo Molly, y volteó hacia Jake—. ¿Puedes cuidar a Cabby hasta que regresemos? No lo dejes jugar a las escondidas, por favor.

Él asintió, un tanto perplejo, aunque dispuesto a ayudar de cualquier forma.

Estaban a punto de irse cuando Maggie viró de repente.

—¡Cabby!, ven aquí un minuto, ¿sí?

Era obvio que él sabía algo, por su dócil y suave comportamiento. Tras acercarse a su Maggie-buddy, ella se colgó de su cuello, se inclinó hasta que sus cabezas se tocaron y lo miró a los ojos. En voz baja, para que nadie más pudiera oírla, le dijo:

—Cabby, dice Tony que *alguna vez* es hoy, ¿entiendes?

Lágrimas inundaron los rabillos de los bellos ojos almendrados del muchacho, quien asintió.

—Adiós —murmuró él, bajando la cara de Maggie hasta hacer chocar sus frentes para que pudiera mirarla a los ojos—. ¡Te quero mucho! —giró y corrió a los brazos abiertos de Jake, en cuyo pecho ocultó la cara.

Nadie dijo nada mientras los tres salían del edificio principal en dirección a Doernbecher y al cuarto de Lindsay. Clarence fue detenido por la Princesa Caramelo, pero Molly otorgó los permisos correspondientes, y tras un breve cuestionario sobre su salud le fue permitido entrar al área.

Lindsay estaba despierta y leyendo.

—¡Hola! —dijo feliz, elevando la frente hacia Clarence y dirigiéndole a Maggie una sonrisa pícara.

—Sí, él es Clarence, el policía del que te conté. Clarence, Lindsay... Lindsay, Clarence.

—*Mucho* gusto en conocerte, Clarence —dijo ella, con una sonrisa radiante al estrechar su mano.

—El gusto es mío —respondió él, inclinando levemente la cabeza, gesto que a Lindsay le pareció encantador.

—Lindsay, hemos venido a rezar por ti, ¿te parece?

Molly tocó a Maggie en el brazo con una mirada de preocupación. No desconfiaba de su mejor amiga, pero no vio venir esto. Maggie volteó y la abrazó, murmurando entre copiosas lágrimas:

—Molly, éste es el regalo de Tony para ti, para todos nosotros. Confía en mí, ¿está bien?

Ella asintió, los ojos abiertos en señal de interrogación.

—¿Lindsay? —preguntó Maggie.

—¡Claro! —ella sonrió, algo desconcertada por las lágrimas de los demás—. Aceptaré todas las oraciones con las que quieran colmarme. Siempre me siento mejor después de que alguien reza por mí.

—Así se habla —dijo Maggie, y tomó su bolsa—. Voy a poner un poco de este óleo en tu frente, Lindsay. No es magia, sino un símbolo del Espíritu Santo, y luego pondré mis manos sobre ti y rezaré, ¿de acuerdo?

Lindsay asintió de nuevo y, recostándose en sus almohadas, cerró los ojos. Con el óleo, Maggie dibujó en dos pasos una cruz en su frente.

—Éste es el símbolo de Jesús, muy especial el día de hoy, porque es Domingo de Resurrección.

La voz se le quebró y Lindsay abrió los ojos.

—Estoy bien, nena.

Satisfecha, Lindsay volvió a recostarse y cerrar los ojos. Maggie puso entonces la mano sobre su frente, donde el óleo brillaba aún, y se inclinó hacia delante.

—*Talitha cumi* —murmuró, y los ojos de Lindsay se abrieron de golpe, mirando como si lo hicieran a través de Maggie; luego se ensancharon y derramaron lágrimas.

Un momento después, Lindsay se recuperó y murmuró a su vez:

—¿Quién fue ése, Maggie?

—¿Quién, linda?

—Ese hombre, ¿quién era ese hombre?

—¿Cuál hombre? ¿Cómo era? —Maggie estaba confundida.

—¡Ese hombre, Maggie! Tenía los ojos cafés más hermosos que haya visto nunca. ¡Me vio, Maggie!

—Los míos son azules —dijo Tony—; en caso de que te lo estés preguntando, yo tengo ojos azules. Creo que Lindsay vio a Jesús. Él me dijo una vez que yo no podría curar a nadie sin él.

—Era Jesús, Lindsay —afirmó Maggie—. Viste a Jesús.

—Me dijo algo. —Ella se dirigió a su madre—. ¡Jesús me dijo algo, mamá!

Molly se sentó y envolvió a su hija en sus brazos, llorando.

—¿Qué te dijo?

—Algo que no entendí, y después sonrió y dijo: *Lo mejor aún está por venir.* ¿Qué quiere decir eso, mamá? Que lo mejor aún está por venir…

—No sé, cariño, pero lo creo.

—Lo siento, Lindsay —interrumpió Maggie—, pero debo regresar a terapia intensiva de Neuro. Molly, es hora de despedirse.

Clarence se sentó junto a Lindsay para hacerle preguntas sobre el libro que estaba leyendo mientras Molly y Maggie se reunían en una esquina. Molly intentó hablar más de una vez, pero las palabras se le atoraban entre el corazón y la boca.

—Maggie, dile nada más que me da mucho gusto haber formado parte de esto —dijo Tony—, de todo esto.

Molly asintió.

—¿Tony? —susurró ella al fin—. ¿Tú eres Jesús?

—¡Ja! —lanzó una risotada y Maggie sonrió—. Dile a Molly que no, pero que somos íntimos.

Esto hizo sonreír a Molly, quien se acercó de nuevo.

—Tony se despide de ti, Molly. Dice que puedes darle las gracias no perdiendo de vista a Jake, ¿de acuerdo?

—Sí, claro —contestó ella, dichosa en medio de sus lágrimas—. ¡Te quiero mucho, Tony!

—Yo… yo también te quiero, Molly. —Palabras simples pero tan difíciles de decir, aunque él supo que las sentía—. Maggie, sácame de aquí, por favor, antes de que acabe hecho trizas.

Minutos después, Maggie y Clarence retornaron al OHSU y la sala de espera, donde vieron a Cabby y a los demás; y una vez listo cada quien, se escurrieron al cuarto de Tony para despedirse. Frágil y fino lugar, el de esos momentos entre la vida y la muerte; Maggie no quería pisar sin compasión este terreno sagrado.

Mientras Angela esperaba su momento, Maggie se sentó junto a ella y le tendió la carta de su padre. Durante veinte minutos, desgañitándose en llanto, la joven se abrió paso entre las palabras que Tony le había escrito, y pronto fue acompañada y consolada por su madre. Finalmente, también ella entró al cuarto 17 de terapia intensiva, habiendo decidido hacerlo sola; más tarde regresó, con los ojos rojos y extenuada.

—¿Estás bien? —preguntó Maggie, tomándola en sus brazos.

—Estoy mejor. Le dije lo molesta que había estado con él. Me enojé tanto allá dentro, Maggie, que temí destrozar el lugar, ¡pero se lo dije!

—Sin duda se lo merecía, Angela. Él lo sabía bien; eso era parte de su dolor.

—Sí, eso fue lo que me escribió en su carta, que no era culpa mía.

—Bueno, me da gusto que le hayas dicho lo enojada que estabas. Eso es muy curativo.

—A mí también me da gusto, así como haberle dicho que lo quiero y lo extraño. —Se irguió para ver a Maggie a los ojos—. Gracias, Maggie.

—¿De qué, querida?

—No sé —contestó Angela, sonriendo débilmente—. Solo quiero darte las gracias, eso es todo.

—Pues de nada. Yo me encargaré de transmitir el mensaje.

Angela sonrió de nuevo, sin saber qué quería decir Maggie con eso, y luego fue a sentarse con su madre, sobre quien se recostó, exhausta.

Jake salió más tarde, luciendo como si le hubiera pasado encima una aplanadora, aunque con ojos aún vivos y chispeantes.

—¿Estás seguro de que no quieres hablar con él? —preguntó Maggie entre dientes.

—¡No puedo! —respondió Tony, resignado.

—¿Por qué?

—Porque soy un cobarde, por eso. Pese a todo lo que ha cambiado en mí, sigo teniendo mucho miedo.

Ella asintió apenas, aunque lo suficiente para que él lo notara, y se sentó junto a Clarence, quien se limitó a agacharse y fingir que la abrazaba para murmurar:

—Gracias, Tony, por todo. Solo para que lo sepas, todo lo que estaba en esa bolsa fue destruido por un triturador industrial.

—Dale las gracias de mi parte, Maggie. Y dile, por favor, que creo que es un buen hombre. Saludaré a su mamá según me sea posible.

—Se lo diré —aseguró ella.

Había llegado el momento, y Maggie marchó sola por última vez al cuarto de Tony.

—¡Entonces nada de gatos! —dijo.

—Nop, nada de gatos, gracias a Dios —confirmó Tony—. El testamento que dejamos en la caja fuerte reparte todo entre Jake, Loree y Angela. Una noche me emborraché oyendo aquella canción de Bob Dylan, que dice *covered by that woman…* (abrigado por esa mujer…), ¿la conoces?

—¿*Make You Feel My Love* (Haciéndote sentir mi amor)? ¿Con Adele?

—Sí, ésa. Bueno, me sentía muy mal, y lo rehíce todo. A la mañana siguiente, pese a la resaca, me seguía sintiendo tan mal que llevé el documento al notario. Pero luego, como siempre, cambié de opinión, ya sabes…

Maggie y Tony se quedaron solos mientras el silencio se imponía, una quietud que cobraba aliento en la repetición incesante e incansable de los aparatos.

Maggie rompió finalmente dicha quietud.

—No sé cómo hacer esto, Tony. Mi vida cambió gracias a ti, para bien. Me importas mucho, y no sé cómo dejarte ir, decirte adiós. Lo único que sé es que en mi corazón quedará un hueco que solo llenas tú.

—Nadie me dijo nunca nada igual. Gracias. —Y continuó—: Maggie, hay tres últimas cosas de las que quisiera hablarte.

—Está bien, pero, por favor, no me hagas llorar. Me vas a dejar vacía.

Él hizo una breve pausa antes de proseguir:

—La primera es una confesión, Maggie. Algún día tendrás que decirle a Jake algo por mí. Yo no pude hacerlo. Soy un cobarde, pero... simplemente no puedo, me da mucho miedo.

Ella esperó a que él encontrara las palabras.

—Mi hermano y yo nos separamos por mi culpa. Jake me buscaba para todo, y yo siempre estaba a su lado, hasta que fuimos a dar con una familia adoptiva en particular. Por lo que ellos decían entre sí, y me decían a mí, yo estaba seguro de que querían adoptar. El problema era que solo querían a uno, y yo ansiaba ser ése; quería volver a sentir que pertenecía a algo.

Tony jamás le había contado esto a nadie, y luchaba con la vergüenza bajo la carga de su secreto.

—Así que les mentí sobre Jake. Él era más joven y dulce, y más fácil de controlar que yo, así que inventé toda clase de horrores sobre él para que no lo adoptaran. Traicioné a mi hermano, y lo hice de tal forma que él no lo supiera nunca. Un día llegan los de Servicios Infantiles y se quieren llevar a Jake y él grita y patalea y se cuelga de mis piernas y yo me cuelgo de él como si de verdad me importara; pero Maggie, una parte de mí estaba contenta de que se lo llevaran. Él era todo lo que yo tenía. Yo estaba destruyendo el amor que de veras tenía por una ilusión de pertenecer a otros.

Tony tardó un momento en serenarse y Maggie esperó, ansiando poder envolver entre sus brazos a ese niño extraviado.

—Semanas después se reúne toda la familia y me pide estar ahí. Anuncian que han tomado una gran decisión y que adoptarán. Pero no me adoptaron a mí, sino a un bebé, así que ese mismo día llegó la trabajadora social para llevarme con otra familia «maravillosa», emocionada de recibirme. Creí saber qué era estar solo, pero este vacío fue totalmente nuevo para mí.

»Se supone que yo debía apoyar a Jake, Maggie, sobre todo porque no había nadie más. Soy su hermano mayor, y él confiaba plenamente en mí, y le fallé; peor todavía, lo traicioné.

—¡Ay, Tony! —se lamentó Maggie—, cuánto lo siento. Tú mismo eras solo un niño. Me da mucha pena que hayas tenido que enfrentar y tomar siquiera ese tipo de decisiones.

—Luego llega Gabe a mi vida, y por primera vez cargo en brazos a alguien de veras mío, y en ese niño intento corregirlo todo, pero no pude aferrarme a él. También lo perdí. Angela no recibió oportunidad. Me daba tanto miedo perderla que jamás le permití buscar siquiera un lugar entre mis brazos, y luego Loree…

Había abierto su corazón, y dejó que sus palabras quedaran suspendidas en el aire como una nube en duelo, el inesperado suspiro de un corazón desahogado que emergía cantando suavemente luego de su confesión.

Hubo más silencio en tanto ambos vadeaban los vestigios de sus emociones. Por fin, Tony respiró hondo y exhaló.

—¿Todavía tienes esa cajita azul?

—Claro.

Maggie la sacó de su bolsa.

—Quiero que se la des a Jake. Es lo único que me queda de nuestra madre; ella me la dio días antes de morir, casi como si supiera que se iría. La recibió de su mamá, y ella a su vez de la suya. Me pidió dársela un día a mi amada, pero yo nunca fui lo bastante sano para amar a nadie. Veo que Jake lleva en él un amor así. Quizá él sí pueda regalársela un día a su amada.

Maggie levantó la tapa con cuidado. Dentro había una cadenita de oro y una sobria cruz dorada.

—¡Qué hermosa, Tony! Haré lo que me pides. Espero verla un día en el cuello de Molly. ¡Es un decir!

—Sí, yo también lo espero —admitió Tony—, eso sería perfecto para mí.

—¿Y la última cosa?

—Es la más importante de las tres; y quizá, para mí, la más difícil de decir a alguien. ¡Te amo, Maggie! Lo digo en serio; te amo.

—Lo sé, Tony, lo sé. Yo también te amo. ¡¿Por qué se me ocurrió maquillarme hoy, caray?!

—Bueno, no hagamos esto más difícil. Despídete de mí con un beso y ve a reunirte con nuestra familia.

—¿Quieres saber de qué se reían Jake y tú y tus papás en esa foto?

Él lanzó una risotada.

—¡Claro!

—Me sorprende que no lo recuerdes. Tu mamá le puso sal al café en vez de azúcar; y al tomarlo, lo escupió, como no debe hacerlo nunca una dama, sobre una mujer que iba de punta en blanco… Jake lo cuenta mejor, pero ésa es la idea.

—Ya lo recuerdo… —dijo Tony, entre risas—. ¡Me acuerdo de lo mucho que me divirtió! ¿Cómo se me pudo olvidar, especialmente cuando…?

—Adiós, amigo mío —susurró Maggie, derramando lágrimas mientras se inclinaba a besar en la frente al hombre en la cama. Algún día nos volveremos a ver.

Tony resbaló por última vez.

20

AHORA

Todo lo que vemos es una sombra proyectada
por lo que no vemos.
— MARTIN LUTHER KING JR.

Los tres se pararon en la ladera de la colina que dominaba
el valle a sus pies. Era el terreno de él, aunque reconocible
apenas. El río que destruyó el templo también había demoli-
do la casi totalidad de las murallas. Lo que alguna vez había sido
quemado y devastado bullía ahora de vida.

La Abuela habló:

—¡Ahora está mejor! ¡Mucho mejor!

Y agregó Jesús:

—¡Qué bonito!

Lo que a Tony le importaba en ese momento era simplemente
estar ahí, en la relación con ellos dos. Eso impregnaba su alma
de júbilo y sosiego, una expectación serena y una ansiedad
desmedida envuelta en paz.

—¡Oigan! —exclamó—. ¿Y sus casas dónde están? No veo
el rancho ni tu…

—Casucha —rezongó la Abuela—. En realidad nunca las
necesitamos. Todo esto es ahora una morada, no solo trizas y
pedazos. No nos habríamos quedado por menos.

—Ya es hora —Jesús sonrió, tendiendo sus manos al viento.

—¿Hora de qué? —preguntó Tony, con curiosidad—. ¿Quieres decir que ya es hora de conocer a tu papi, a Papá Dios?

—No, de eso no. Ya lo conoces de todas maneras.

—¿En serio? ¿Cuándo lo conocí?

Jesús echó a reír otra vez y rodeó con un brazo los hombros de Tony. Acercándose a él, murmuró:

—¡*Talitha cumi!*

—¿Qué? —exclamó Tony—. ¡No me digas! ¿La niña del vestido azul y verde?

—Las imágenes —añadió la Abuela— jamás han podido definir a Dios, pero es nuestra intención ser conocidos, y cada susurro y aliento de lo imaginario es una pequeña ventana a un aspecto de nuestra naturaleza. Está bien, ¿no?

—Genial —contestó Tony, asintiendo—. ¿Para qué es hora, entonces? ¿Va a estar aquí Papá Dios?

—Es hora para la celebración, la vida nueva, el reunirse y hablar —respondió Jesús—; y solo para dejar las cosas en claro, Papá nunca ha dejado de estar aquí.

—¿Ahora qué, entonces?

—Ahora —dijo la Abuela triunfalmente—, ¡ahora viene lo mejor!

NOTA A LOS LECTORES Y AGRADECIMIENTOS

Si aún no has leído *La encrucijada*, no deberías ver esta nota sino hasta que lo hayas hecho, pues aquí encontrarás varias pistas inesperadas.

El nombre de Anthony Spencer se originó en los avatares de juego de nuestro hijo menor. Aunque los personajes tienden a ser una mezcla de personas que conozco, a la hora de escribir cada uno empieza a emerger en forma propia. Tal no es el caso de Cabby, el hijo de Molly. Cabby está totalmente basado en Nathan, hijo de unos amigos nuestros, un chico que murió hace unos años cuando, jugando a las escondidas, salió del estadio donde había ido a ver a los Portland Trail Blazers, y se dirigió hacia la autopista donde fue atropellado por dos automóviles. Nathan tenía síndrome de Down. No hay nada en el personaje de Cabby que no sea cierto de Nathan, ni siquiera su epíteto favorito «¡Kikmahass!» y su propensión a «tomar» cámaras y esconderlas en su cuarto. Al trabajar en esta historia, estuve en constante conversación con la mamá de Nathan, quien me proporcionó detalles sobre el personaje de Cabby. Una tarde ella me llamó para explicarme que una de nuestras interacciones había despertado su curiosidad de seguir explorando los artículos personales de Nathan, que ella guardó. Y en efecto, en el estuche de su guitarra de juguete encontró una cámara desconocida. La encendió y, para su sorpresa, vio que estaba llena de fotos de mi familia. Dos años antes de que muriera, Nathan visitaba nuestra casa con frecuencia, y «tomó» la cámara de una sobrina nuestra. Hasta entonces seguíamos creyendo que, sencillamente, ella no recordaba dónde la había dejado.

Hay muchos a quienes dar las gracias. A la familia de Nathan, por concederme el honor de incluir a su hijo en una obra de ficción. Espero haber sido capaz de capturar tanto el sencillo asombro como parte del conflicto que coexistieron en el corazón de Nathan, y en todas las familias que enfrentan los diarios retos que rodean a impedimentos y limitaciones de uno u otro tipo.

Recibí mucha ayuda y aportaciones para el lado médico de la historia. Mi gratitud a Chris Green, de Responder Life; Heather Doty, enfermera de Life Flight y enfermera de traumatología, quien me fue de increíble utilidad en el escenario del colapso nervioso; Bob Cozzie, Anthony Collins y especialmente Traci Jacobsen, quienes me permitieron invadir su espacio en Clackamas County 911, en Oregon City, Oregón, e hicieron todas las preguntas que yo debía resolver para dotar de precisión a esa parte de la historia. Gracias a las enfermeras y personal tanto de la Oregon Health and Science University (en especial en la unidad de terapia intensiva de Neuro) como del Doernbecher Children's Hospital (en especial en Hematology/Oncology), igual que al doctor Larry Franks, amigo y neurocirujano retirado.

Trabajar en esta parte de la historia me introdujo en el mundo de las increíbles personas que están realmente *en las trincheras* de la crisis y el dolor humanos. A menos que tengamos la suerte de conocer a esta clase de personas en nuestra vida personal, por lo general no nos cruzamos con ellas de no hallarnos en una situación de pérdida. De primeros auxiliares, bomberos y personal de ambulancia, policía y 911 a personal médico, técnicos, doctores y enfermeras, todos éstos son corazones especiales que actúan tras bastidores y nos ayudan a enfrentar las tragedias que invaden nuestra vida cotidiana. A nombre de todos los que olvidamos que ustedes están ahí, o que tan a menudo damos por sentada su presencia, ¡gracias, gracias, gracias!

Gracias, Chad y Robin, por permitirme escribir en su hermoso refugio en Otter Rock, y a la familia Mumford por concederme un espacio similar para trabajar cerca de Mount Hood. Sin ustedes, esta historia no habría llegado en absoluto a las prensas en forma tan oportuna.

Gracias a mi amigo Richard Twiss y los lakotas; si leyeron este libro, ya saben ustedes cómo me ayudaron. Todos necesitamos una Abuela y una tribu.

Somos ricos en amigos y familiares, y haría falta un libro más extenso aún para enlistarlos a todos. Agradezco la forma en que ustedes están entretejidos en nuestra vida y su participación en nuestro devenir. Gracias en especial al clan Young y al clan Warren por su constante aliento. Kim, esposa y compañera, nuestros seis hijos, dos nueras, un yerno, y seis nietos (hasta ahora): los amo con todo mi corazón… Ustedes hacen cantar mi corazón.

Gracias a todos los que leyeron y compartieron *La Cabaña* y luego me dejaron entrar a lugares preciosos, y a veces increíblemente dolorosos, en sus historias. Ustedes me han honrado sin medida.

Gracias a Dan Polk, Bob Barnett, John Scanlon, Wes Yoder, David Parks, Tom Hentoff y Deneen Howell, Kim Spaulding, la increíble familia editorial de Hachette, especialmente David Young, Rolf Zettersten y la editora Joey Paul, y a las muchas editoriales extranjeras que han trabajado tan diligentemente a mi nombre y han sido tan sistemáticamente estimulantes a cada paso del camino. Gracias especiales a la editora Adrienne Ingrum por su esencial aportación y aliento. El libro es mejor gracias a ella.

Gracias especiales al doctor Baxter Kruger, mi amigo y teólogo de Misisipi, y al fotógrafo John MacMurray, quienes han sido constante apoyo y crítica (en el buen sentido de la palabra). El libro de Baxter, *The Shack Revisited*, es el mejor que se haya escrito sobre *La Cabaña*.

Gracias también a nuestra familia de amigos del noroeste, los Closner, Foster, Weston, Grave, Huff, Troy Brummel, Don Miller, Goff, MaryKay Larson, Sand, Jordan, la gente de

Narcóticos Anónimos, así como a los primeros lectores/críticos Larry Gillis, Dale Bruneski y Wes y Linda Yoder.

Sigo recibiendo inspiración de los Inklings, en especial de C. S. Lewis (mejor conocido por sus amigos como «Jack»). George MacDonald y Jacques Ellul siempre son buena compañía. Mi cariño a Malcolm Smith, Ken Blue y los Aussie y Kiwi, que invariablemente forman parte de nuestra vida. A la pista sonora para escribir, provista por un diverso grupo de músicos, entre los que están Marc Broussard, Johnny Lang, Imagine Dragons, Thad Cockrell, David Wilcox, Danny Ellis, Mumford & Sons, Allison Krauss, Amos Lee, Johnnyswim, Robert Counts, Wynton Marsalis, Ben Rector, esa trinidad de viejos y brillantes músicos integrada por Buddy Greene, Phil Keaggy y Charlie Peacock, James Taylor, Jackson Browne, Leonard Cohen y, por supuesto, Bruce Cockburn.

Todo uso de puntos de referencia y sitios de encuentro locales es completamente deliberado, y tiene una razón. Oregón es bellísimo, y un lugar maravilloso para vivir y formar una familia, y se lo agradezco.

Por último, y en el centro, está el amor generoso y desinteresado del Padre, el Hijo y el Espíritu Santo, ofrecido con desmesura a nosotros en la persona de Jesús. Su gracia es afecto incesante independiente de resultados, un amor que nosotros no podemos cambiar.

Si buscas la Verdad,
quizá al final halles consuelo.
Si buscas consuelo,
no hallarás consuelo ni verdad,
solo halagos e ilusión al principio,
y al final, desesperanza.

—C. S. LEWIS

Si leer o escuchar *La Cabaña, La encrucijada* o *La Cabaña: Reflexiones para cada día del año* ha causado un efecto importante en ti y quisieras compartir tu historia con el autor, por favor, escribe a: wmpaulyoung@gmail.com o a la dirección:

PO Box 2170, Oregon City, OR 97045 Estados Unidos.

Pedimos tu comprensión ya que puedes o no recibir una respuesta debido a la cantidad de correspondencia que llega, pero con el tiempo leeremos cada carta y correo electrónico. Gracias de antemano por contactar con nosotros.

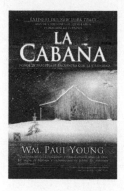

La hija menor de Mackenzie Allen Phillips, Missy, es raptada durante unas vacaciones familiares, y se encuentran evidencias de que pudo haber sido brutalmente asesinada en una cabaña abandonada en lo más profundo de los bosques de Oregón. Cuatro años después, en medio de su Gran Tristeza, Mack recibe una sospechosa nota, al parecer procedente de Dios, invitándolo a regresar a esa cabaña durante un fin de semana.

Contra toda razón, Mack llega una tarde de invierno para retornar a su más oscura pesadilla.

Lo que encuentra ahí cambiará su vida para siempre. En un mundo donde la religión parece cada vez más irrelevante, *La Cabaña* aborda la inmemorial pregunta: "¿Dónde está Dios en un mundo lleno de indescriptible dolor?" Las respuestas que Mack obtiene te sorprenderán, y quizá te transformen tanto como a él. ¡Querrás que todas las personas que conoces lean este libro!

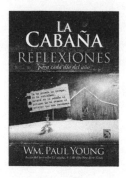

La impactante historia que contiene *La Cabaña*, escrita por Wm. Paul Young, robó el corazón de millones de lectores en todo el mundo quienes lo recomendaron una y otra vez hasta convertirlo en este famoso fenómeno editorial.

Ahora, *LA CABAÑA: REFLEXIONES PARA CADA DÍA DEL AÑO* brinda la oportunidad de volver a visitar *aquel lugar* junto a Mack, Papá, Sarayu y Jesús.

Estas 365 significativas citas de *La Cabaña*, con reflexiones y oraciones escritas por el autor, fueron seleccionadas para inspirarte, alentarte y animarte cada día del año.